迷犬マジック

山本甲士

双葉文庫

目次

迷犬マジック

春

　近所の小規模スーパーで品選びを終えた七山高生《ななやまたかお》はレジに向かおうとしたが、ふと立ち止まってカゴの中を見直した。

　バナナも買った方がいいか？　いや、まだ冷蔵庫に何本か残ってたよな？

　バナナ二本とブラックコーヒーが最近の朝食の定番である。コーヒーは、以前は砂糖とミルクを入れていたが、半年前に受けた健康診断で、糖尿病予備軍といえる状態なので砂糖は控えるように、と言われてからはブラックにしている。ブラックで飲むのならということで、最初のうちは紙のフィルターでドリップしていたが、洗い物がそれだけ増えて残りかすの処分なども面倒なので、今はインスタントにしている。妻の紗代《さよ》が生きていた頃は、洗い物の量やゴミの処理など気にしたことなどなかったが、五年前に死別して独り暮らしをするようになって、ようやく自分の問題として気にするようになった。

　はて、冷蔵庫にバナナは何本残っていたか？

　高生は思い出そうとしたが、よく判《わか》らなかった。少なくとも二本はあったような気がするのだが、それなら買っておいた方がいい。古希《こき》を過ぎた今も車の免許は持っているが、三年前に一〇万キロ超えのカローラを手放して以来、買い物はもっぱら自転車である。

明日、もし雨が降ったら買い物に行かなくても済むようにしておきたい。天気予報によると、明日の降水確率は五〇パーセントだったはずである。

バナナのことに限らず、最近、記憶力が落ちているという自覚はあった。自宅から十五キロほど離れたマンションに住んでいる長男の剛《つよし》からは、認知症の検査を受けるようにと言われている。三か月ほど前も、孫娘せいらの誕生日に、剛と嫁の美土里《みどり》さんに高生も加えた計四人で海鮮料理屋に行く約束をしていたのだが、当日、そのことをすっかり忘れてリサイクルショップを冷やかしに出かけてすっぽかしてしまい、スマホにかかってきた電話でさんざんな言われ方をされた。電話口で剛は「ほら、やっぱりね。認知症が進行し始めてるんだ。本当に早めに検査に行ってよ。迷惑するのは俺たちなんだから」と詰め寄るような口調だったし、背後で嫁の美土里さんが「お義父《とう》さん、前にあげた書き込みができるカレンダー、使ってくれてないのかしらね」と言うのが聞こえ、それに対して剛が「そんなものを使わせても意味ないだろう。どうせ書き込むことも忘れるんだから。たとえ書いたとしてもそのことを忘れるだろうし」と応じていたので、カチンときた高生が「ちょっともの忘れをしたぐらいでボケ老人扱いするな」と声を荒らげた結果、怒鳴り合いになって最後は剛の方から一方的に通話を切られてしまった。切る直前、剛の舌打ちが聞こえた。

ショックだったのは、四歳になる孫娘せいらの言葉だった。誕生日祝いをし損ねた翌週、好きな玩具《おもちゃ》でも買うようにと、ショッピングモールで使える商品券を送ったところ、嫁の美土里さんから電話がかかってきて礼を言われ、せいらに替わってもらって「誕生日のこと忘れてしまっててゴメンね」と詫《わ》びたのだが、せいらは「大丈夫だよ。おじいちゃんがいなくても楽しかったから」と言われてしまった。せいらにとって自分は、いてもいなくてもいい存在になってしまっている。

剛は十年ちょっと前に、銀行員を辞めて夫婦で小さな焼き鳥屋を始めると言い出した。まだ三十過ぎで、出世はこれからという時期だったので、寝耳に水だった高生は、そんな甘い世界ではない、せっかく銀行員になれたというのになぜなのかと猛反対したのだが、剛は聞く耳を持たなかった。後で美土里さんから聞いた話によると、夫婦間では前々からそういう計画を立てており、安く借りられる店舗が見つかったのだという。

そのときの大ゲンカが尾を引いて、関係はぎくしゃくしたままになっている。緩衝《かんしょう》材《ざい》のような役目を果たしてくれていた妻の紗代が突然の脳出血で亡くなってからは、せいらの誕生日や正月、ゴールデンウィークやお盆ぐらいしか剛たちとは会わなくなった。

焼き鳥屋の経営はどうせ行き詰まるだろうと思っていたので、そうなったら多少は資金援助をしてやったり、知り合いに利用を呼びかけたりして、父親の威厳《いげん》を示すつもりでいたのだが、読みが甘かったのは高生の方だった。剛の店は今も常連客に支えられてちゃんと続いている。銀行員時代よりも何倍も楽しい、と周囲に言っているらしい。

高生自身は［焼き鳥 つよし］に顔を出したことはない。来てくれと頼まれない限りは行ってやるものか、と意地を張っているうちに月日が経ってしまい、タイミングを見失ってしまった。偶然を装《よそお》って店の前に立ち、中の様子を窺《うかが》ったことが一度あるのだが、楽しげな笑い声が聞こえてきて、どんな顔をして入ればいいか判らず、そのときはきびすを返した。その後も剛から「うちの店に来てよ」と声がかかることはない。意地っ張りな性格はしっかり遺伝している。

そんなことよりもバナナである。このスーパーではいつも四本入りの袋を一つ買うことにしているのだが、最後に買ったのが昨日だったか一昨日だったか思い出せない。家にはあと二本はあったと思うので、今日買わなくても明日の朝食分は大丈夫だが、もし明日、雨が降って買い物に行くのはやめようということになったら、明後日の朝食分がなくなってしまう。

別に一日ぐらいバナナを食べなくたって、体調に変化などない。冷凍してある食パンやご飯を代わりに食べればいいことだし、そういうことを気にするのはいかにも融通の利かない人間のようで、自分でも器が小さいと思ったりはする。

だが、食習慣として、朝食はバナナとコーヒーに決めているのだ。バナナは善玉《ぜんだま》の腸内細菌のえさになるオリゴ糖を豊富に含んでいるため、おなかの調子をよくしてくれる。カリウムという成分も多く、筋肉の働きを助け、身体のむくみを解消してくれる。食物繊維は便の形を整えてくれる。数年前に健康番組でそのことを知って以来、朝食はバナナなのである。高生はもともとやせていて、おなかを壊しやすい体質だったのだが、バナナを朝食にしたら下痢をしなくなった。生まれながらの体質だとあきらめていたのだが、バナナのお陰で改善できたのである。健康は継続が大切。日々のルールを変えることは、何かに負けたような気がするし、几帳面《きちようめん》な性格は悪いことではない。地元の電気設備会社で定年退職するまでの五年間を経理課長として過ごせたのも、こういう性格のお陰だと思っている。

ふとここまで考えて高生は、自分は認知症などではないと思い直した。バナナの栄養価だってちゃんと覚えているではないか。冷蔵庫に何本残っていたか思い出せないことなんか、若い人間でもよくあることだろう。

剛の奴め、孫の誕生日を忘れたぐらいのことで。

高生は結局、四本入りのバナナを一袋、買い物カゴに追加投入した。

買い物を入れたエコバッグを自転車の後ろカゴに積んで自宅へと向かった。次男の武《たけし》が高校生のときに通学で使っていた自転車なので、後輪の泥よけカバーには高校のステッカーが貼ったままになっている。そのせいか一度、お巡りさんに呼び止められて職務質問されたことがある。武は首都圏にあるシステム開発の会社で働いていて、めったに帰省しない。もう三十代半ばになろうというのに独身のままで、結婚の予定もないらしいが、詳しいことは判らない。剛とも連絡を取り合っていないらしいが、兄弟仲はどんな感じなのだろうか。家族間の対話を怠《おこた》ってきたツケかもしれない。

紗代が生きていれば、息子たちとの関係も違う感じで続いていたはずだ。紗代頼みにしていた自分もよくないが、まさかあんな急にいなくなってしまうなんて思うわけないではないか。

心にぽっかりと穴が空く、という表現があるが、相手が身近な存在であればあるほど、そしてそれが予期していなかったことであればなおさら、穴は大きくなるものらしい。だから最初のうちは、紗代はまだ生きているけれど身体の具合が悪くなって寝室にこもっていることにして、「洗濯物を干してくる」「アルミホイルはまだ在庫があったよな」などと寝室の方に向かって声をかけたりしていた。そういう奇妙な独り言がなくなるまで、一年近くかかった。

自転車で国道沿いの歩道をしばらく走った後、左折して狭い市道に入った。途中にある民家の敷地内には、満開時には行く人の足を止めるしだれ桜があるのだが、三月上旬の今はまだ咲く気配を見せていない。

低い金網フェンスで囲まれたグラウンドゴルフ専用の広場横を通り過ぎた。今日は土曜日だが今の時間は誰も使っておらず、広場の中央付近でカラスが何かをつついている。捕まえた小動物を食べているのか、それともいじめているだけなのか。

以前、市役所の高齢者対策何ちゃらという担当職員が高生宅を訪ねてきて、地域の仲間作りと運動になるからと、グラウンドゴルフクラブへの参加を勧められ、この広場でお試し参加をしたことがある。だが、上手な人が先輩面《せんぱいづら》をして「あーあ、どこに打ってんのよ」と言ってきたり、勝敗にこだわる人が複数人いてギスギスした感じだったので最初の一回だけでやめた。高生は中学高校で野球部だったので、グラウンドゴルフなんかよりも町内の子どもたちとキャッチボールをしたいと思っているのだが、そのための行動を起こしたことはない。回覧板で参加者を募《つの》っても誰も応じてくれなかったら格好悪いし、そもそも近所の児童公園には「キャッチボール禁止」の看板が立っている。昔は子どもが路上や空き地で普通にキャッチボールをしていたものだが、最近ではそういう光景はすっかり見なくなった。野球人口が減るわけである。

眠気を感じて、あくびが出た。昼食にご飯を少し食べ過ぎたようである。買い物に出るとき、ソファで居眠りをしたい衝動にかられたことを思い出す。昼寝は気持ちいいが、夜に寝付けなくなるので注意しなければならない。

今日はこの後、近くの水路でフナ釣りをするつもりだった。柔らかめの練《ね》りイモさえあればヘラブナもマブナもよく釣れるポイントがあるのだが、フナは大食いをする時期と食べ控えをする時期があり、シーズンは五月中旬ぐらいまで。その後は九月中旬ぐらいまであまり釣れない。だがその間は別の場所でタナゴなどの小物釣りを楽しめばよい。河畔《かはん》公園を流れる川から分岐している団地沿いの水路は、高生があちこち巡った末に見つけたタナゴ釣りの好ポイントである。

子どもの頃にやっていた釣りを退職後に再び始めたのは、カネのかからない暇つぶしとして消去法で選んだ結果だが、次男の武にブログを立ち上げてもらい、そこで釣果《ちょうか》の写真を掲載するようになってからは、俄然《がぜん》身が入るようになった。さまざまな年代の人たちから「良型が釣れましたね」「近所にいいポイントがあってうらやましい」といったコメントが入ると、まんざらでもない気分になる。コメントをくれる人たちの多くは自身のブログでもやはり釣果を掲載していることが多く、互いに訪問し合って、コメントしたり情報交換をしている。直接会うことのないネット上だけの友人ではあるが、独り暮らしのわびしさを紛《まぎ》らわせてくれる。

右折してさらに細い道に入ろうとしたとき、「きゃあっ」という悲鳴らしきものが耳に飛び込んできた。その道の前方から、猛然とスクーターが突進して来たので、あわてて自転車を降りてよけようとしたのだが間に合わず、スクーターのハンドルと自転車のハンドルがぶつかり、高生はバランスを崩して自転車ごと転倒してしまった。

尻餅《しりもち》をつき、「たたたた……」とうめいた。尾《び》てい骨《こつ》にひびでも入ったんじゃないかという痛さだった。

スクーターの方もバランスを崩したようだったが、転倒まではしなかった。フルフェイスのヘルメットを被《かぶ》った、黒地に赤ラインが入ったジャージの上下を着た中肉中背の男だった。その男は両足ではさむようにして、フットレストの上にベージュのハンドバッグらしきものを載せていた。

スクーターの男はすぐさま「大丈夫ですか」と声をかけてくると思っていたら、何とヘルメットも取らず、あっという間にエンジンを吹かして国道の方へと走り出した。高生は「おいっ」と怒鳴りながらナンバーに目をこらす。スクーターはすぐ先で左折して見えなくなった。

「何てやつだ、ったく」

細い道の先から、顔を赤くした小太りの夫人が自転車を漕《こ》いでやって来た。

「引ったくりですっ。後ろから追い抜きざまに、前カゴに入れてあったバッグを盗られたのっ」

「えーっ」と高生は口にしたが、すぐに尻の痛みを思い出して「……たたたっ……」と顔をしかめた。

病院で診察を受け、待合フロアで警察官に経緯を話して解放された直後、美土里さんからスマートホンに電話がかかってきた。せいらの誕生日祝いに送ってもらった商品券で［お買い物セット］とかいう玩具を買ったとの報告と礼の連絡だった。高生は「いやいやこちらこそ誕生日会に行けなくて申し訳ない」と応じて早めに話を終わらせようとしたのだが、様子が変だと気づいた美土里さんから、今どこにいるのかと聞かれ、病院の待合フロアにいることと、その理由を簡単に説明した。美土里さんはこういう勘が鋭いところがある。高生のことを認知症じゃないかと最初に疑い始めたのも美土里さんだった。

幸い、尾てい骨は無事で、尻に擦《す》り傷《きず》ができただけだったので、美土里さんには「たいしたことなかったから」と言っておいたのだが、一時間ほど経って、剛がせいらを連れて車で家までやって来た。焼き鳥屋の開店準備が一段落したところで様子だけ見に来た、ということらしい。おそらく、本当にたいしたことなかったのか確認しに来たのだろう。美土里さんが疑って何か言ったのかもしれない。

リビングのソファに浅く座った剛は、「で、逃げたスクーターのナンバーは覚えてなかった、と」と嫌味《いやみ》な言い方をした。

「違う、一度はちゃんと覚えたんだ」ダイニングテーブルの椅子を移動させて近くに腰かけた高生は、片手を振った。「覚えていたんだけど、誰かが呼んだ救急車に乗せられたり、病院で診察を受けたりしてるうちに忘れてしまったんだ」

「ちゃんと見て、覚えたけど、思い出せなかったわけね」

「それは……まあ、そういうことにはなるが」

孫娘のせいらは、剛の隣に座って、録画した映画『チャーリーとチョコレート工場』を熱心に観ていた。四歳にしては小柄なのは、自分の遺伝のせいかもしれない。せいらが喜びそうな子ども向けの番組を結構な本数録画してあるのだが、その手ものは自宅で観られるということなのか、高生宅に来るとたいがいこの映画を選んで観ている。多分もう十回近く観ているだろう。気に入っているようなので「何回も観て飽きない？」などと聞くことは控えている。

「お父さんを責めてるんじゃないよ、俺は」と剛は続けた。「とっさに見たスクーターのナンバーを忘れてしまったのは仕方ないことだ。もともと最近はもの忘れが多いようだし」

本当はその後で、こう続けたいのだろう。ほらね、だから認知症の検査に行くようにって何度も言ってただろう。

「もの忘れが多いとか、そういう言い方ばっかりするなよ」高生は苛立《いらだ》ちを抑えながら言い返した。「犯人の体格や服装なんかはちゃんと警察官に伝えたんだ。一瞬見ただけのナンバーを間違いなく記憶できる人なんて、そうはいないんじゃないか？　お前なら覚えられたか？　いきなり接触して転んだ直後だぞ」

「判った、判ったって。言い方が悪かったよ」剛は面倒臭そうに片手を振った。

病院で事情を聞いてきた警察官のことを思い出した。がっちりした体格の若い男で、礼儀正しそうではあったが、「ナンバーは見て、いったんは覚えたつもりだったけど、お忘れになった、と？」と言われたときは、何だか同情されているように感じた。やれやれ、目撃者は認知症かも――そんな心の声が聞こえてきそうだった。警察官は最後に「もし何か思い出すことがあったら、すぐにメモして、ご連絡いただけますか」と言ったが、態度からして期待はしていなさそうだった。

「おじいちゃんはボケてきたんだよね」テレビがコマーシャルになった途端、振り返ったせいらがそう口にした。剛があわてた様子で「違うよ、そんなことはないよ」と頭を横に振ったが、せいらはさらに「お父さん、お店を出る前にお母さんにそう言ってたもん」と挑むような顔つきで口をとがらせた。剛は怒ったように「ボケてきたら大変だと言ったの。せいらが聞き間違えたんだ」と返し、せいらは再び言い返そうとしたが、テレビ画面に向き直って、コマーシャルの早送りが終了して映画が始まったところだったのでリモコンを操作し、やり取りは尻切れトンボに終わった。

高生よりも先に、剛がため息をついた。

「まあ、あれだよ」剛は取り繕《つくろ》うような笑みを作った。「怪我がたいしたことなくてよかったよ。七十過ぎの人がスクーターと接触して倒れたりしたら、骨折してもおかしくないだろうけど、何ともなかったというのはたいしたもんだ」

無理してフォローされていることが判るので、余計にささくれた気分になったが、高生は「ああ」とうなずくだけで我慢した。

ふいにバナナのことを思い出した。買い物から帰って冷蔵庫を開けてみたら、二本のバナナの他に、四本入りの袋が入っていたのだ。昨日ちゃんと買っていたことを思い出せなかった。今日買った分を合わせると、十本になってしまった。

「せいら、バナナ食べるか?」と聞いてみたが、テレビ画面を見たまま「要らない」と返された。

「じゃあ、持って帰るか? おじいちゃんちにたくさんあるから」

「おじいちゃん」せいらは振り返ってほおをぷっと膨《ふく》らませた。「せいら、バナナ嫌いだって前にも言ったでしょ」

「えっ」

「ほら、正月に会ったとき」と剛が話に入ってきた。「コンビニに寄って、バナナと生クリームをスポンジケーキでくるんだやつをせいらに買ってやろうとして」

「ああ……」

本当ははっきりとは思い出せなかったが、覚えていないと言えば自分を不利な情勢に追い込んでしまうことは明らかだった。

「まあ、何にしても」剛は空気を変えるように両手をぱんと一度叩いた。「今回のこととは別に、お父さん、行って欲しいんだよ、本当に。検査」

またボケ老人扱いか。高生は、怒鳴り返したい衝動にかられたが、昨夜のことを思い出して口を閉じた。

洗い終えた片手鍋を弱火のガスコンロで乾かしていたのだが、トイレに行っている間にそのことを忘れてしまい、風呂に入ってしまった。昨年買い換えたガスコンロは点けっぱなしにしておくと熱を感知して自動的に火が消える機能がついていたので大事に至らずに済んだが、旧式のものをそのまま使っていたら、もしかすると大変なことになっていたかもしれない。

検査に行った方がいいのは、頭では判っている。だが、剛のような言い方をされると、つい反発してしまう。そのことを言ってやろうと思ったが、飲み込んだ。曲がりなりにも、引ったくり事件に巻き込まれた父親を心配して訪ねて来てくれたことは確かなのだ。

「ああ、行くよ、近いうちに」

「本当に？」

「ああ」

「今は進行を止めることはできるそうだから」

「ああ」

「こういうことは早め早めに手を打つことが大事だから」

「だから判ったって言ってるだろう。ちょっとしつこいぞ」

「しつこく言わないとちゃんと行かないだろう」

せいらが振り返り、「ケンカはダメっ」と怒鳴った。妙な間が空いて、テレビ画面に映るおそろいの赤い服を着た同じ顔の小男たちが、オーガスタスがどうのこうのと踊りながら歌う声のボリュームが大きくなったように感じた。注意して聞いたことはなかったが、「おデブで意地悪いオーガスタスグループ」だとか「そうブタさ、いやしくてブサイク」などと歌っている。せいらにこんな歌を何度も聞かせてしまっていたのか……。


剛たちを玄関で見送り、トイレで小用を足していると、玄関ドアが再び開く気配があった。そして「おじいちゃん、犬がいるよ」というせいらの弾んだ声。

いちいちそんなことを。誰かが犬を連れて家の前を通っただけだろうに。高生は下着をずり上げながら「そう、それはよかったねー」と大きめの声で応じた。

「家の前に犬がいるよ」

「へ?」

すると剛が「迷い犬が敷地内に入ってる」と言った。

迷い犬。なんでうちに。

トイレから出ると、玄関の方からせいらが「おじいちゃん、早く、早く」と手招きした。サンダルをはいて外に出てみると、赤い首輪をつけた黒柴《くろしば》ふうの中型犬が、玄関ポーチの先、レンガタイルを敷いた小路の二メートルほど先にちょこんと座っていた。

「カーポートの奥の、物置小屋のところにいたんだけど」と剛が言った。「俺たちが家から出て来たのを見て、とことこやって来て、ここに座ったんだ。知ってる犬？」

「いや、知らん」

「本当に？　人に馴《な》れてる感じなんだけど」

「だから知らないって」

「あ、そう……」剛はやや疑い気味の表情で小さくうなずいてから、「黒柴みたいだね。体重は……十キロちょっとぐらいかな」と続けた。

「ああ。でも顔つきにちょっと洋犬っぽさがあるな。多分、柴犬の血が濃い雑種ってとこだろう。体重はもうちょっとあるんじゃないか」

スーパーの前につながれて飼い主を待っている犬を見かけることがある。たまたま中年女性が飼い主らしき高齢男性と話していて、「このコは十三キロぐらい」と言っているのを聞いたことがある。目の前の犬も、それぐらいの大きさがある。

「お父さん、犬、触っていい？」

「待て待て」近寄ろうとするせいらを剛が制した。「人なつっこそうだけど、いきなり咬《か》んだりするかもしれない。お父さんがまず触ってみるから」

犬はきょとんとした表情で首をかしげた。せいらが「かわいいー」と言った。

剛が玄関ポーチから下りると、犬は立ち上がって尻尾を振った。咬みつきそうな雰囲気は全くなかったが、高生は念のために「上から頭を触るんじゃなくて、首とか胸を触るようにした方がいいぞ。犬は知らない人間から頭をなでられるのを嫌がるから」と言った。何かのテレビ番組で得た知識である。剛は「はいはい」と言いながら犬の前でしゃがみ、片手で首の周りをなでた。犬は目を細めて、されるがままになっていたので、さらに剛は両手でなで回した。その手の匂いを嗅《か》いで、「室内で飼われてたのかな。獣臭みたいなのはないね」と言った。

高生が「オスみたいだな」と言うと、剛も「だね」とうなずいた。「歳は……結構いってるかもな、この落ち着いた感じからして。若かったらもっと興奮したりおどおどしたりしそうな気がする」

せいらが「おじいちゃん、この犬、飼う？」と弾んだ声で聞いてきた。「名前はチャーリーにしよっ」

「いやいや」と高生は頭を横に振った。「首輪がついてるだろ、それは飼い主がいるってことだから」

「飼い主の人が来なかったら飼う?」

剛が「すぐに飼い主は見つかって、この犬は自分のおうちに帰るよ」と言った。

「じゃあ、犬がおうちに帰る前に私も触るっ」

せいらが玄関ポーチから下りたので、高生は「頭じゃなくて首や胸を触るんだぞ」と、さっきと同じ言葉を繰り返した。

しかし、せいらは、いざ触れる距離になるとビビってしまい、手を出してから急に引っ込めた。剛が犬の首輪をつかんで「ほら、大丈夫だから」と促《うなが》すと、ようやく指先で胸の辺りにそっと触れた。それで安心したようで、せいらは「わあ、ふかふか」と高生の方を振り返って笑い、それからは両手でなで始めた。犬は嫌がる様子もなく、目を細めていた。

「俺は見たことないけど、近所で飼われてる犬だろうかね」

高生が言うと、剛が「町内会長さんとか、犬を飼ってるご近所に聞いたらすぐに判るよ。それまではどこかにつないでおいた方がいいかも」と応じた。

確かに、放っておいたら車に轢《ひ》かれたり自転車に接触したりするかもしれない。高生は「ああ、ロープがあったかな……」と答え、家の中に戻って靴箱の一番下の段からリュックサックを引っ張り出した。市が七十歳以上の高齢者に配布した防災リュックで、中にロープが入っていたはずである。

とりあえずは、玄関ポーチ近くの、今は駐輪場と物干しに使っているカーポートの柱にロープをくりつけて、犬の首輪につないだ。犬はそのときも抵抗しなかった。高生も触れたくなり、しゃがんでなでてやると、鼻先を高生の股間に突っ込んできて匂いを嗅いできた。犬は視覚よりも嗅覚で人を識別すると聞いたことがある。もしかしたらこの匂い嗅ぎで、相手の性別や年齢などを理解したのかもしれない。

「飼い主の情報はないかな……」高生はつぶやきながら赤い首輪を観察してみた。剛が「そういえば、予防接種したことを証明する小さな金属プレートみたいなのが首輪についてたりするんじゃないかな。それがあったら登録番号みたいなのから飼い主が判るはずだよ」と言った。

それらしき金属プレートはなかったが、黒い油性ペンで小さく〔マジック〕と書いてあった。

「このマジックというのは、犬の名前だろうかね？」と高生が顔を上げると、剛も「うん、名前だろうね。名前が判ってるわけだから、飼い主はすぐに見つかるよ」とうなずいた。せいらが「チャーリーがよかったのに」と言い、剛は「チャーリーじゃなくてマジックだってさ」と首をすくめた。

とりあえずここにつないでおいて、高生が町内会長さんなど近所に聞いて回って飼い主を探す、ということになった。剛は「じゃあ、俺たちは行くから」と自家用車のワンボックスカーに向かおうとしたのだが、さきほどからしゃがんで犬をなで続けていたせいらが「せいら、マジックと一緒にいたい」と言い出し、犬の首を両手で抱きしめた。

「一緒にいても、すぐに飼い主が見つかって離ればなれになるんだぞ。今バイバイしといた方が寂しくないから。ほら、行くよ」

「嫌っ、せいら、マジック飼いたい」

「だーかーらーっ」と剛は少し苛立った口調になった。「よその犬なの。飼い主がちゃんといるの。さっきからそう言ってるだろ」

「飼い主の人にちょうだいって言うっ」

「うちはマンションなんだから、飼えるわけないだろう」

「おじいちゃんちで飼うっ」

「よその犬なんだから無理だってば。ほれ」

剛がせいらの腕をつかんで強引に犬から引き離すと、せいらは案《あん》の定《じよう》、口をへの字に曲げて泣き出した。だが泣いたからといってどうなるものでもない。高生は、内心ため息をつきながら、剛に抱きかかえられて手足をばたつかせている孫娘を眺《なが》めた。

せいらはこの後、そのまま焼き鳥屋に連れて行かれて店内で夕食を摂《と》るのだろう。その後もたいがい店内にとどまって、常連客たちに遊び相手になってもらっているという。そして、せいらが眠くなったら奥の小部屋で寝かせ、閉店後に寝入っているせいらを抱えて車で帰宅することになる。小さな子どもをそういう環境に置くのはどうかと思うが、いらんことを言うとまた剛との関係が悪化するので黙っている。そういう育て方のお陰でせいらが社交的で明るい子に育つ可能性も、あるにはある。

せいらだけをうちに泊まらせるのはまだ無理だろう。暗くなったら「お父さんとお母さんのところに行く」などとぐずり出すに決まっている。剛もそれが判っているからこその対応なのだろうが、泣きながら連れて行かれる孫娘を見送るのは気分がいいものではない。

「あ、そうだ、せいら」考えをまとめた高生は両手をぱんと合わせた。「飼い主が判ったら、その人にお願いして、また触りに行けばいい。おじいちゃんが連れてってあげるから」

すると剛も「そうそう、その手があった。せいら、よかったな。来週、飼い主の人のところに行ってマジックと遊んだらいい」と大きくうなずいた。

「じゃあ明日来たいっ」

「判った、じゃあ明日また来よう」明日は日曜日なので、幼稚園は休みである。

この犬のお陰で、珍しく二日連続で孫娘がやって来るわけか。高生は少しだけマジックに感謝した。

その夜、鶏肉や野菜を入れた鍋焼きうどんを食べ終えて、一人用の土鍋を洗っているときに、調理台に置いてあったスマホが振動した。珍しく剛からである。普段、連絡があるときはたいがい美土里さんからである。

迷い犬はどうなったのかというものだった。

「町内会長さんや、犬を飼っているご近所に聞いて回ったんだが、みんな知らんそうだ」

高生の報告に、剛は「えっ、まじで？」と言った。「じゃあ、どうしたの？」

電話の向こうから、「マジック、どうなったの？」というせいらの声が聞こえ、剛が「飼い主、まだ見つかってないんだって」と答えている。

「とりあえず、地元の新聞社に電話かけて、迷い犬を預かってます、っていうコーナーに掲載してもらうことになったよ。メールで写真画像を送ろうと思ったんだが、紙面スペースの都合で、文字の情報しか受け付けてくれなかった」

「明日の朝刊に載るの？」

「ああ、そこは間に合わせるって言ってくれた」

「黒柴ふうのオスの中型犬で、おとなしい性格、赤い首輪にマジックと書いてあることが新聞に載るわけだね」

ちゃんとマジックの情報を伝えたかどうかを心配しているらしい。高生は「ああ、ちゃんと言っといたから」と応じた。「最初は交番に連れてって後は任せちまおうと思ったんだが、最寄りの交番まで二キロぐらいあるし、せいらが明日もマジックに会いに来るつもりでいることを思い出したんで、とりあえず今日はうちに泊めてやることにしたよ」

「泊めるって、家の中に入れるの？」

「いや、カーポートの下で寝そべってるから、そのままにしとけばいいんじゃないか」

「エサとか、おしっことか、大丈夫なの？」

あ、そうか。もしかしたら腹をすかしていて、おしっこも我慢しているかもしれない。

「そうだな、家にあるものを何かやって、おしっこは敷地内でさせとくよ」

「ダメだよ、犬に人間の食べ物は」

「何で」

「ネットで調べたんだけど、犬にとって人間の食べ物は塩分が多すぎて毒だから、やっちゃいけないんだって。やるなら専用のドッグフードじゃないと」

「そうなのか？」

「昔は残飯なんかをやってたから犬の寿命が短かったんだって」

「犬の寿命って、どれぐらいなんだ？」

「ドッグフードで飼えば、中型犬は十五年から二十年ぐらい。大型犬はそれより短め、小型犬は長めだって」

「えっ……」

高生が子どものときに家で飼っていた雑種のクマコは、一歳ぐらいのをもらい受けて、八歳ぐらいで死んでいる。それぐらいが犬の寿命だと思っていたのだが、違っていたのか……。クマコの食事はたいがい味のついた残飯だった。

しかし、保護した迷い犬のために、わざわざドッグフードを買いに行かなきゃならんのか。高生は壁にかかっている時計を見た。午後七時半を過ぎていたが、近所のホームセンターは確か夜の九時までやっているはずだった。

せいらがマジックをなでているときの、うれしそうな表情を思い出す。孫娘のためなら、それぐらいのことはやってもいいか。

「判った、じゃあこれからドッグフードを買いに行くわ」

「その前に敷地内でおしっこだけさせといてやってくれる？」

「ああ、判った」答えながら、もしウンチをしたら面倒だなと思った。

電話を切った後、財布の中身を確かめ、ジャンパーをはおったところでまた剛からかかってきた。出ると、せいらが「おじいちゃん、マジックを家に入れてあげてね」と言ってきた。

「えっ……いや……」

「外はかわいそうだよ。家の中に入れてあげて」

「うーん……」

剛が「玄関だったら大丈夫なんじゃないって頼んでみたら?」と言っているのが聞こえ、せいらは「あのね、玄関だったら大丈夫なんじゃない?」と復唱した。

自分の家じゃないと思って好き勝手なことを。高生は少しむっとなったが、せいらに頼まれると弱い。孫娘との距離を縮めるチャンスではある。

「判った、じゃあ、玄関で寝かせるから」

せいらは、礼の言葉を口にするどころか、「ドッグフードとお水もあげてね」と要求をつけ加えた。

「ああ、判った。ドッグフードとお水ね」

「ドッグフードは美味《おい》しいやつね」

「はいはい、美味しいやつを買うよ」

美味しいかどうかなんて、犬じゃないんだから判らんよ。

「それと、お散歩にも連れてってあげてね」

「えっ」

せいらは「お・さ・ん・ぽっ」と大きな声で繰り返した。

自転車のライトをつけてホームセンターに行き、ドッグフードの他、犬用のリードも購入した。ドッグフードは小さめの袋を選んだが、値段はやや高めのものにした。飼い主に引き渡すときに、ドッグフードの残りも渡すつもりなので、あまりに安いエサだと格好が悪い。それに、ちゃんとしたエサを与えてくれていた、と思ってもらった方が、それなりの謝礼が期待できる。別にカネが欲しいわけではないが、預かっていた間の実費プラス気持ちぐらいは堂々と受け取ればいい。リードは〔中型犬用〕という表示札がついたものの中から、首輪の色と同じ赤色を選んだ。持つところは輪っかになっていて手首を通してからつかむ、ということだろう。反対側の先端はフックがついていて、ワンタッチで首輪の金属リングと着脱できるようになっている。

帰宅して、エサをやる前に散歩に連れ出すことにした。カーポート内でウンチでもされたらかなわない。幸い、買って来たリードをマジックの首輪につなぎ、結んであったロープを外すときに確かめたところ、ウンチもおしっこもしていないようだった。高生は両手でマジックの首周りをなでてやり、「よしよし、汚さないでちゃんと待ってたのは、えらいぞ」とほめた。マジックは目を細めながらじっとしていたが、高生のなで方がしつこかったのか、もうやめてくれ、とでも言いたげに首を振った。

まずは家の敷地内でおしっこだけはさせておこうと思い、家の周りを一周した。玄関ポーチ周辺とカーポート以外はコンクリート舗装されておらず、丈の低い雑草が生えた土のところと砂利を敷いたところがある。

マジックは、それと教えなくても、隅っこの植え込み付近でおしっこをした。おしっこは舗装されていない場所で、と飼い主にしつけられているらしい。

家の周りを一周する間に、マジックは三回おしっこをした。そのことで、もしかしたらここはもう自分の縄張りだと認識したのかもしれない。

いよいよ外に出るかと思ったときに、ジャンパーのポケットの中でスマホが振動した。また剛からだった。「何だ」と尋ねると、剛は「もう散歩、行った?」と言ってきた。

「ちょうど今から行くところだ」

「判ってるとは思ったけど、一応言っておこうと思って」

「何を」

「いや、犬のウンチ、後始末。ネットで調べてみたけど、小さなポリ袋とたたんだトイレットペーパーで処理してる人が多いみたいだね」

「ああ……」

「要するに、ウンチをトイレットペーパーで包《くる》んで、ポリ袋に入れて持ち帰って、トイレに流すってこと。犬のウンチを始末しないで放置したら二万円の罰金っていう条例があるらしいから」

二万円……それはえらいことだ。だが高生は「判ってるよ、犬のウンチは持ち帰れってとぐらい」と応じた。剛に言われて気づくという形はしゃくである。背後でせいらが「せいらも犬のお散歩行きたいっ」と言っている。

電話を切った後、マジックを玄関に待機させてトイレに行き、トイレットペーパーを引っ張り出して、たたんだものを二つ作った。ダブルのトイレットペーパーを六回たたんだので、十二枚分の厚さということになる。これだけあればウンチを包んでつかんでも大丈夫だろう。ポリ袋はスーパーで買い物を詰めるときに自由に使える薄いやつが台所にたっぷり取ってあるので、それを二重にして使えばいい。普段は生ゴミを捨てるときなどに使っているのだが、まさか犬のウンチのために出番がくるとは。

外はすっかり暗くなっており、気温もぐっと下がっていた。高生はジャンパーのファスナーを上まで上げ、リードの輪っかを左手首に通してからつかみ、玄関ドアを施錠してマジックの散歩に出かけた。トイレットペーパーとポリ袋はジャンパーのポケットに入れた。

住宅街の道を百メートルほど進んで国道沿いの歩道に出た後、右手にある水路沿いの遊歩道へと入った。外灯が少なくて足もとが見えにくいが、ここなら路肩が舗装されていないので、マジックにおしっこをさせても大丈夫だろう。

マジックは高生よりも前に出て歩いていたが、さほどぐいぐい引っ張るふうでもない。もしかすると、こちらの歩くペースに合わせてくれているのだろうか。

さきほど家の周りでおしっこをさせておいたお陰か、マジックはときどき立ち止まって路肩に生えている雑草などの匂いを嗅いだが、あまりおしっこはしなかった。たまに片足を上げても、ちょろちょろと出るだけである。家の敷地内でやらせておいたのは正解だったようである。

遊歩道の途中にある児童公園に到着したところで引き返そうとしたが、マジックが公園内に入りたがるそぶりを見せたので、つき合うことにした。胸ぐらいの高さの金網フェンスに囲まれた、さほど広くない公園で、出入り口付近にブランコやすべり台、コンクリートのベンチがある。

マジックは公園に入るなり、同じ場所で数回ぐるぐると回ってから、後ろ足を開いて身体を低くした。これはもしやと思っていると、案の定ウンチをした。雑草もなく、民家の前でもない場所でウンチをするよう、しつけられているのだろうか。お陰で処理は簡単だった。トイレットペーパーで覆って、ポリ袋を手袋のようにしてつかみ、くるりとひっくり返せばおしまい。このままポリ袋の口を絞って持って帰ればよい。

「手間のかからない、いい犬だな、お前は」

高生がそう言って首周りをなでてやると、マジックは大きくあくびをした。

手間のかからない犬だと言ったのも束《つか》の間《ま》、公園を出て、来た道を戻ろうとすると、マジックは家とは反対方向にさらに進みたがった。

「おい、ダメだぞ、あんまり遠くに行ったら、同じ距離をまた引き返さなきゃならなくなるだろうが」

そう言ったが、マジックはなおも行こうとして、ぐいぐい引っ張った。こんなに強く引っ張られたのは初めてである。

「ははあ、もっと散歩をしたい、この程度じゃもの足りないってことだな」高生はうなずき、「でも、そっちはすぐに遊歩道が終わって住宅街になってしまうから、行くならこっちだ。遊歩道の中をもう一往復させてやるから」

暗い中、マジックの目が光っていた。それを見ているうちになぜか一瞬、望みどおりにしてやらなければならないような気分に囚《とら》われた。

危ない、危ない。高生は頭を軽く横に振った。まさかこの犬、催眠術を？

いや、ないない。いくら何でも。高生は自分の妄想に噴き出した。

マジックはなおも反対方向に行きたがった。高生が「頑固《がんこ》なやつだな」と舌打ちし、引っ張り合いになった。こういうところで勝ちを譲ると、犬は飼い主よりも自分の方が偉いと勘違いして、急に咬みついてきたりするので、しつけはしっかりした方がいい。

以前、テレビ番組で専門家がそんなことを言っていたのを思い出す。犬はオオカミの子孫で、群れの中での序列を重んじるので、あんまり猫かわいがりをすると飼い主を下に見てしまう、みたいな話だった。バナナを買ったかどうかなどは忘れがちなのに、こういう自分の生活とは無関係なことが頭に残っているのはなぜなのだろうか。

マジックはしばらくの間、しつこく反対方向に進もうとしていたが、それに対して高生は、来た道の方を向いて知らん顔をし続けた。目を合わせると根負《こんま》けしてしまう気がするのは、催眠術などではなく、マジックの表情に独特のかわいげを感じて、つい情にほだされてしまうからだろう。

心の中で五十ぐらい数えた辺りで引っ張る力が弱くなり、さらに十数えたところであきらめたらしいことがリードから伝わってきた。

よし、今だ。高生が来た道を戻り始めると、マジックはやや抵抗しながらもついて来た。

なるほど、しつけというのはこういうことの積み重ねなのだな。

国道に出る手前でもう一度折り返そうかと思ったが、手に持っているウンチ入りポリ袋を早く処理したかったので、そのまま帰宅した。マジックは途中からは高生の前に出て歩くようになり、家に向かうことに抵抗する様子はなくなった。

帰宅して、トイレにウンチを流した後、ウエットティッシュでマジックの足裏の肉球を拭《ふ》いてやった。飼い主からも足を拭いてもらっていたのか、嫌がる様子はなかった。

上がりかまちの隅に新聞紙を広げ、そこでマジックにエサを与えた。捨てずに食器棚の奥にしまい込んであった、縁が少し欠けた小皿にドッグフードを、紗代が亡くなってからは出番がなくなった小さなグラタン皿に水を入れる。マジックはドッグフードをくんくんと嗅いでから高生を見上げてきたので、「食べていいぞ。ほれ。よし」と言うと、もそもそと食べ始めた。しつけられているせいで食べるゴーサインを待っていたのか、それとも目の前のドッグフードが不満だったから見上げてきたのか判らなかったが、マジックの敷き布団にと押し入れから引っ張り出した古い毛布を持って戻ったときには、きれいに平らげていた。

皿や新聞紙をどけて、そこに四つにたたんだ毛布を敷いてやると、またもやマジックはじっと見上げてきた。「ここで寝ていいぞ」と言うが、マジックは立ったままだった。どこか困惑しているような表情だった。こんなところに寝かせるつもりか、とでも言いたいのだろうか。

「飼い主がまだ判らないから、今夜はここがお前の寝床だ。不満かもしれんが、そもそもお前が迷子になったせいだからな。俺に文句を言うのは筋違いだぞ」

するとマジックはまた大きなあくびをした。判った判った、もういい、と言いたげな感じだった。

リビングのソファでテレビを見ながら、芋焼酎をちびちびやっているときに一度気になって様子を見に行ってみると、マジックは毛布の上で丸くなって寝ていた。高生に気づいたようで、むくっと顔を上げたので「おやすみ」と小声で言い置いて引き返した。

その後はスマホで、犬の飼い方についての情報を集めた。昔は叩いたり叱りつけたりして従わせるのが当たり前だったが、今は真逆で、たっぷりと愛情を注いでやること、やるべきことができたらほめてやること、話しかけてやること、などが推奨されていた。その一方、テレビ番組でやっていたように、猫かわいがりは犬を勘違いさせるので上下関係はちゃんと判らせる必要がある。要するに、犬にはしつけが必要だが、そのやり方はほめるなど愛情を持って、ということのようだ。だから、散歩コースは犬に決めさせるのではなく飼い主が決めるべきなのだ。その他、散歩は一日に二回ぐらいは連れ出してやった方がいいらしい。散歩ができないとストレスが溜まって無駄吠《むだぼ》えをするようになってしまうという。

就寝前にもう一度マジックのところに行って「おやすみ」となでてやると、マジックは薄目を開けて、ぐるるるっと音を出した。

リビングのソファで寝かせてやるか？　いや、ここでいいか。

思えば、うちに泊まりに来た客は久しぶりである。

翌朝、剛から電話がかかってきて、せいらを連れて行くのは夕方でいいか、と言われた。幼稚園の友達家族から誘われて、一緒に遊園地に行くことになったからだという。遊園地には美土里さんが連れて行き、帰宅してから剛がここに連れて来るようである。

高生は「別に構わんが、せいらが来る前に飼い主に引き渡してるかもしれんよ」と釘《くぎ》を刺しておいた。剛は「判ってる。そのときはそのときということで」と応じてから、「飼い主さんにはマジックに会いに行くことの了解を取っておいてもらえるとありがたいんだけど」とつけ加えた。

朝刊を広げて、迷い犬のコーナーにマジックのことが載っていることを確認。高生のスマホ番号が掲載されているので、飼い主から今日中にも連絡がくるだろう。

バナナとインスタントコーヒーの朝食を摂った後、マジックの散歩に出かけることにした。そうだと思いつき、衣装ケースにしまい込んであったハンチング帽を出して、かぶってみた。最近はスーパーへの買い物と、週に二、三回近所のスーパー銭湯に出かけるぐらいしか外出しないので、薄くなった頭などお構いなしだったが、マジックとの散歩でかぶるのはなかなかいいアイデアである。よくしつけられた犬と紳士ふうの飼い主。高生はさらに、ちょっと上等のチノパンと、若い頃に愛用していた羊革のジャンパーも引っ張り出した。姿見に映してみると、昔の日活映画に登場する俳優みたいで悪くない。最近は身なりに頓着《とんちゃく》しなくなっていたことを少し反省する気持ちになった。

寝室に使っている二階の窓から見ると、明け方まで小雨が降っていたようで、道路が濡れていた。今も空は雲が多かったが、雨はもうやんでおり、晴れ間が覗き始めていた。

「よし、マジック、朝の散歩に行くぞ」

昨夜とは高生の格好が違うせいか、マジックは少し不思議そうに見上げてから、毛布の上で起き上がって、伸びをした。

コースは昨夜と同じだが、遊歩道に至るまでに、数人のご近所さんから声がかかった。まず、洗車をしていた岸山《きしやま》さんから、おはようございますのあいさつよりも先に「おや、どうしたんですか、そのワンちゃん」と聞かれた。岸山さんは確か、最近定年退職をしたとかで、夫婦そろってスーパーで買い物をしているところを見かけるようになった人だが、もともと町内の清掃活動や資源物収集のときなどに多少の世間話をする程度しかつき合いがない。どういう仕事をしていた人なのかも知らないが、堅実なサラリーマン、という印象はあった。

高生が、昨日敷地内に迷い込んだ犬であることを説明すると、岸山さんは「へえ、そうなんですか。オスですかね」と洗車ブラシを足もとに置いて近づいて来た。マジックはそれを迎えるつもりのようで、ちょこんと座った。

岸山さんはマジックを両手でなでて、「いい犬ですね。しつけができてる」と笑った。

「うちでもまた犬を飼おうかって話はしてるんですけどねー、このまま年を取って身体にガタがきちゃうと、最後まで面倒見られないかもしれないんで。迷ってるところなんですよ」

「ああ、そういえばだいぶ前に白いワンちゃんを飼っておられましたね」

言いながら高生は思い出した。高校生ぐらいだった娘さんがその犬を散歩させているのを以前は見かけたものである。あれはもう十年以上前だったのではないか。

「ええ」岸山さんはマジックをなでながらうなずいた。「急にぽっくり逝《い》ったのでよかったと思ってますが、娘は何日も泣いてましたよ」

「へえ」

「その娘ですが、東京の会社に就職したと思ったら、北海道の支社に転勤になりましてね。三十過ぎても結婚する様子もなくて、そういう話をしたら嫌がって、もう帰省しない、なんてことを言いやがるんです。女房も、時代が違うんだからって、娘の味方をして」

「あれまあ」

「孫ができないんなら、代わりにまた犬を飼いましょうかね」

「それもいいかもしれませんね」

二人で軽く笑い合ってから、岸山さんが「あ、お散歩にお出かけのところ、呼び止めちゃってすみませんでした」と頭を下げた。「飼い主さん、早く見つかるといいですね」

岸山さんはそう言って手を振って見送ってくれた。

長年、近所に住んでいながらほとんど交流がなかった人なのに、マジックを連れているだけでなごやかな会話ができたことに、高生は少し高揚する気分を味わっていた。岸山さんの娘さんの近況まで教えてもらったのである。別に知りたかった情報ではないが、さきほどの短いやり取りだけで、岸山さんとその家族がただのご近所さんではなく、ぐっと身近な存在に思えてくる。

「まさにマジックだな。お前のそういう能力が名前になったのかな?」

歩きながら問いかけてみたが、マジックは知らん顔で前に進んだ。

国道沿いの歩道に出る少し手前で、今度は洗濯物を干していた入野《いりの》さんのご夫人から、生《い》け垣《がき》越しに「あら、七山さん、犬を飼われてたんですか」と声がかかった。入野夫人は妻の紗代としばしば立ち話をする仲だったようだが、高生とはあいさつを交わしたことしかない。年齢は紗代よりも一回りぐらい若そうで、小太り体型が、愛想がよさそうな顔つきに合っている。

高生が事情を話すと、入野夫人は「あら、本当に。飼い主さん、見つかるといいですね」とうなずいた。「でも、七山さんが前から飼ってるみたいに見えますね。違和感がないっていうか、ワンちゃんと息が合ってる感じで」

「そうですかね」

「私が触っても大丈夫かしら」

「ええ、おとなしい性格なんで、大丈夫ですよ」

そう言うと、入野夫人は低い門扉を開けて出て来て、しゃがんでマジックの首周りをなでた。「わあ、ふかふかでかわいいこと」

「犬を飼われてたことがあるんですか」

「ええ、だいぶ前に一度だけ。親戚から頼まれて仕方なく雑種の子犬をもらったのに、気がついたらすっかり情が移っちゃって、死んだときは悲しくてねー。親が死んだときには泣かなかったのに、そのコが死んだときは涙が止まらなくて。それが辛かったから、もう犬は飼わないって決めてたんですけど、こうやってなでてたら、決心が揺らぎそう」

マジックは目を細めて入野夫人になでられていたが、飽きてきたのか、小さなあくびをした。

そのとき、「おっ、初めて見るワンちゃんだな」という声がして、ジャージ姿の入野さんのご主人も出て来た。「おはようございます」と互いにあいさつし、入野夫人が迷い犬であることなどを説明した。入野さんは「へえ、迷い犬を預かるだけじゃなく、散歩にまで連れ出してあげるとは、お優しい」と高生に笑いかけてから、マジックに対して「もう七山さんちの犬になったらどうだ」と言った。

入野さんもしゃがみ込んでマジックをなで始めた。ご夫人と同様、入野さんもずんぐりした体型で、まだ還暦《かんれき》を過ぎたばかりだろうに見事な白髪を角刈りにしている。確か、建築現場で働いていたが数年前に退職したと聞いている。

マジックがまたあくびをすると、入野さんは「あら、退屈そうにして。あ、そうか、散歩に行くところだったんだよな、ごめんごめん」と苦笑いをして立ち上がった。「七山さん、そういえばときどき中橋《なかはし》の和菓子屋さんの裏で釣りをされてますよね。自転車で銀行のATMに行き来するときに何度かちらっとお見かけしたことがあるんですよ」

「ああ、そうでしたか。いやいや、お恥ずかしい」

「見たところただの水路ですけど、何が釣れるんですか」

「あそこにはヘラブナとマブナがいるんですよ。最近はブルーギルも入ってきちゃってて、ちょいちょいかかりますね。コイもときどきかかります」

「へえ、そうなんですか」

「和菓子屋さんから、甘い匂いの排水が流れ込んでるので、小麦粉とか砂糖とかが溶け込んでるんでしょうね。フナとかコイとかはそういうのが好物なんで、集まって来るんですよ」

「へえ、釣りっていうと、ミミズとか虫とかをハリに通さなきゃいけないと思ってましたが、そうでもないんですか」

「ミミズでも釣れますがフナは基本、サツマイモなどの穀類《こくるい》で釣るんですよ。釣具屋に行けば専用の練りエサも売ってますよ」

「なるほど。いえ、実はね、退職した後することがなくって、七山さんが釣りをなさってるのを見かけて、ああ釣りという手もあるなあって。でも全くやったことがないものだから、なかなか行動を起こすことができなくて」

「この人、ミミズとか触るのが大の苦手で」と入野夫人が笑った。「そういうものでしか釣れないと思ってたよね」

「ああ」入野さんがうなずく。「それに、じっと座って釣れるのを待つっていうのも、どうも自分には性に合わないだろうなって」

「意外と、じっと待ってるようなことはないんですよ」と高生は答えた。「この辺の水路だったら、寄せエサを撒《ま》いて二十分もすれば、次々とかかり始めますから。ヘラブナがかかると、竿《さお》がぐぐっとしなってこう」リードを握っている高生の手が釣りの動きになった。「魚が抵抗するのが手に伝わってくるんです。これがいいんですよ」

入野夫人が「釣った後は逃がすんですか」と聞いた。

「ヘラブナは基本ゲームフィッシング、つまり遊びの釣りですから。釣れたときの感触を楽しんで、大物がかかったら写真を撮って、遊び相手になってくれてありがとうという気持ちを込めて、そっと水の中に戻してやる。それがまあ、マナーみたいなものですかね」

「話をお聞きしたら、ちょっとやりたくなってきたなあ」入野さんが片手で後頭部をかいた。「一度、七山さんが釣りをなさってるのを見学させていただくことって、できますかねえ」

「ええ。見かけたらいつでも一声かけてくださいよ。私の道具でよかったら、ちょっと体験していただきましょう」

「いいんですか」

「そんなの、お安いご用ですよ」

結局、近いうちに是非、ということで話がまとまり、入野さん宅前を後にした。

「マジック、すまなかったな、散歩を何度も中断させてしまって」

高生はそう口にはしつつ、マジックのお陰で釣りの弟子ができそうだということにほくそえんだ。実のところ、ブログを通じてしか釣り仲間がいないことに、ちょっと寂しさを感じていたのである。

それにしても、マジックを連れて歩いているだけで、赤の他人とこんなふうに打ち解けて立ち話をすることになるとは。マジックがいなかったら、岸山さんにしても入野さん夫妻にしても、軽くあいさつをするだけだったはずである。

国道沿いの歩道を進んでいる途中では、話しながら歩いて来た高校生ぐらいの女子二人がすれ違いざまに「わあ、かわいい」とマジックに手を振った。

遊歩道に入ったところで、前方からマジックと同程度の体格をした柴犬を連れた若い女性が近づいて来た。相手の犬はマジックを認めて吠え始めたので、高生はリードを短く持ち直して脇にどいた。

近づくにつれて、相手の犬はますます吠え、牙をむき出しにしてうなりながら、マジックに向かって来ようとした。若い女性もリードを短く持ち直して「これっ、ダメよっ」と叱りながら犬を引っ張って制御し、すれ違うときには「すみません」と頭を下げた。高生は「いいえ、こちらこそ」と応じて見送った。

マジックはというと、きょとんとした表情だった。この犬は闘争心のようなものがないらしい。年を取り過ぎて、悟りのような境地に達しているのだろうか。

再び歩き出して「マジック、お前は偉いな。あんなに吠えられたのに平然とやり過ごすなんて」と声をかけると、ほんの一瞬マジックが横顔でこちらをチラ見したようだった。

児童公園に入ると、マジックは昨夜と同様、またウンチをした。それを処理していると、「犬がウンチしたー」という子どもの声が聞こえた。見ると、ブランコに乗った幼稚園ぐらいの女の子がいた。横に立っていた若いお母さんらしき女性が「りんちゃん、そんな言い方しないの」と軽く叱ってから高生に「すみません」と軽く頭を下げてきた。高生は「いいえ」と笑い返した。

ポリ袋の口を絞って持ち直したところで、女の子がブランコから下りて、こちらに走って来た。若いお母さんが「あ、ダメよ、りんちゃん」と追いかけたが、女の子はマジックの数メートル手前で急停止し、少し後ずさりした。犬を近くで見たくて走って来たが、いざ目の前まで来ると怖じ気《おけ》づいてしまったようだった。そういえば昨日、せいらも最初はそんな感じだった。

「犬、触っても大丈夫だよ」高生は片ひざをついて、リードを短く持ち直した。「こうやって、首の周りをなでてやって」と手本を見せる。

女の子はおそるおそる近づいて来た。薄手のパーカーにジーンズ姿の若いお母さんが心配顔をしているので、高生は「おとなしいんで、大丈夫ですよ」とうなずいた。マジックは自分の役割が判っているのか、ちょこんと座っている。

女の子はおそるおそる片手を出して、ちょっとだけマジックの首に触れて、また引っ込めたが、少し触れたことで自信を持ったようで、もう一度片手を出して、今度はしっかりとなでた。

「わあ、もふもふー」少し緊張していた女の子の表情が緩《ゆる》み、若いお母さんもしゃがんで一緒にマジックの首周りをなでた。娘に「わあ、ほんとにもふもふだねー」と笑いかけている。マジックはなでられるに任せている。

自分一人だけだったら、この母子とも、互いに知らん顔で行き違っていただろう。マジックがいるだけで、こういう出会いが起きてしまう。女の子には、公園で犬を触らせてくれたおじいさん、という記憶が残るはずだから、次にマジックなしで出会ったとしても、あのときのおじいさんだと認識して、手を振ったら振り返してくれそうな気がする。

「ワンちゃん、まだ若いんですか？」と若いお母さんから聞かれ、高生は「いや、歳はよく判らんのですよ」と言って、迷い犬であることを説明した。

「そうなんですか。このワンちゃんを見かけたことはないかなあ。この辺りの犬じゃないかもしれませんね。でもしつけられてる感じだし、飼い主さんもすぐに見つかりますよ、きっと」

するとと女の子が「迷い犬って、家出をした犬？」と聞き、お母さんは「家出をしたかどうかは判らないけど、飼い主とはぐれちゃったんだって。りんちゃんもこの前、ホームセンターではぐれて泣いたでしょ」と応じた。女の子は、他人の前でそういう話をされたことが気に入らなかったようで、ほおを膨らませてげんこつでお母さんの腕を叩き、お母さんが「痛いよ、りんちゃん」と苦笑した。

母子とバイバイと手を振り合って別れた後、来た道を引き返そうとしたが、マジックはまたもや家とは反対方向に行きたがった。昨夜よりも強い力で引っ張るので、高生はバランスを崩してよろけてしまった。

「おい、そっちはダメだと言ってるだろう。住宅街だからお前の散歩コースには不向きなんだよ」

しかしマジックはなおも行こうとする。高生が強く引っ張っても、四本の足を広げて踏ん張り、こっちに行くんだという固い意志を示してくる。

見つめ合い、気持ちがぐらつきそうになったので、いったん顔をそむけたが、そこまで意地になって引き返す必要もないかな、と思い直した。

「判った、判った。お前がそこまで行きたいっていうなら、少しつき合ってやってもいい。でも、そっちから先は民家が集まってるだけで、歩いたって別に楽しくも何ともないし、後でがっかりすることになるぞ」

一度行かせてやれば、飽きるか納得するかして、また行きたがるようなことはなくなるだろう。ならば、別に面白くも何ともない場所だということを学習させればいい。高生はマジックに行き先を任せてみることにした。

以前は古い民家が多く、建物同士の距離が近くて陽当たりがあまりよくない区域、という印象があったが、少しずつ建て替えが進んでいるようで、敷地を広めに取った新しい家も増えてきていた。木造モルタル造りだった安アパートも、レンガタイルのしゃれた感じのコーポに変わっていた。高生は「人間は年老いてゆくばかりなのに、町は若返ってゆくってか。うらやましいこった」とつぶやいた。

途中で十字路や三叉路《さんさろ》などがあったが、マジックは迷う様子を見せずに右左折して進んだ。引っ張られながら歩くうちに高生は、もしかしたらこの近辺に飼い主宅があるんじゃないかという気がしてきた。

やがてマジックが足を止めたのは、古びた二階建て民家の前だった。敷地は塀で囲まれておらず、トタン屋根がある駐車スペースには、かなり年季が入っていそうな軽自動車が停まっていた。色は白だが表面につやがなく、フロントバンパーにへこみがある他、車体にはあちこちこすったのを市販の塗料でごまかした跡がある。

「どうしたマジック。なんでここで止まるんだ？」

マジックはその家の前に座って、二階の窓を見上げていた。窓は細い金網入りのすりガラスのようだったが、異様だったのは、内側から黒い遮光《しゃこう》フィルムらしきものが貼られてあることだった。光を通さないタイプのものなのか、内側の様子が全く窺えない。

「お前、この家を知ってるのか？　ここが飼い主の家なのか？」

家の両側を覗いてみたが、犬小屋などはないようだった。背後は別の民家のコンクリート塀が迫っており、裏庭のようなスペースもなさそうである。マジックは家の中で飼われていたようではあるが……。

玄関ドアの横にかかっている木製の表札は汚れていて、目をこらしてようやく〈朝《あさ》日《ひ》〉と読むことができた。

「ほれ、もう行くぞ」とリードを引っ張ってみたが、やはりマジックは動こうとしない。

やはり飼い主宅なのか？　高生は多少のためらいを感じつつ、リードを引っ張って玄関ドアの前に立ち、チャイムのボタンを押した。

しばらく待ったが、応答はなかった。だが、家の中からテレビ番組らしき音がかすかに聞こえている。高生は歳の割には耳はいい方である。住人は今、トイレにでも入っていて、出られないのだろうか。

しばらく待って、もう一度チャイムを鳴らしてみると、テレビの音が消えたようだった。

だが応答がない。変な家である。

「ごめんください。朝日さん、ちょっといいですか。近所の者ですが」

少し大きめの声で呼びかけてみると、ようやく足音が聞こえ、解錠される音がして、玄関ドアが開かれた。

高生の顔を見返して「何？」と険《けわ》しい表情を見せたのは、四十ぐらいの太った男だった。黒縁《くろぶち》メガネをかけていて、ぼさぼさの髪を斜め上に上げ、黒いパーカーを着ていた。ドアチェーンがかかったままなので、顔と上半身の一部しか見えない。

「すみません、朝日さんで？」

「だったら何？」明らかに苛ついた態度だった。

「あのー、この犬、ご存じじゃないでしょうか」

「ああ？」朝日は座っているマジックを一瞥《いちべつ》してから「そんな犬、知らんよ。何なんだよ、あんたは」と問い返した。

「見たこともないですか？」

「知らんと言ってるだろうがっ」

朝日が早くもドアを閉めようとしたので、高生は「あっ、すみません、迷い犬なんですよ。で、飼い主さんを探してるところなんですが、朝日さんちの前でぴたりと止まったもので、もしかしてこちらの飼い犬なんじゃないかと思いまして」

「知らん。事情は判ったが、うちは無関係だ。とっとと帰ってくれ」

朝日はそう言うなりドアを乱暴に閉め、施錠した音が響いた。

マジックは無表情だった。

「おい、だったら何でここで止まったんだ？」

とがめる口調で言うと、マジックはその場で伏せの姿勢になったので、「ここはお前とは何の関係もない家なんだろ。何なんだよ」とリードを強く引っ張って立たせた。

帰るときもマジックは抵抗する態度を見せ、何度か朝日宅の方を振り返っていた。

夕方になって、剛とせいらがやって来た。せいらは大喜びで、上がりかまちに広げた毛布の上で寝転んでいたマジックをなでたり抱きしめたりし、来る途中で買って来たという、おやつ用のササミジャーキーを与えた。あんまり次々と与えるので、剛が「そんなにやったらご飯が食べられなくなるぞ。はい、もう終わり」と途中で取り上げた。

その後もせいらはリビングに入らず、家から持って来たブラシでマジックにブラッシングをしたり、何やら話しかけていた。その後は、高生宅に置いてある古い絵本を持ち出してきて、マジックに読み聞かせを始めた。犬に童話は理解できないだろうにとあきれたが、せいらが楽しそうにしているので口出しはしないでおいた。

リビングのソファに腰かけた剛に「何か飲むか？」と尋ねたが、「いや、いいよ」と答えてから剛は「それより、飼い主からの連絡、まだないの？」と聞いてきた。

「ああ、ないね」

「朝刊を見てないのかな。県内では購読世帯が多い新聞だし、飼い主本人が見てなくてもご近所さんから知らされると思うんだけど」

「うん」

「もしかして、もう飼う気がなくて捨てたとか」

「無駄に吠えたりもしない、おとなしい犬なのにか」

「まあ、あと一日か二日ぐらいは待ってもいいよね」

「あ、そういえば犯人、捕まったね」

「へ？」

「昨日のひったくり犯。お父さんが巻き込まれて転んだ」

「本当か？」

「ネットニュースになってたよ。今日の昼頃に逮捕したって」

剛は言いながらスマホを取り出し、その画面を見せた。

犯人は市内在住の二十二歳無職の男で、他にも同様の手口で被害届が出ているため、警察は余罪を追及する方針だとあった。被害に遭った中年女性がナンバーの一部を記憶していたことが犯人逮捕のきっかけになったという。

「警察から、俺には何も連絡きてないぞ」

「いちいちそんな連絡しないんじゃないか。直接の被害者じゃないんだから」

「でも、俺は巻き込まれて転倒して、救急車で運ばれたし、病院でいろいろ警察から聞かれたんだぞ」

「でも怪我はしなかったじゃん。警察って組織はそういうところ、あるんだよ。ニュースで判ることだし」剛はそう言ってから、「まあ、よかったじゃないの、犯人はちゃんと逮捕されたんだから」とつけ加えた。何となく、高生がスクーターのナンバーを思い出せなかったことは蒸し返さないでおくよ、というニュアンスを感じた。

夕方の散歩には、せいらもついて来た。「私も持ちたい」と言ったが、さすがに幼稚園の子にリードを託すのは危険なので、二人で一緒に持つことにした。公園でマジックがウンチをしたときは、「わあ」と言いながら鼻をつまんで見ていた。ウンチが入ったポリ袋を「持ってく？」と聞いてみると、せいらは頭を横に振りながら笑って後ずさりをした。

公園内では小型犬を連れた若い夫婦らしきカップルと出会い、吠えてこなかったので互いに「こんにちは」とあいさつをした。せいらがそのカップルに向かって「この子、マジックっていうの。迷い犬なんだよ。おじいちゃんが飼い主を探してるの」と言ったので、高生はついでに「そうなんですよ。どこの犬かご存じじゃないですか？」と尋ねてみたが、知らないとの返答だった。カップルと小型犬が遠ざかったところで、せいらが「マジックの方がかわいいよね」と言った。

公園から引き返すとき、マジックはまたもや朝日宅がある方に行きたがったが、高生は「ダメっ」と強めに言い、強引に連れ戻した。目を合わせるとまた情にほだされてしまう気がしたので、しばらくは来た道の方に顔を向けていた。

帰宅後、マジックがエサを食べる様子をせいらはじっと見て、剛が「そろそろ帰ろうか」と声をかけても、「まだいるっ」と言い張った。仕方なく剛がスマホで美土里さんに連絡を取り、今日は高生宅で夕食を摂ってから帰る、ということになった。事後報告の形で剛から「いいかな？」と聞かれ、高生は「ああ、いいよ」と応じた。

せいらは宅配ピザが食べたいと言い、高生も、まあたまにはそういうものもいいかと了承した。剛がスマホからソフトドリンクも一緒に注文してくれ、代金も払ってくれた。その礼を言うと、「せいらが喜んでるし、マジックのエサやリードの代金も出してもらってるから、気にしないで」と剛は笑った。剛とこんななごやかな感じの会話をしたのは、久しぶりのような気がする。

ダイニングテーブルでピザとジンジャーエールの夕食を摂っている間も、せいらは「マジックを見て来る」と何度か席を立った。剛は「仕方ないなあ」と苦笑いをしていた。

途中、せいらが「マジック、お手と言ったらお手したよっ」と興奮した様子で戻って来たので、三人でマジックのところに行って確かめた。せいらが再び「マジック、お手っ」と片手を出すと、マジックはちゃんとお手をしたので、高生は剛と共に「おー」と拍手をした。剛がさらに「お代わりもするんじゃないか」と言ったので、せいらが試してみると、マジックはそれもちゃんとこなした。

数分後、マジックはお手とお代わりの他、お座りと伏せもできることが判った。せいらがあまりにも何度もそれを繰り返すので、途中からマジックは動作が緩慢《かんまん》になり、もう勘弁してくれ、という顔で高生を見るようになった。高生が「せいら、何回もやらせるもんじゃないよ。マジックが嫌がってるよ」と諭《さと》し、ようやくマジックは解放された。

ピザを食べ終わった後、せいらはまたもマジックのところに行った。しばらくして、せいらが「マジックが笑ったー」と大きな声で言ったので、高生は剛と顔を見合わせ、

「うそだろう」などと言いながら二人で様子を見に行ってみたが、マジックは伏せの姿勢であくびをしていた。せいらが「さっきマジックが笑ったんだよ。本当だよ」と言ったが、剛が「へえ、そう」と半笑いでうなずき、高生も「それはすごいね」と相づちを打った。

二人でリビングに戻って、剛が「あくびをした顔が、せいらには笑った顔に見えたんだろう」と言ってソファに腰を下ろした。わざわざ否定せず、そういうことにしておけばいい、という方針は高生も賛成だったので、「だな」とうなずいた。

その後、高生が剛に、マジックが一軒の民家の前に止まって動きたがらなかったが飼い主でも何でもなかったという話をすると、剛は「他の犬がその辺にマーキングしてたんじゃない？　メス犬の匂いがしたとか」と自説を口にした。その後、剛からは、焼き鳥屋の経営状況や、せいらが就寝中に歯ぎしりをすることなどを聞いた。焼き鳥屋は上《う》手《ま》くいっており、贅沢《ぜいたく》をしなければ家族三人暮らしていけそうだという。また、そろそろもう一人、子どもが欲しいねと夫婦で話し合っている、ということも聞かされた。その話の流れで剛から「暇なときに店に顔出してよ」と言われ、じゃあ近いうちに、と約束することになった。認知症の検査に行くことを念押ししてこなかったのは、なごやかな雰囲気を壊したくなかったからだろうと高生は解釈した。

これまでのわだかまりは何だったのかと高生は心の中で、うーむとうなっていた。マジックがいなかったら、ずっと剛とはぎくしゃくしたままだっただろうし、せいらと会う機会も数えるほどしかなかったはずである。それが、マジックが現れた途端、すんなり関係が修復できた。マジックという名前のとおり、不思議な犬である。

もしかしたら、やっぱりマジックは催眠術も使えるんじゃないか、と一瞬だけ思ってから一人で苦笑いをして打ち消したが、いや、どうだろうかという気持ちがまた湧《わ》いてきた。

朝日宅を訪ねたのも、結局はマジックの意志に従ってのことだった。高生は最初のうち、絶対にそっちには行くものかと思っていたのに、気がついたらああなっていた。

それにしても、朝日宅にマジックが行きたがった本当の理由は、何だったのか。ただの気まぐれだとは思えないのだが、ではなぜかを考えるとさっぱり見当がつかない。

そのとき、剛が「おや、せいらの声が聞こえなくなったな」と席を立って様子を見に行った。すぐに戻って来て「マジックと一緒に寝ちゃってるよ」と小声で言った。

せいらは、丸く横になっているマジックの背中に抱きつく形で、一緒に毛布の上で寝入っていた。マジックはむくと顔を起こしたが、せいらは剛がゆすっても起きなかった。

結局、剛は寝入ったままのせいらを抱きかかえて帰ることになったが、その前にと剛がトイレに行っている間に、高生はせいらがマジックに抱きついて寝入っている様子をスマホで撮影した。こっそりプリントアウトして、後でせいらをびっくりさせてやるとしよう。

高生が後部のチャイルドシートに座らせてベルトを固定するときも、せいらは口を半開きにして眠っていた。

車を見送りながら高生は、来週せいらが来たときにはさすがに飼い主のところにマジックは帰ってるだろうから、がっかりするだろうと想像し、ため息をついた。


高生は翌日、スマホで撮影してコンビニでプリントアウトしたマジックの写真をA4サイズの紙に貼り付けて、迷い犬を預かっていること、名前や特徴、連絡先などを手書きしたものを作り、それを十枚ほどカラーコピーした。町内会長さんなどに頼んで、それらを周辺にある掲示板に貼らせてもらい、回覧板にも添付《てんぷ》した。

コンビニではついでに、せいらがマジックに抱きついて寝入っている写真も二枚プリントアウトした。一枚は自分用、もう一枚はせいらに渡すとしよう。せいらが目を丸くしたり喜んだりする様子を想像して、高生はほくそ笑んだ。

地元で配布されるフリーペーパーにも、犬猫をもらってくださいというコーナーがあったので、迷い犬を預かっているという情報も掲載してもらえるかどうか電話で問い合わせてみた。すると、掲載は可能だが翌月号になる、とのことだった。さすがにその頃には飼い主が見つかってるだろうと思ったので、見合わせた。

自宅から二キロ離れた交番にも自転車で出向き、マジックのことを伝えると、警察の方で預かることもできると言われたが、当面はうちで面倒を見ようと思っているので、もし飼い主から問い合わせがあれば伝えて欲しいと頼んでおいた。

ヘラブナやタナゴの釣果を掲載しているブログにも、マジックの写真を載せ、特徴などを書き込んだ。もしかしたら飼い主がネットで〔マジック　迷い犬〕などのキーワードで検索をかけて探そうとするかもしれないと思ったからだ。

その他、マジックの散歩中に出会ってあいさつをした人には、マジックが迷い犬であり飼い主を探していることを伝えるようにした。

しかし、三日経っても四日経っても、飼い主は現れなかった。その間、高生は朝と夕方にマジックと散歩をし、児童公園でウンチをさせ、帰宅したらエサをやり、上がりかまちに敷いた四つ折り毛布の上で休ませた。高生がトイレなどの用事で廊下に姿を見せるたびにマジックはむくっと起き上がって、何かするの？ どこか行くの？ みたいな顔をするがそうではないと知ると、また寝転んだ。これでは退屈だろうと思い、百円ショップのペットコーナーで犬がかじって遊ぶ玩具やボールを買ってやったが、マジックは最初にくんくんと匂いを嗅いだだけで興味を示さなかった。その一方、せいらが置いて行ったブラシをかけてやると気持ちよさそうに目を細めるので、暇なときや就寝前にブラッシングをしながら「飼い主からの連絡、今日もなかったなあ」「何でうちにやって来たんだ?」「あの朝日って人の家に何で行きたがるんだ?」などと話しかけた。もちろんマジックは返事などしないが、高生は徐々に、家族と過ごしているような気分になっていった。

朝と夕方の散歩では、児童公園から引き返そうとするたびに、マジックは朝日宅がある住宅地の方に行きたがった。最初の数日は「ダメだぞっ」と叱って力ずくで引き返していたが、それでもマジックがしつこく行きたがるので、マジックと出会って七日目、金曜日の夕方に、もう一度そちらに足を向けてみた。するとやはりマジックは、朝日宅の前で止まり、座って二階の方を見上げた。

「またか。何でこの家にこだわるんだ。お前とは何の関係もないだろう」

それでもマジックはじっと座って、二階の窓の方を見ていた。金網が入ったすりガラスの窓はこの日も黒いフィルムによって中の様子が全く窺えなかった。

剛は、メス犬の匂いがするんじゃないかと言ったが、マジックは周囲をくんくんと嗅いで回るような仕草は見せていない。ここに来たがる理由は別にあるはずだった。

一瞬、再び朝日宅のチャイムを鳴らして、あらためてマジックに心当たりがないか聞いてみようかと考えたが、すぐにため息をついて頭を横に振った。先日のあの非友好的な態度からして、今度はキレて暴力を振るってくるかもしれない。それにマジックも、朝日を見て喜んだり近づこうとしたりしなかったたし、逆に吠えたりといった反応も見せなかった。マジックの興味の対象は、朝日ではなく、朝日の家なのだろうか。だとしたら、その理由は何なのか。

もう帰ろうと思ったときに、もしかして、と一つひらめいた。

朝日宅がマジックの飼い主の家に似ているのではないか。

いや、だがそれなら、朝日宅を見てからの反応でなければつじつまが合わない。マジックは朝日宅を見る前から、ここに来たがったのである。

いや待てよ。マジックはうちの敷地に迷い込んで来る前に周囲を徘徊《はいかい》していたのではないか。そのときに朝日宅を一度見ていて、飼い主の家に外観が似ているため、興味を持った。だからまた来たがった。高生は、この説なら一応のつじつまが合うような気がした。

もう一つ思いついた。朝日は、家の中で犬を飼っているのではないか。犬の嗅覚は確か、人間の一万倍ぐらいあるという。この家にメス犬がいるとしたら、マジックが興味を示してもおかしくはない。

あるいは、マジックの親か兄弟犬が朝日宅にいるとすればどうだ。匂いだけでなく、動物の第六感みたいなものが働いたのかもしれない。

近くで物音がしたので目を向けると、朝日宅から左に三軒先の、年季が入った感じの家から出て来たご夫人が、小さな門柱の前をほうきで掃き始めたところだった。昔からここに住んでいる人、という感じに見えたので、高生はマジックを引っ張ってそちらに近づき、「こんにちは」と声をかけた。

ご夫人は髪を後ろに束ね、やせ気味の体型で、黒いぴっちりしたパンツに派手な柄模様が入ったトレーナーを着ていた。トレーナーは娘さんのお下がりかもしれない。

互いに顔を知らないせいか、ご夫人は最初、目を合わせないで「こんにちは」と返してやり過ごそうとしたようだったが、高生が立ち止まって小声で「すみません、ちょっとお尋ねしたいのですが」と言うと、ほうきを持つ手を止めて、訝《いぶか》しげな顔を向けてきた。

「私、三丁目に住んでる七山と申しますが」

「はあ」だから何ですか、と言いたげだった。

「すぐそこにお住まいの朝日さんなんですが、家の中で犬を飼われているかどうか、ご存じではないでしょうか」

「はあ？」

いきなりそんなことを聞かれたら誰でも不審に思う。高生は笑顔を作って「変なことを聞いて本当にすみません」と軽く頭を下げた。「実はこの子、迷い犬でして、先週からうちで預かって、飼い主さんを探しているところなんです」

「あら」ご夫人の表情が少しだけ緩み、マジックを見下ろした。「残念ながら、私はこのワンちゃんを見かけたことはないわねぇ」

「そうですか。それで私は、この周辺を散歩させながら飼い主さんを探して回ってるところなんですが、なぜかこのコ、朝日さんちの方に行きたがって、家の前まで来ると、座ってじっと二階の方を見上げるんですよ。どうも朝日さんのお宅と何か関係があるんじゃないかと思いまして」

「だったら朝日さんご本人に聞けばいいんじゃないですか」

ご夫人は少し首をかしげた。もっともな返答である。

「ええ、それで私、数日前にチャイムを鳴らして、朝日さんご自身に尋ねてみたんです。このコの飼い主さんじゃありませんかって。ところが取りつく島もないというか、そんな犬は知らない、とっとと帰れって追い払われちゃいまして」

「ああ……」ご夫人は朝日宅の方をちらりと見てうなずいた。「まあ、この辺りでは変わり者で通ってますからね」

「そうなんですか」

「在宅の仕事をしてるのか、親から相続した財産を食いつぶしてるのかよく判らないんだけど、ほとんど家にいて全然姿を見せないんですよ。たまにスーパーやコンビニで見かけることはあるけど、いつもぶすっとしてて。子どもの頃から、こんにちはって声かけても返事をしない、こっちの顔も見ないって感じだったしね。あ、そうだ、今思い出した」ご夫人がそう言って、片手で口もとを隠す仕草をした。「去年の今ごろだったかしら。町内会の会計係をやってる江川《えがわ》さんはご存じ？　公民館の近くにお住まいの」

「ええ、名前ぐらいは」

公民館の近くに住んでいる、六十歳前後の夫婦が江川さんだったはずだ。何年か前に町内会の班長会議で顔を見かけたことがある。

「その江川さんのご主人が、山白町《やましろまち》の居酒屋に行く途中、風俗店らしき店の前で、ベストに蝶ネクタイ姿の店の男性と朝日さんがもめてるのを見たって。別に会話を聞こうとしたわけじゃないけど、朝日さんは何かやらかしたみたいで、女の子につきまとう人はお断りだと言ったでしょって店員さんから言われたけど、それでも店に入ろうとして、もみ合いになってたって。江川さんはそのまま通り過ぎたから、その後どうなったかは知らないそうだけど、言い争いが続いてたって。もしかしたら警察沙汰になったんじゃないかしらね」

噂《うわさ》話には尾ひれがつきがちなので、話半分に聞いておいた方がよさそうだったが、朝日という男の印象からすると、確かに違和感のないエピソードだった。

「朝日さんは、独り暮らしなんですか」

「そう。お母さんが同居してたけど、もう十年ぐらい前に亡くなられて。それからはずっと一人で住んでるはずよ」

「朝日さんが家の中で犬を飼ってるかどうか、お気づきではありませんか」

「さあ。飼ってないと思うけど。だって、動物を可愛がるような人とは思えないし」

ご夫人は、朝日によくない印象を持っている者同士だと認識したのか、高生に対する警戒心を解いてくれたようだった。いつの間にか口調も親しげなものになっていた。高生は「まあそうですね」とうなずいておいた。

「あ」とご夫人は両手でほうきの柄《え》を軽く縦に振った。「町内会長さんなら、多少のことは知ってるんじゃないかしらね。朝日さん、ゴミ出し日を守らなかったり、町内清掃に参加しなかったりしてたんで、町内会長さんが話をしに行ったことがあって。あ、えーとね……」ご夫人は何かを思い出しているようで、視線を空の方に向けた。「そうそう、ウェブ関係？　そういう感じの仕事を家でやってる、とかどうとか。私にはちんぷんかんぷんな話だからよく判らないんだけど。まあ、それも本当かどうかは判らないし。仕事は何をって聞かれて、とっさにウソをついたっていう可能性もあるわよね」

「なるほど」高生は大きくうなずいてから「いや、どうもお掃除の邪魔をしてすみませんでした。ではこれで失礼します」と頭を下げた。

マジックがなぜ朝日宅に興味を示すのかは判らないが、少なくともあの男は飼い主ではないし、飼い主につながる人物でもないだろう。他を当たった方がよさそうだった。

翌日土曜日の午後、先週に続いてまた剛がせいらを連れてやって来た。せいらは何日も前から「土曜日にマジックに会いに行きたい」と言っており、今朝は「お父さん、早く車で連れてって」としつこくせがんだという。

せいらはやって来るなり上がりかまちで「マジック、会いたかったよー」とマジックに抱きつき、お手やお座りをさせて、持参した犬のおやつを与えた後は、何やら話しかけながらブラッシングを始めた。聞き耳を立ててみると、幼稚園での読み語りで知った童話の話や、焼き鳥の種類について教えてやっているようだった。しばらく経って、せいらが「またマジックが笑ったー」と大きな声を上げたので、リビングのソファに座っていた剛は大声で「ほんとに。それはよかったね」と応じた。

「一週間経っても飼い主が見つからないというのは」と剛は声のトーンを落として、「要するに飼い主はもう飼う気がないってことだろう」と高生に言った。

高生がダイニングテーブルの椅子を引いて腰を下ろし、「マジックは捨てられたってことか」と尋ねると、剛は腕組みをしてうなずいた。

「そうとしか考えられないでしょ」

「病気とか怪我とかの事情で、探したくても探せないのかもしれないぞ」

「本気で探そうと思ったら、家族や知人に頼んででも探すだろう」

「まあ、そうかもな」

「となると、どうする？」

「どうするって……もうしばらく様子を見るのは構わんが」

「このまま飼うという選択も、考えてはいる？」

高生は「うーん」とあごをなでたが、実のところ、飼い主が現れないでいることに胸をなで下ろしている自分がいることも確かではあった。最初は飼い主を本気で探していたはずなのに、いつの間にか、このまま現れないで欲しいという気持ちの方が大きくなっている。

マジックのお陰で親しく話ができるご近所さんが増え、日に日に張り合いを感じるようになり、それまでのわびしい独り暮らしではなくなった。マジックのいない暮らしに戻ったとき、平気でいられるだろうか。

それに……たまたまかもしれないが、ここ一週間は、冷蔵庫の中に何がどれぐらいあったか、ガスコンロの火を消したかどうかを忘れることがなくなった。昨日などは、フライパンのふたについている把手《とって》のネジがゆるんでいたのでドライバーを取りに行こうとして、その前にトイレで小用を足したのだが、ちゃんとドライバーのことを覚えていた。以前の自分だったら、トイレから出たところで、はて何をするんだったかと判らなくなっていたはずだ。もしかしたらマジックとの同居生活が脳に強い刺激となり、好影響をもたらしているのではないか。

「悪くないと思うよ」と剛は続けた。「マジックがいてくれたらせいらも喜ぶし、毎日の散歩はいい運動にもなるだろう。誰も話し相手がいないような前の生活よりはいいんじゃないかな」

高生は剛から言われてそれに従ったという形には少し抵抗があるので、「まあ、もうしばらく待ってみて、それでも飼い主が見つからなかったら、おいおい考えてみようかね」と答えておいた。剛が言うように、マジックを連れて一日二回の散歩をするようになって、確かに身体も心もしゃきっとなったと感じているし、夜中に目を覚ます回数も減ってきた。

せいらがリビングにやって来て、「今日、おじいちゃんちに泊まっていい？　マジックと一緒に寝たいから」と言い出した。土曜日は焼き鳥屋にとってかき入れどきなので、剛はそろそろ戻らなければならない時間である。

「ダメだよ、それは」と剛が頭を横に振った。「もうお店に行かないと。ここにいても、夜になったら帰りたいって泣き出すに決まってるだろう」

「泣かないもん」せいらはほおをぷっと膨らませた。「マジックがいたら平気だし」

高生と顔を見合わせてから、剛は少し身を乗り出し、せいらを凝視した。

「本当に泣かないんだな。泣いても明日の朝になるまで、絶対に迎えに来ないぞ」

「うん、せいら泣かないから」

「おじいちゃんちにはおもちゃもないし、好きなアニメのDVDもないぞ。おじいちゃんに何か買ってとねだるのもダメだからな」

「いらないもん。おもちゃとかアニメより、マジックといる方がいいもん」

「赤いおふとんは？　あれがないと寝られないだろう」

せいらは少し考える表情になった。高生が「何？　赤いおふとん？」と尋ねると、剛は「せいらが寝るときにいつもつかんだり口にくわえたりしてる赤いバスタオル。一度、洗濯して乾かなかったときに大泣きされちゃって」と説明した。

「赤いおふとん、要らない」とせいらは言った。「マジックの方がいい」

「俺は別に構わんがね」と高生は言った。「そろそろお泊まりなんかもできるようになった方がいいだろうし、マジックがいればせいらも退屈しないんじゃないか」

「まあ、そうかもしれないけど……大丈夫かなあ」

高生がさらに「いよいよのときは、俺がタクシーで連れてってもいいし」と続けると、せいらが「せいら、ちゃんと泊まるってばっ」と声を張り上げた。

その後せいらは「お父さん、犬の本は？」と言い、剛が「ああ、車の中だった」と応じて取りに行って戻って来ると、せいらはそれを広げて「ほら、ここにマジックみたいな犬がいるよ」と高生に見せた。子ども用の犬の図鑑のようで、そのページには黒柴の写真が載っていた。

剛が「あんまりマジックの話ばっかりするんで、美土里が買ってやったんだよ。そしたら毎日広げて眺めるようになって」と苦笑交じりで説明した。高生が「へえ、玩具やアニメ以外のことに興味を持つのはいいことじゃないか」と言うと、剛は片手で口もとを隠す仕草を作って小声で「まあ、そうなんだけど、書いてあることを読んでくれって何度もせがまれるんだよ。店でもお客さんにねだるし」と少し眉根《まゆね》を寄せた。

剛は帰るときに玄関で「何かごめんね」と小声で言ったので、高生は「いや、せいらがうちに泊まろうとするなんて、マジックがいなかったらありえないことだ。孫娘とゆっくり過ごさせてもらうよ」と応じた。剛は財布を取り出して「夜に何か――」と言いかけたが高生は「何言ってんだ、要らんよ、そんなの」と制した。「そんなことより、おねしょは大丈夫なのかな」と尋ねると、去年ぐらいからしなくなった、とのことだったが、心配なら余ってる幼児用紙おむつがあるから後で持ってくるよと言われ、「いや、後でどうせ買い物に行くからそんなことしなくても大丈夫」と片手を振った。

剛がいなくなった後、せいらを連れて歩いて近所のスーパーに行った。晩ご飯は何がいいかと尋ねたところ、甘口カレーがいいと即答が返ってきた。甘口カレー。高生が「うーん……」とうなっていると、察してくれたのか、最初からそのつもりだったのか、せいらは「レトルトだったら、おじいちゃんは辛口が食べられるよ。お湯に入れて温めるだけでいいから簡単だよ。おじいちゃんにもできるから」と言った。夫婦で焼き鳥屋をやっているせいか、そういう食べ物が多いのかもしれない。

買い物中、せいらが泊まるのであれば下着の替えや子ども用歯磨きセットなども必要だと気づき、それらを物色しているとチノパンのポケットの中でスマホが振動した。美土里さんからで、「お義父さん、すみません、せいらがわがまま言って――」という礼の言葉から始まり、店の準備が一段落したらせいらの着替えを持って行きますから、と言われた。高生は「こっちで買おうと思って、今スーパーに来てるんだよ」と応じたが、「いえ、とんでもない。わざわざそのために買うことなんてありません」「お義父さんも、あまりお菓子とか、買い与えないでくださいね。おじいちゃんちに泊まるとお菓子がたくさん食べられると思うようになってはいけないので」などと釘を刺された。

スマホを切った後、何だか叱られたような気分になった。高生は、既にカゴの中に入れてあったチョコレート菓子やグミキャンディーなどを、いくつか棚に戻すことにした。

帰宅後、せいらが「おじいちゃん、マジックの写真撮りたい」と言い出した。せいらがマジックを抱いて毛布の上で寝転んでいるところや、顔をくっつけて笑っているところなど数枚をスマホで撮影してやると、「せいらも撮りたい。貸して」と手を出してきた。渡してしまうとすぐには返してくれない気がしたので、デジタルカメラを貸してやることにした。

子どもは興味があることは覚えるのが早い。せいらはデジカメを触るのは初めてだというが、すぐにズーム機能も使えるようになった。「おじいちゃんも撮ってあげる」と言われ、しゃがんでマジックと並んだり、顔をくっつけたり、後ろから抱きすくめたりするポーズを要求されたが、マジックは嫌がる素振《そぶ》りを見せなかった。ただし、尻尾を振っていなかったので、喜んではいないようだった。

その後はデジカメをせいらに預け、高生はリビングのソファでインスタントコーヒーを飲んだ。そのとき、「あ、そうだった」と思い出した。せいらがマジックを後ろから抱きかかえて寝入っている姿をスマホで撮影し、コンビニでプリントアウトしたのだった。高生はリビングの隅にある整理棚の引き出しを開けて、写真を取り出した。

おーい、とせいらを呼ぼうとしたが、思い直して写真を引き出しに戻した。

この写真は後で見せるとしよう。せいらが何枚ものマジックの写真を撮った後で、ジャジャーンと取り出すのだ。さて、せいらはどんな顔をするか。高生はその様子を想像して「ひっひっひっ」と笑った。

直後、せいらがリビングに来て「おじいちゃん、見て」とデジカメを見せてきたので、画面でその出来映えを順に確認した。高生が写っているものは顔が半分切れていたり、後ろの壁の面積が大きかったりするものがあったが、マジックだけを撮ったものは、おおむね意外といい仕上がりだった。だが、せいらはマジックの笑った顔がまだ撮れていないと言って、再びマジックのところに行き、「マジック、笑って」「そうじゃなくて」などと言っていたが、最後には「あくびじゃなくて、笑うのっ」と怒鳴っていた。高生が「せいら、そんなに怒ったら、マジックだって笑えないよ。笑顔の写真はまたいつかでいいんじゃないか」と声をかけると、渋々撮影を終えて戻って来た。

その後に撮影された写真を画面で見ながら高生が「せいらは写真を撮るのが上手だね。大人になったらプロのカメラマンになれるかもしれんぞ」とお世辞を言ったが、せいらは「せいらはモデルになるの。撮ってもらう方っ」とちょっと怒った顔で返された。そろそろあの写真を見せようかと思っていたところだったが、せいらが急に機嫌を損ねたようなので、少し延期することにした。

夕方の散歩のときにも、せいらはデジカメを持参し、ときどき前に回り込んで、歩いているマジックを撮影した。その際に何度も「マジック、笑ってー」と言うので、高生が「あんまり笑え笑えって言ったら、よけいに笑ってくれないよ。普通にしてたら、そのうち勝手に笑うから」と諭すと、せいらは「だってー、マジックが笑ったとこも撮りたいんだもん」と口をとがらせた。

せいらはマジックが公園でウンチをしている様子も撮影しようとしたので、「せいら、マジックはそんなの撮られるのは嫌がると思うぞ」とたしなめた。

帰りにマジックはやっぱり、朝日宅がある方に行きたがったので、高生は「マジック、そっちじゃない、帰るぞ」と、やや大きめの声で言いながら強引に引っ張って帰った。

帰宅すると、玄関ドアの前にベージュのエコバッグが一つ置いてあり、せいらが「あっ、せいらんちで使ってるやつだ」と言った。中を見ると幼児用のシャツや紙おむつ、歯磨きセットなどが入っていた。美土里さんが持って来たが、留守だったので置いて帰ったらしい。一番下には赤色があせて端がすり切れているバスタオルも見える。これが赤いおふとんらしい。

「せいらのお母さん、もう帰っちゃったみたいだね」と言うと、せいらは別に寂しそうな顔もせず、「マジックを見ないで帰ってかわいそうだね」と言った。「後で写真をプリントして見せてあげたらいいんじゃないか」と提案してみると、「あ、そうだそうだ。写真見せるー」と笑って飛び跳ねた。マジックはきょとんとした顔でせいらを見上げていた。

撮った写真をプリントアウトしてミニアルバムを作ろうと高生が提案すると、せいらはさらに大喜びした。マジックにエサをやって留守番をさせ、せいらと一緒に徒歩五分の国道沿いにある百円ショップで十数ページ分のフォトアルバムを買い、そのすぐ先にあるコンビニで写真をプリントアウトした。多めにプリントアウトして、どれを貼るか、どの順番で貼るかは、せいらに任せることにした。せいらは、マジックが笑った顔がないことが少し不満のようだったが、高生が「笑ってなくてもマジックはどれもかわいいからいいんじゃないの？」と言うと、他の写真を何枚か眺めてから、「うん。じゃあ笑った顔のはいつかでいい」と納得してくれたようだった。

炊飯器でご飯を炊《た》き、レトルトカレーを温めている間、ダイニングテーブルでせいらがアルバムを作るのを見守った。セロハンみたいなのをはがして写真を置き、セロハンを戻せば簡単に写真が固定できる仕組みである。せいらは予想外にレイアウトのセンスがあるようで、前半のページではマジックだけが歩いていたり寝転んでいたりする写真を貼り、後半はせいらと一緒の写真を貼った。

そろそろ貼るページがなくなりそうだな、というタイミングで、高生は整理棚の引き出しから、あの写真を出した。

「せいら、こんな写真があったぞ、ほれ」

受け取った写真を見たせいらは、目を丸くして口をあんぐり開けてから、「えーっ、何これ？」と叫んだ。

「先週、せいらがマジックと遊んでいるうちに寝ちゃったところをおじいちゃんがこっそり撮ったんだ。びっくりしただろ」

「勝手に撮ったんだ」せいらは少しとがめるような感じで一瞬だけほおを膨らませたが、それから急に満面の笑みになって、「でも素敵っ。これ、一番最後のところに貼るっ」と声を張り上げた。

よしよし、作戦成功。高生は自分の表情がでれっとなっていることを感じながら、「おー、それは素晴らしいアイデアだね」と拍手をした。

残念ながら、高生がマジックと一緒に写っているものは一枚もアルバムには採用されなかった。せいらなりに気を遣ってなのか、「おじいちゃんとマジックの写真はあげるね」と手渡されたので「おお、それはありがとう」と喜んでいるふりをしておいた。

夕食中、せいらは何度もアルバムをめくっていたため、食べ終えるまで高生の倍以上の時間がかかった。高生は途中で取り上げようかと思ったが、せいらのうれしそうな表情を見ていると、できなかった。

普段はシャワーしか使っていないが、せいらがいるので久しぶりに浴槽に湯を張った。孫と初めて一緒に風呂に入り、身体を洗ってやろうとしたが、せいらは「お母さんから洗い方を教わったよ」と自分で洗い、シャンプーも一人で済ませた。風呂から上がった後、高生が「買ったお菓子を食べるか?」と聞いたが、「おデブになるからいい。明日のおやつのときに食べる」と頭を横に振り、自分で歯磨きをした。夫婦で商売していることもあってか、自分のことは自分でやる、という教育方針でもあるのだろう。高生は、美土里さんに対してこれまで、思ったことを遠慮せずに口にする、少々がさつな人、という印象があったが、子どもを甘やかす親よりもよほどいいかもしれない。今までちょっと誤解していたようだと思い直した。

リビングのソファに並んで座り、せいらが作ったミニアルバムを一緒に眺めていたときに、スマホが振動した。美土里さんからで、あらためて礼を言われ、高生はせいらが自分で身体を洗い、歯磨きも一人でできることをほめた。それを聞いたせいらは「それぐらいは当たり前」と少し口をとがらせた。せいらにスマホを渡すと、「お母さん、アルバム、アルバム」と興奮した様子で言い、どういう意味かと問われたようで、「せいらね、マジックの写真撮ってアルバム作った。おじいちゃんも手伝ってくれたよ」と続けた。さらに、「うん、さびしくない。楽しい。マジックがいるから」と報告してから「あ、おじいちゃんもいるから」とつけ加えた。

電話を終えた後、せいらはアルバムをマジックにも見せると言って、リビングから出て行った。しばらく待っても戻って来ないのでもしやと思って様子を見に行くと、案の定、せいらはまたもや、毛布の上でマジックを後ろから抱えるような形で寝入っていた。アルバムはマジックのおなか側に落ちていた。マジックも目を閉じて、気持ちよさそうにおなかをゆっくりと上下させていた。

「おやおや、マジックが寝かしつけてくれたわけか」

高生が笑って言うと、マジックは閉じていた目を開け、ほんの少し首をもたげたが、また目を閉じた。もう少し、こうしておいてやってくれ、と言いたげだった。高生は、この様子もスマホかデジカメで撮影したかったが、今回は我慢することにした。あまりうろうろしていたら、せいらを起こしてしまうかもしれない。せいらとマジックに毛布をかけてやり、しばらく待って、せいらが深い眠りに入った頃合いに寝室のベッドに運んだ。

結局、せいらの赤いおふとんは出番がないままに終わった。翌朝、美土里さんから電話がかかってきたので、そのことも含めて伝えたところ、せいらが物心がついてから赤いおふとんなしで寝たのは初めてだと驚いている様子だった。

剛が迎えに来てせいらが帰った後、高生はパソコンを開いて、ブログに掲載してあったマジックの〔飼い主さんを探しています〕のコーナーを削除した。マジックはもう、うちの犬だから、と高生は自分に言い聞かせた。

四日後の木曜日、夕方のマジックの散歩中に、ジャージ姿で自転車に乗った町内会長さんから「飼い主、その後も見つからないままですか」と声がかかり、少し立ち話をした。町内会長さんは目がぎょろりとしていて一見とっつきにくそうだが、話すと愛想がよく、マジックの飼い主を探すチラシを掲示板などに貼るときにもいろいろと協力してくれた。そろそろ掲示板のチラシもはがしたいところだが、飼い主が現れる可能性もまだ残っているので、当面は貼ったままにしておいて、頃合いを見てしれっとはがそうと思っている。

高生が、飼い主が見つからないままだったら自分がずっとマジックの面倒を見るつもりだと伝えたところ、町内会長さんは「そうですか。マジックちゃんは親切な人と巡り会えて運がいい」と笑ってうなずいた後、「そういえばあっちの朝日さんですけど」と声を低くしてあごをしゃくった。「七山さん、あの人とちょっとトラブったそうですね」

朝日宅の近所の、玄関前を掃いていたあのご夫人から聞いたのだろう。

「いえ、トラブルってほどじゃないんです」と高生は片手を振った。「このマジックがなぜか朝日さんちの前で立ち止まっちゃうもので、もしかしてマジックのことを知ってるんじゃないかと思って朝日さん本人に聞いてみたところ、けんもほろろな対応をされたってだけで。まあ、ご近所同士なんだから、もうちょっと態度の取り方ってものがあるんじゃないかとは思いましたがね」

「あの人は変わってるところがあるから、あまり関わらない方がいいと思いますよ」町内会長さんは周囲を見回して小声になった。「異様なほど警戒心が強くてね、泥棒対策か何だか知らないけど、家の中のドアにも南京錠《なんきんじょう》だのかんぬきだのをいくつもつけてるらしくて」

「へ？」

「私のご近所さんが最近、エアコンの取り付けに来た業者さんから聞いた話なんですが、その業者さん、ちょっと前に朝日さん宅でもエアコンの付け替えをしたっていうんです。

で、その朝日さんちの中がちょっと異様だったたって。二階の部屋のドアに南京錠とかかんぬきとかが三つも四つもついてたそうなんですよ。業者さんが唖然《あぜん》として見ていたら、朝日さん、以前泥棒に入られて手提《てさ》げ金庫を盗まれたからだって」

「泥棒対策で部屋のドアに複数の錠がついてるってことですか」

「ってことなんでしょうね、私は直接見たわけじゃないんで、あれですけど。窓にも何か、特別な鍵を使わないと開けられないようにする器具が取り付けられてたそうですよ。黒いフィルムまで貼って、どういうつもりなんだか」

「えっ……窓が開けられないようになってるんですか」

「詳しいことは私も判りませんがね」町内会長さんは顔をしかめて頭を横に振った。

「その器具が窓を開けられないようにするためのものなのか、あるいはガラスが割れたら警報が鳴る仕組みなのか、それとも別の何かなのか。まあとにかく、エアコンの業者さんは変な器具が窓に取り付けられてあるのを見たっていうんです。とにかく朝日さんは変わった人だから、ちょっと注意しといた方がいい」

高生は、奇妙な胸騒ぎを覚えた。

児童公園でマジックのウンチを処理した後、公園内で小さな石をいくつか拾って、革ジャンのポケットに入れた。パチンコ玉よりも小さなサイズを選んだ。

マジックは散歩のたびに朝日宅に行きたがり、行くとじっと二階の窓を見つめていた。

朝日は、風俗店の前で従業員ともめていたという。町内会の会計係をしている江川さんのご主人が、それを目撃している。店の女の子に対してストーカー行為のようなことをして、出入り禁止になったらしいという話だった。

二階の窓は細い金網の入った頑丈そうなすりガラスで、しかも真っ黒な遮光フィルムみたいなので覆われている。さらに朝日は、二階の部屋のドアに複数の錠を取り付けていて、窓も鍵を使わないと開けられないようにしてあるようだという。

それは、本当に侵入者を部屋に入れないようにするためなのか？

いや、中にいる誰かを外に出さないようにするため、という可能性はないか？

マジックは何らかの理由でそのことを知っているのではないか。

警察に通報するという手もある。だが、現時点では動いてくれないだろう。誰かが監禁されているという具体的な証拠なんてないのだから。

普通だったら、こんなことはしない。高生は心の中でその言葉を繰り返した。なのになぜ自分は行動を起こそうとしているのか。

マジックだ。マジックが自分の心の中に入ってきて、強く促している。

これは催眠術みたいなものなのだろうか。いや、そんなことはどうでもいい。

可能性が一パーセント以下でも、確かめないと。

心臓の鼓動が速くなっていた。高生は深呼吸をしてから、マジックに「よし、行こう」と促した。マジックは、当然だと言わんばかりに前を進み始めた。

朝日宅には軽自動車が停まっていなかった。つまり、朝日は外出中ということになる。これはまたとないチャンスではないか。

周囲を見回した。人影はなかった。

マジックが見上げている二階の窓を見た。黒い遮光フィルムが貼られた、金網が入ったガラス窓。横の壁から、エアコンのパイプが下に続いている。

高生はポケットから小石を一つ出して、二階の窓を目がけてゆるく投げた。左側の窓に命中し、コツンと音がして跳ね返った。

しばらく待ったが、反応がなかったので、もう一つ、同じ辺りを狙って投げた。命中。しばらく待った。

どうしよう。やっぱり警察に通報するか？　いや、確たる証拠なんてないから、中を調べてくれたりはしないだろう。むしろ警察がやって来たことで、朝日が激高《げきこう》して最悪の事態を招くかもしれないではないか。

高生は「ふう」と一度息を吐いてから、肚《はら》をくくった。

大声で「誰か中におられますかーっ」と呼びかけた。「外に出られないなら、窓を叩いてくださいっ」

数秒経って、ドンドンと二回音が鳴り、窓が振動したようだった。

さらに二回。今度は叩かれた瞬間に、黒い窓に手のひらのような形が浮かび上がったのが確認できた。

大変だ。高生はチノパンのポケットに手を入れ、スマホをつかんだ。

そのとき、玄関ドアが勢いよく開いて、朝日が飛び出して来た。鬼のような形相《ぎょうそう》で、顔が上気している。片手に金属バット。裸足《はだし》だった。

朝日がバットを振りかぶり、「うらあああっ」と叫びながら迫って来た。

「うわわわっ」と高生は後ずさったが、そのとき、マジックに強く後ろに引っ張られ、左肩が抜けそうになった。

そのまま尻餅をついた瞬間、金属バットが高生の頭のすぐ上をびゅんと通過した。

高生は「やめろーっ」と怒鳴りつけたつもりだったが、声が裏返ってかすれてしまった。

マジックが吠えた。初めて耳にする、マジックの吠える声。

左側に人の気配があった。先日話をしたあのご夫人が、目をむいて門扉の中から見ている。

さらに、向かいの家からも小太りの中年女性が出て来た。バットを持った朝日を認めて「ひっ」と声を上げた。

朝日の表情が変わった。窮地に陥ったのは自分の方だと気づいたようで、金属バットを両手で抱えて、家の中に駆け戻った。玄関ドアが激しく閉まる音が響いた後、施錠する音が耳に届いた。

高生は腰が抜けたような状態で、立てなかった。マジックが前足で肩を押してきた。ほら、早く警察に電話。そう言いたいに違いない押し方だった。

朝日は、誘拐と監禁の容疑で逮捕された。高生にとっては信じられないことだが、ネット上には、家出した少女らが宿泊先を提供してくれる人を探すサイトなるものがあり、そこで朝日は十八歳の女性と連絡を取って落ち合い、二週間ほど自宅に住まわせていたのだという。女性の両親からは捜索願が出ていた。

女性は自ら望んで朝日宅に入り、朝日の方も初日は紳士的な態度だったというが、二日目になって朝日が性的なサービスを要求するようになり、それが嫌で出て行こうとしたところ、二階の部屋に監禁されてしまったという。女性の方は、泊めてくれる相手と性的関係を持つことを想定してはいたが、事前に送られてきた朝日の写真画像が本人とは全く異なっていて（写真画像はもっと若くてイケメンだったらしい）、容姿についてウソをついた朝日を生理的に受けつけることができなかったようである。

高生が又聞きしていたとおり、朝日宅二階のあの部屋は、ドアの外側に三つのダイヤル式南京錠が、窓には鍵を使わないと開けられない装置がそれぞれ取り付けられていた。いずれも朝日がホームセンターで最近購入し設置したものなので、最初からサイトで知り合った女性を監禁するつもりだったのではないかと警察は見て、取り調べが続いている。

女性が朝日と落ち合ったのが、高生がいつも散歩で行っていた児童公園だった。女性の供述によると、夜の十一時頃にその公園のベンチで朝日を待っていたときに、赤い首輪をした黒柴ふうの中型犬が近づいて来たので、もともと犬好きだった女性はしばらくなでていたという。その後、朝日が姿を見せると女性はベンチから立ち上がり、写真画像と異なる男だったので警戒心を見せると、「本人は急用で来られないから代わりに迎えに来ました」と言われ、不安はあったもののついて行くことに。犬とはそのまま別れることになった。

朝日が写真画像のウソを女性に打ち明けたのは、翌日の午後になってからだった。事実を知った女性は、それでも泊まれる場所を確保したかったのでいったんは我慢することにしたが、朝日が性的な要求をし始め、その態度があまりに気持ち悪くて逃げだそうとしたところ、朝日が一転して謝り、「もう変なことはしないからここにいてくれ」と言ったのでそれを真に受けた結果、二階の部屋に監禁されることになったのだった。トイレや風呂場に移動するときは出してもらえたが、その間、朝日は金属バットを持っていたという。

――報道された内容と、高生への事情聴取を担当した捜査官から教えてもらった情報などを総合して判ったのが、以上のような経緯である。監禁された女性がマジックと接触していたらしいことは、捜査官経由で判ったことである。

朝日は、女性は自分の意思で自宅に来たのであり部屋のドアを施錠したのも保護するためだったと主張しているようだが、別人の写真画像を使って女性を呼び出したことや、女性が家から出て行きたがっていたことは認めているという。女性は幸い、怪我などはしていないという。

ちなみに、逮捕当日に朝日の車がなかったのは、たまたま車検に出していたからだったと、捜査官から後で教えられた。車が停めてあったら、高生はあのとき、行動を起こす踏ん切りがつかなかったかもしれない。

高生は警察から感謝状をもらった。その一方で警察は、朝日宅に女性が監禁されていたことをマジックが判っていて助けようとしたとまでは考えていないようで、事情聴取の過程で何となく〔高生が迷い犬の飼い主を探し回っている際、朝日の態度に不審なものを感じ、その後も様子を見に行くうちに、運よく女性監禁事件の解決につながった〕みたいな方向で調書がまとめられたようだった。高生は当初そのことに不満を感じたものの、考えてみればマジックの特殊能力に興味を持ったマスコミが次々取材に来たりしたら対応が大変だと気づき、それからは警察の〔作文〕に協力することにした。

それと前後して、監禁された女性の両親が、度が過ぎた干渉や支配をする、いわゆる〔毒親〕だったことが家出の理由だと判明して、世間とマスコミの関心はそちらに向かい、高生への取材依頼は結局、新聞社と週刊誌がそれぞれ二社ずつだけに終わった。取材を受ける際、高生が顔や実名を出さないことを条件にしたせいで、記事はどれも、高齢男性のお手柄、みたいなあっさりした内容のものになった。マジックについて詳しく聞かれることもなかったため、記事の中では〔迷い犬〕〔雑種の迷い犬〕といった表現が使われていた。

ただし、週刊誌のうち一誌が、逮捕に貢献した七十過ぎの老人は、犯人による金属バットの攻撃を見事にかわして無傷だった、みたいな大げさな書き方をしたため、恥ずかしくてどこかに隠れてしまいたい気分になった。実際には驚いて後ずさりしたところをマジックに引っ張られて転倒し、腰を抜かしていただけである。

五月下旬の水曜日、高生は剛夫妻から〔焼き鳥つよし〕に招かれて、犯人逮捕の活躍を祝ってもらった。ゴールデンウィーク中に剛夫妻とせいらが高生宅に来て既に祝いの宴を開いてくれて、マジックにも値段の張る犬のおやつがふるまわれたのだが、そのときに剛から「お父さん、うちの店でもあらためてお祝いをさせてよ」と言われ、それが実現した形である。せいらが「マジックもお店に連れて来て」と言ったが、さすがにそれはやめておいた。

店内では居合わせた常連客たちにも紹介されて拍手を受け、「金属バットで襲われても、さっとかわしたなんてすごい」などと褒《ほ》め讃《たた》えられたので尻がむずがゆくて仕方がなかった。

マジックの特殊能力のことは、経緯を知っている剛は理解してくれたが、剛から話を聞いた美土里さんは「へえ」と半笑いだったらしい。マジックの行動を直接見ていないと、そういう反応になるのは仕方がないのかもしれない。せいらにはまだ教えていない。幼稚園などで「マジックが悪い人を捕まえたんだよ」などと触れ回ったりしたら、イタい子どもだと思われてしまうかもしれないということで、話すべきかどうか、話すとしたらいつかなどは、剛に任せることにした。

楽しい時間を過ごし、気持ちよく暇《いとま》を告げることになったが、少々飲み過ぎたので、しばらく歩いて酔いを覚ましてから帰ることにした。駅前のタクシー乗り場やバスセンターの横を通り過ぎて南下し、ほとんどシャッター通りと化しているアーケード商店街へと向かう。高生が会社員としてバリバリ働いていた頃は、ここが市内で一番賑《にぎ》やかな場所だったが、郊外に次々とショッピングモールができて、今では足音だけがむなしく響く寂しい場所になってしまった。全国どこの街でも見られる栄枯盛衰《えいこせいすい》である。

その商店街に入ってしばらく進んだところで、そこが何の店舗だったか思い出せないが、〔テナント募集〕という色あせた紙が貼られたシャッターの前で、釣りのときに使うような小さな折りたたみ椅子に腰かけて三味線《しやみせん》を弾いている若者に遭遇した。黒いパーカーにカーゴパンツ、肩までぼさぼさの髪を伸ばして、無精《ぶしよう》ひげを生やしていた。何人か、学生風の若い男女が立って見物していたので、高生も立ち止まった。

アップテンポでエネルギッシュに弾くやり方からして、津軽《つがる》三味線のようだったが、演奏されている曲はなぜかレッド・ツェッペリンの『天国への階段』だった。高生は若い頃、会社の先輩から洋楽喫茶に連れて行ってもらったのをきっかけに六〇年代から七〇年代の洋楽はちょいちょい聴いたクチである。結婚後に処分してしまったが、レコードのコレクションで本棚の一番下の段が埋まっていた時期もある。

若者の三味線演奏はなかなかの腕前で、終盤の盛り上がりも原曲に負けていない迫力があった。三味線という和楽器がロックに適応できていることが意外で、ちょっと新鮮だった。思えば日本人は、あんパンだとかハンバーグ定食だとかカツ丼だとか、洋のものを洋のまま終わらせず、和と融合させて新しいものを生み出すことを繰り返してきた気がする。

演奏が終わるとまばらに拍手が起き、若者はぺこりと軽く頭を下げた。彼の前には開いた状態の三味線のケースが置いてあり、小銭がいくらか入っていた。

年齢は三十前後だろうか。おそらく、バイトでもしながら演奏活動をしていて、プロになる夢を捨てきれずにいるのだろう。同類の夢を持った若者はごまんといるし、プロ並みに演奏が上手いとしても、運というものも必要な世界であり、実際に食えている人間は、ほんの一握りだろう。最近までの高生なら、この手の若者を見ると妙に腹が立って、世の中をなめるなと説教の一つもしてやりたくなったものだが、今は不思議と、見守ってやろう、できれば応援してやろうじゃないかという気持ちの方が大きい。マジックのお陰で他人に優しくなれた、ということだろうか。

続いて若者が演奏し始めたのは、『サマー・タイム・ブルース』だった。もともとはエディ・コクランの曲だが、目の前の若者によるアグレッシブな旋律と奏法は、ザ・フーによるカバー曲を意識したものに違いない。

当時のことがいろいろとよみがえってきた。紗代を初めてデートに誘って一緒に観た映画は『新幹線大爆破』だった。紗代は途中で何度も、わあ、だの、きゃあ、だの言って高生のシャツをつかんできたので、そっちでドキドキしたことを思い出す。

演奏が終わり、高生はさきほどよりも強く手を叩いた。

見物していた若いコたちが「聴いたことありますよ、昔の有名な曲ですよね」「格好いいっすね、三味線」などと言いながらそれぞれが小銭を三味線ケースに入れた。百円か二百円ぐらいが多いようだった。

高生も財布を取り出して中を見たが、札は一万円しかなかった。若いコたちと同じく硬貨の小銭を出すのは、ちょっと違うような気がした。さきほどの演奏からもらったものは、他のコたちよりもずっと大きい気がする。それに、女性監禁事件の解決を祝ってもらった直後である。誰かから祝福されたら、また誰かを祝福して、気持ちや念のようなものを回してゆくのが筋ではないか。

一万円札を抜いて折りたたんだところで、見物していた若いコたちが「頑張ってください」と言い残して歩き去った。三味線の若者は「どうも」と頭を下げてそれを見送る。

若者は、ちらと高生を見て、「すみません、今日はこれで」と立ち上がったので、高生は「あ、ちょっといい？」と近づいた。若者は「はあ？」と見返す。

「若いのに、懐《なつ》かしい曲を弾くんだね。しかも三味線。親御さんの影響か何かなのかな？」

「いえ、そういうのじゃありません。今はユーチューブなんかでいくらでも昔の曲が聴けますし、選曲はまあ自分の好みもありますけど、ぶっちゃけ、さっきいたような若いコたちより、おじさんたちを喜ばせた方がおカネになるんで」

若者は笑ってぺろっと舌を出した。弾いているときと違って愛嬌《あいきょう》のある笑い方だった。

「なるほど」高生は笑ってうなずいた。「三味線は子どものときから？」

「いえ、実は最近なんですよ。もともとはギターをやってて、路上で弾いてましたけど、三味線で洋楽をやった方が珍しがって足を止めてくれるもんで」

　そう言って若者は、たまたまリサイクルショップで見つけて買った三味線なんです、とつけ加えた。ギターの素地《そじ》があれば、三味線もすぐに弾けるようになるものらしい。彼が言ったように、今の時代はユーチューブで一流奏者の技術を学ぶこともできる。

「上手いから感心して聴いたけど、こんな人通りが少ない場所よりも、駅の近くの方がいいんじゃない？　実際、あっちで若いコたちが何人もやってるみたいだし」

「ええ」と若者はうなずいた。「最初はあっちでやってたんすけど、人通りが多いとかえってみんな通り過ぎるだけだったり、近くで他のコたちがアンプ使って演奏したり大声で歌ったりするとなかなか音が届かなくて」

　そういうものか。

　少しぎこちない間ができたので「いや、急にこんなじいさんが話しかけたりして済まなかった」と高生は片手で拝む仕草を見せた。「若い頃に聴いていた懐かしい曲が続いたんで、ちょっとうれしくなっちゃってね」

「それはよかった」若者は笑ってうなずいた。「気が向いたらまた聴きに来てください」

「あ、これ」高生は折りたたんだ札を差し出し、若者に握らせた。中身を確認したら「こんなには受け取れません」と返そうとするかもしれないと思い、そうならないうちに「頑張ってな」と手を振って、その場を後にした。

案の定、後ろから「あの、すみません」と声がかかったので、高生は「おやすみっ」と背を向けたままもう一度手だけ振り、足早に立ち去った。

帰宅すると、上がりかまちに敷いた毛布に寝転んでいたマジックがむくっと首をもたげた。高生は両ひざをついてマジックの首周りをなでながら、「マジックよ。剛たちとはずっとぎくしゃくした関係だったけど、お前のお陰で仲よくなれたよ」「朝日の家に女性が監禁されてることにお前は気づいてたんだな、すごいなあ」「せいらが毎週のようにうちに泊まりに来るようになったのもお前のお陰だよ」などと話しかけた。マジックは目を細くして、大きくあくびをした。もういいって、そろそろ寝なよ、とでも言いたげだった。


六月最初の月曜日、高生はいつものようにマジックと朝の散歩に出かけた。梅雨《つゆ》が近づいている気配はあったが、この日は晴れており、青空にはすじ雲が並んでいた。午後から気温が上がるとのことだったが、今はまだ過ごしやすい気温である。

「七山さん、おはようございます」

庭で草むしりをしていた入野さんのご主人が声をかけてきて立ち上がった。高生は「ああ、どうも、おはようございます」と返す。

「先日は釣りを体験させていただいて、ありがとうございました」入野さんは笑って頭を下げた。「いやあ、魚がかかったときに手に伝わってくるあの感触、いいですねえ。近いうちに私も道具を揃《そろ》えますんで、また是非ご一緒させてください」

入野さんと一緒にヘラブナ釣りをしたのは、二週間ほど前である。そろそろ釣れにくくなってくる時期だったがその日はよくかかり、入野さんもえらく喜んでくれた。特に三十五センチの大型が釣れたときは、子どもみたいに「やったー」と大興奮だった。その翌週には、入野さん夫婦から庭でのバーベキューに招いてもらい、釣りの話の他、このたびの女性監禁事件、互いの家族のこと、ご近所の人たちについての話などをしながら、スペアリブやビールをごちそうになった。入野さんご夫妻は公民館でやっているヨガ教室に最近通い始めていて、そのお陰で腰痛や肩こり、胸焼けや胃の不調などが改善したというので、高生が「へえ、それはいいですね。私もやってみたくなってきたなあ」と興味を示すと、では近いうちに体験入会できるように先生に頼んでおきますよ、と言ってくれた。

立ち話を終えたところで入野さんは「マジックちゃん、行ってらっしゃい」と手を振って見送ってくれた。

国道沿いの歩道に出る少し手前で、生け垣の手入れをしている大石《おおいし》さんと互いに「おはようございます」とあいさつをした。大石さんは剪定《せんてい》バサミを隅に置いて、「マジックさん、ごきげんいかが?」と話しかけ、近づいて来てしゃがんで軽く首周りをなでた。

マジックはお座りをしてそれに応えている。

大石さんは高生と同年代の女性で、息子さんと二人でこの二階建てに暮らしている。服装がおしゃれで上品な話し方をすることから、いいとこの育ちなのだろう。高生にとってはもともと顔もろくに知らなかった相手だが、十日ほど前の朝の散歩中に、大石さん宅のカーポートに停めてあった車のスモールライトが点灯したままだったので、そのことをチャイムを鳴らして教えてあげたことがきっかけで言葉を交わすようになった。そのとき、車の持ち主である息子さんは不在で、車を運転できない大石さんはライトの消し方が判らずオロオロしていたので高生が代わりに消してあげたのだが、義理堅い人のようで、それだけのことなのにお礼にとビン詰めされたオレンジ色のジャムをくれた。庭になるビワを使ってたくさん作っているのだという。トーストに塗って食べると、その甘酸っぱさが紅茶と相性抜群で、せいらも気に入って、泊まりに来るたびに喜んで食べている。

最近、朝の散歩のときにいつも大石さんが生け垣の手入れをしているのは、もしかして話し相手になって欲しいからなのではないかと、高生はちょっと考えている。大石さんとのやり取りの中で、六年ほど前にここに引っ越して来たがまだ仲のいいご近所さんがいないらしいこと、ご主人を亡くされていること、同居している息子さんは残業が多くて家には寝に帰って来るだけであることなどの情報を得ている。

この日の立ち話の中で、入野さん夫婦が通っているヨガ教室の話をすると、大石さんも少し興味ありげな感じだったので、「もしやってみようっていう気になったらいつでも声をかけてください。入野さんによると、参加者は初心者が多いそうですよ。場所も公民館だから歩いて行けますしね」と言っておいた。

児童公園でマジックにウンチをさせた後、朝日宅がある区域へと進んだ。あの騒動以来、マジックはそちらに行きたがる素振りを見せなくなったが、散歩の距離がもの足りなくなってきたので、最近はときどき足を延ばすようになっている。

家の前でプランターのプチトマトにじょうろの水をかけていた神田《かんだ》さんとあいさつをかわした。以前、朝日についての情報をくれたご夫人である。先日は、門扉の前に停めてあった自転車のチェーンがさびついていることに気づき、「よかったら、うちにある機械油を持って来て差しましょうか」と申し出たところ、「あら、いいんですか」と言われ、次の散歩時に持参したノズル付きのスプレー缶で油を差してあげた。その際、玄関ドアを開閉するときにギィギィ音がすることや、開けたドアはゆっくりと自動的に閉まるようになっているのに完全には閉まらなくなっていることも聞いたので、ついでにドアのちょうつがい部分や錠のかんぬき部分などに差してあげたところ、音がしなくなりきれいに閉まるようになったのでえらく喜ばれて、そのお返しのつもりなのか、会えば仕入れたての町内の情報などを教えてくれるようになった。

「七山さん、町内会長さんから聞いたんだけど」と神田さんはこの日もさっそく切り出した。「朝日の家、売りに出されてるそうよ」

「えっ、本当ですか」

「不動産関係の業者が町内会長さんのところに来て、朝日についていろいろ聞いてったって。さすがにもう、ここには住めないってことなんでしょうね」

「あ、そうですか」

「土地はまああの値段になるけど、建物はもう値打ちがなくて、解体費用の方が高くつくんだって」

あの男がいなくなるということに、高生は小さく、ふうと息を吐いた。もしかして、後で仕返しに来たりしないだろうかという不安があったのだが、どうやら杞憂《きゆう》に終わりそうである。

帰り道の途中、再び児童公園の前に差しかかったところで、マジックが急に立ち止まって動かなくなった。公園の出入り口前で座り込み、高生をじっと見上げている。

「どうした？　ほれ、帰るぞ」

そう言ってリードをくいくいと引っ張ったが、マジックは動かない。

マジックと見つめ合った。どこか、決然とした、揺るがない意志を感じた。

そのとき高生は、マジックの考えていることが判ったような気がした。

実のところ、最近、そのときがくるような予感はあったのだ。何日か前には、夢でも見た。マジックが急にいなくなってしまう夢を。

「マジック、どうしてなんだ？　俺んちでの生活に飽きたのか？　野良犬になってしまったら、簡単には生きていけないぞ」

だが、マジックの視線を受け止めているうちに、あたかも催眠術にでもかかって心身のコントロールを奪われつつあるような、無数の見えない糸によって操《あやつ》り人形状態になってしまったかのような、奇妙な感覚に囚《とら》われていた。

高生はマジックから目を逸《そ》らそうとしたが、既に遅かったということなのか、どうしてもそれができないでいた。マジックから今送られている念の強さは、朝日宅の方に行きたがったあのときよりもさらに強かった。

やっぱり、特別な能力があったのか、この犬には。だからマジックなのだ。

本当は飼い主なんていないのかもしれない。そもそもマジックには飼い主なんて必要ないのかもしれない。今ごろになってそのことに思い至った。

「行っちゃうのか？」

マジックはじっと見返していた。判ってくれたか、と言いたげだった。

マジックによる不思議な力が、少し緩んだような感覚があった。

「お前は、監禁された女性を助けるために、俺のところに来たのか？　俺を利用したのか？」高生は言いながら、その場に両ひざをついて、マジックを抱きしめた。「それだけじゃないよな。孤独な独り身の老人を何とかしてやろうと思ってくれたんだよな。お前のお陰で俺は知り合いがいっぺんに増えたよ。剛とも仲直りできたし、せいらもうちに来てくれるようになった。もの忘れも確実に減ってる。悪いやつを逮捕できて、ちょっと英雄みたいな目で見られるようにもなった。お前と出会う前の俺と今の俺とは、えらい違いだよ」

再びマジックの思いが強まっている感覚がやってきた。頭の中ではもう一人の自分が、ダメだ、やめろと叫んでいるのに、手が言うことを聞かない。

高生の手はリードの先に伸びて、フックのつまみに触れた。何でこんなことをしているのかと思うのに、指先が動いて、リードのフックがマジックの首輪から外れた。

リードを二つに折り、四つに折り、八つに折った。マジックはそれを何かの儀式のように見つめていた。

ふと、再びリードのフックを首輪のリングにかけようと思ったが、手はそう動いてはくれず、折りたたんだリードを握ったままだった。どうやら他の選択肢は許されないようだ。

行くな、と言いたかったのに、口から出たのは別の言葉だった。

「せいらが泣くだろうな。でも、俺が次にやるべきことはもう判ってるよ。今月の市報に載ってたあれだよな。森林公園で開催予定の、わんにゃんフェスタとかいう、犬と猫の譲渡会。事情があって飼い主のいない犬や猫と出会える催しだ。お前に似た犬がいるといいんだがな。いや、きっといるんだろう。な」

両手で抱えると、マジックの身体から確かな拍動《はくどう》が伝わってきた。

高生はマジックから手を離して立ち上がり、両ひざについた砂を払った。

別れというやつは本当に唐突にやって来る。紗代が逝ったときもそうだった。

マジックとの別れは、飼い主が現れるときだろうと思っていたが、まさかこんな形で迎えることになるとは。

唐突に現れて、他人の人生に大きな影響を与えて、役目を終えれば唐突に去ってゆく。そんな犬がいることを、全く納得できない自分がいる一方で、頭のどこかで受け入れてしまっている自分もいた。

マジックは一度、高生の脚に身体をすり寄せながらぐるりと一周し、それから公園の奥にある小さな出入り口の方に、とことこと進んだ。

いったん立ち止まって振り返ったマジックは、口の両端をにゅっと持ち上げて、まるで笑っているかのような顔を見せた。

あ——。

あれが、せいらが言っていた、マジックが笑った顔というやつか。そういえば、マジックが笑ったら写真を撮っておいてと、せいらから頼まれていたのだ。

だが、高生がスラックスのポケットからスマホを出したときには、もうマジックは背中を見せていた。そしてたちまち向こう側の出入り口から姿を消した。そのあっけなさに、もしかしてマジックなんて犬は最初からいなかったんじゃないかという気持ちにさえなりかけた。だが、左手にはリードと、ウンチが入ったポリ袋がちゃんとあった。

スマホをポケットに戻して、高生はマジックの姿が消えた出入り口に向かって、大きく右手を振った。

元気でいろよ。いや、そんな言葉は不要だろう。

またどこかで、出会った誰かを元気にするんだよな、お前は。

夏

屋形将騎《やかたまさき》が津軽三味線で『ムーブ・オーバー』を弾き終えると、足を止めて聴いていた何人かの女性が拍手をしてくれた。リサイクルショップで買ったキャンプ用の小型折りたたみ椅子から腰を浮かせて「ありがとうございまーす」と軽く会釈《えしやく》で応《こた》える。

若いOLさんたちと一緒にいた、職場の上司か先輩と思われるスーツスカートのおばさんが何枚かの百円玉を目の前の三味線ケースに入れ、「どこかで聴いたことがある曲だけど、誰の何ていう曲かしら」と尋ねてきた。将騎が「ジャニス・ジョプリンの『ムーブ・オーバー』っていう曲です」と答えると、スマホを使って調べたらしい若いOLが「へえ、女性のロック歌手だ」とつぶやいてから、「うわっ、ヘロインで死んだんだってー」と続けた。横のOLも「まじ?」と覗き込んでいる。

見物人たちが去ったところで、チャック・ベリーの『ジョニーB・グッド』の練習を始めた。冒頭部分でめまぐるしく左の指を動かさなければならず、どうも音が安定しない。

右側の横道から、初老の男性が現れて、こちらに向かって歩いて来た。開襟《かいきん》シャツにスラックスで白髪頭。小柄な体型だったので将騎は目をこらした。

もしかして、あの人か？　先日ここで、折りたたんだ一万円札を手渡してくれた七十歳ぐらいのおじいさん。

だが、近づくにつれて、顔が違うことが判った。その初老男性は将騎をちらっと横目で見ただけで、前を通り過ぎて行った。

ふう、とため息をついた。

あのとき、あのおじいさんはきっと、千円札を手渡したつもりだったのだ。ところが実際に将騎が受け取ったのは一万円札だった。辺りは薄暗かったし、あのおじいさんはお酒が入っていて、ちゃんと確認しなかったのだろう。後になってそのことに気づいたおじいさんが取り戻しに来るのではないかと思い、将騎はその一万円札をしばらくの間、三味線ケース内側にあるポケットにしまっておいた。しかし、平屋建ての古い借家の家賃を払うカネが足りず、先週とうとうその一万円を使ってしまった。だから、あのおじいさんが「悪いが返してくれ」と言ってきたら、すぐには返せないことを丁寧《ていねい》に説明して、待ってもらおうと思っている。さすがに「だったら警察に行こう」とまでは言わないはずだ。

将騎はあのとき、受け取ってすぐに一万円札だと気づいたのだ。だから去りゆくおじいさんに声をかけたのだが、おじいさんは早足で遠ざかって行ってしまった。三味線を持ったまま追いかけようかと思ったが、急にしめしめという気持ちが膨らんで、ポケットに入れてしまった。そのときは、いや、あのおじいさんは一万円札だとちゃんと判った上でくれたのだと都合のいい解釈をした。

だが、路上ミュージシャンにそんな大金を払う人なんているわけがない。やっぱり間違えたのだろう。あのときすぐに追いかけて返すべきだったのだ。

お陰で、七十歳前後の小柄な男性を見るたびに、ちょっとドキッとしてしまう。いっそ、あのおじいさんと遭遇しないように、演奏する場所を変えようかとも思ったが、駅の周辺はアンプを使ってギターを弾いたり大声で歌ったりする路上ミュージシャンが多く、三味線の音がかき消されてしまう。そもそも、人通りの多い場所だからといって立ち止まって聴いてくれる人が多いわけではない。駅周辺はどちらかというと、路上ミュージシャンなど気にも止めずに通り過ぎてしまう人が多いのだ。

しばらくして、二人の中年男性が近づいて来た。一人は太っていて、もう一人は中肉中背。二人とも上着を片手に提《さ》げており、太った方は赤ら顔で、ノーネクタイのワイシャツのえりが片方だけ上を向いていた。中肉中背の方は下ぶくれ顔で目が小さい。

嫌な予感は的中し、「おっ、三味線かー」と太った方が大声で言い、連れの男と共に立ち止まった。完全には立ち止まれず、少しよろけている。

酔っ払いには、いい酔っ払いと悪い酔っ払いがいる。いい酔っ払いは気が大きくなって、多めに投げ銭を入れてくれる。上から目線ではあるが、頑張れよ、みたいなことも言ってくれる。悪い酔っ払いは、ただただ因縁《いんねん》をつけてきて、終いには説教をたれてくる。「プロのミュージシャンになるなんて無理に決まってる」「才能がある奴は、そもそもこんなところにはいない。お前は人生をなめてる」そういう手合いには何度も遭遇してきたので、この二人が後者の方だということはすぐに判った。

「兄さん、居酒屋の人かい？」と太った方が聞いてきたので「いいえ」と頭を横に振る。

「だったら何でそんな格好してんだよ。頭にもタオル巻いてるしよぉ。あ、だったらラーメン屋さんかぁ？」

「先輩、そんなふうにいじめちゃダメー」と中肉中背の下ぶくれが口をはさんできた。

「それ、作務衣《さむえ》だよね。先輩、作務衣は別に居酒屋店員のための服じゃないんすから。確かどこかの宗派のお坊さんが修行するための服ですよ。ね、お兄さん」

将騎は「はあ……」とあいまいにうなずいた。紺《こん》の作務衣を着て白タオルを頭に巻くようになったのは、つい先月、大きなリュックをかついだ白人男性から「おー、サムライミュージシャン」と声をかけられたのがきっかけである。三味線を弾いていると外国人にはそんなふうに見えるのかと気づき、だったら服装もそれっぽくしようと思いついた。ネットショップで探したら意外と安かったので購入したのがこの作務衣である。仏教との関係について、詳しいことは知らない。

「だったら本業は何？」太った方が反《そ》り返《かえ》るような姿勢になって尋ねてきたが、すぐに返事をしないでいると、「お兄さん、あんたに聞いてるんですけど。人に話しかけられたら、ちゃんと返事をするもんじゃないですかねぇ」と、にやつきながら続けた。

「普段はビルや施設などの清掃をしてます」

「へえ。うちの会社が入ってるビルも掃除の業者さんが来てるけど、おばちゃんばっかりだよ。お兄さん、もしかして、おばちゃん？」

「先輩、そんなわけないでしょ」

下ぶくれが太った方の肩を軽く叩いた。太った方は「ツッコミ、ありがとう」とよろけながら頭を下げた。どこがボケでどこがツッコミなのか。

「お兄さん、歳は何歳？　彼女とかいる？　まさか結婚して子どももいたりして」

「先輩、もう行きましょう。おねえちゃんのお店に行くんでしょ」

「あ、そうれした。でもその前に一曲だけ演奏してもらおうよ、せっかくらから。せっかくらーかーらーっ」

「はいはい、さ、行きましょ」

下ぶくれが腕をつかんで行こうとするが、太った方は振り払った。

「お兄さん、米津玄師《よねづけんし》の『Ｌｅｍｏｎ』できる？」

面倒臭い酔っ払いでもお客さんである。将騎は返事をする代わりにうなずき、バチを持ち上げた。途中で変なからみ方をしてきたら股間を蹴り上げてやろうと思っていたが、将騎が弾き始めると、二人はにやけていた表情が消えて、黙って聴き入った。演奏を終えると、下ぶくれが「おー、すごい」と拍手した。「ギターとかキーボードなんかとはまた違って、三味線ってのは味わいがあるなあ」

太った方も「うん、いいじゃないの、お兄さん。この調子で頑張ったら、テレビとか出られるかもよ」とうなずいた。「あ、そうだ、ユーチューブやんなよ。そしたらもっと大勢の人が見て聴いてくれるじゃん」

「はあ」

「俺、かなりいいアドバイスしてね?」太った方は再びにやけ顔に戻っていた。「お兄さんが本当にユーチューブやってバズったら、何割か分け前ちょうだいねー」

自撮りした三味線演奏の映像をユーチューブにアップするぐらい、とっくにやっている。それぞれサムライミュージシャンの名前で『サムライミュージシャン参上 ムーブ・オーバー』『サムライミュージシャン参上天国への階段』『サムライミュージシャン参上ジャンピン・ジャック・フラッシュ』『サムライミュージシャン参上 キリング・ミー・ソフトリー』の四つをアップしたが、視聴回数はいずれも三桁の前半で止まっている。それらの動画をDVDに焼いて、いくつかのレコード会社や音楽芸能事務所にも送ったが、今のところ反応ゼロである。

ユーチューブにアップしたからって、それだけで簡単にバズるわけねえだろうが、デブっちょおやじめ。

「先輩、行かないんすか？　いつまでここで油売るんすか」

「あ、大切な用事を忘れるとこやったやんけ」太った方は変なイントネーションでそう言いながら両手をパンと叩き、「行こ行こ。マナミちゃんいるかなあ」と歩き出した。下ぶくれも「先輩、マナミちゃんじゃなくて、マナちゃんだって」と後を追いかける。

おいおい、曲をリクエストしておいて投げ銭もなしかい。将騎は、説教されたりケンカ腰で因縁をつけられずに済んだことに安堵《あんど》しつつも、礼儀知らずな相手に舌打ちし、二人の後ろ姿に向かって「あいつらが、特に太った方のやつが、土曜日の午後に我慢できないぐらいの歯痛になりますように。月曜日に歯医者に電話をかけても、予約でいっぱいですと言われますように」と片手で拝む仕草をした。

まだ梅雨入りはしていないはずだが、空気がじめついている。将騎はバチを三味線ケースにいったん置いて、代わりにケースから取り出した扇子《せんす》を広げて、自分の顔をあおいだ。あおぎながらスマホもケースから拾い上げ、自分のユーチューブ動画を呼び出してみる。相変わらず視聴回数は低いまま。悪口を書き込まれたくないので他人からのコメントは受け付けない設定にしてある。

画面の右側には、関連動画が表示されている。三味線つながりということで、津軽三味線奏者として有名な西旗礼真《にしはたれいま》の動画がやたらと表示されるのだけは何とかならないものか。テレビ番組に出演していたのを見たことがあるが、十代のときに津軽三味線のナンバーワンを決める大会で優勝、色白で整った顔立ちをしている上に、有名美術大学にも合格して絵の腕前にも注目が集まるなど多彩な才能を発揮している人物で、「和楽器界の貴公子」と呼ばれている。今は二十代後半のはずだが、単独コンサートの会場を女性ファンで埋め尽くし、テレビはもちろん、海外での演奏活動もコンスタントに行っている。さらには他の有名ミュージシャンたちのコンサートにゲスト参加したり、ユニットを組んだりと忙しい様子である。将騎は観ていないが、テレビの人気ドラマにもゲスト出演したらしい。

彼のユーチューブ動画は、公式のものだけでなくファンなどが勝手にアップしたものなどを合わせるとおそらく百以上あるだろう。しかも視聴回数が何十万回というものばかり。一千万回以上再生されたものもある。

同じ三味線奏者なのにこの違い、という妬《ねた》みはさすがに起きない。あちらは本物の津軽三味線奏者であり、ギターから我流の三味線に転向した雑魚《ざこ》が張り合うこと自体おこがましい。将騎自身も、彼が演奏する動画からさまざまな技法を学んだのだから、自分よりも年下とはいえ、敬意を払うべき人物である。

だが、西旗礼真が津軽三味線の枠をはみ出して他の洋楽ミュージシャンたちとコラボしたり、絵の個展を開けば高値で売れたり、俳優までやったりしているのを見ると、少々ささくれた気持ちになってくる。

せめて三味線での洋楽演奏に手を出すのはやめてくんねえか。あんたはそんなことしなくても有名だし儲《もう》かってるし女にモテるだろ。こっちは三味線で洋楽を演奏するしか持ち駒がねえんだぞ。その小さな縄張りにまで入って来ないでよ。

だから将騎はしばしば、西旗礼真には実は恥ずかしい欠点があるに違いないと妄想して気を紛《まぎ》らわせていた。本当はあの男は夜尿症《おねしょ》に悩まされていて、紙おむつをはいて寝ているとか、実はイボ痔が悪化していて楽屋に鍵をかけておばさんのマネージャーに薬を塗《ぬ》ってもらっているとか。

盛大なため息をついてスマホを三味線ケースに戻した。

はいている雪駄《せった》が安物すぎて鼻緒《はなお》の材質に問題でもあるのか、足の甲がかゆい。右手の扇子で顔をあおぎながら、左手で左右の足の甲をかいた。一昨日までは作務衣に合わせて地下足袋《じかたび》をはいていたが、暑くなってきたので雪駄に替えたところである。

そのとき、視界の左隅で何かが動いたように感じたので顔を向け、将騎は「わっ」と椅子から転げ落ちそうになった。

黒柴っぽい中型犬が座っていた。赤い首輪をしているので、飼われている犬らしいと判るが、リードでつながれておらず、辺りを見回しても飼い主らしい人物の姿はなかった。道の左側から数人の女性が何やら話しながらこちらにやって来るところだったが、この犬とは無関係だろう。

犬は将騎を見て、少し首をかしげた。なあに？　みたいな感じだった。なあにはこっちのセリフだ。

犬はそれなりのしつけはされているようで、うなったり、攻撃的な態度を見せたりする様子はなかった。そのせいで少し安堵した。小さい頃、近所に住んでいた従兄《いとこ》の家でこの犬と同サイズの雑種犬を飼っていて、遊びに行くと尻尾を振って飛びついてきたことを思い出す。

「おい、お前の飼い主はどうした」と将騎は話しかけた。「はぐれたのか？　それとも何か気に入らないことがあって家出したか？　一人で生きて行くのは簡単じゃないぞ」

犬はさらに近づいて、将騎のすぐ左隣まで来た。

「お手」と右手を出してみると、ちゃんと片方の前足を乗せた。「お代わり」と言うと、反対側の前足を乗せた。「お座り」と言うと、ちゃんと座った。しつけはされているし、人間に警戒心を持っている様子もない。

犬は何か言いたげに、じっと見上げてくる。

もしかして、「お手」「お座り」をやったんだから、何か寄越《よこ》せってか？　そういえば従兄の家の犬も、おやつを見せたときだけ、そういう芸をしたんだっけか。

「悪いが、食いもん、ないんだわ」

そう言うと、犬は小さなくしゃみをした。もしかしたらこの犬にとっての舌打ちなのかもしれない。

左手を伸ばして首の辺りをなでてみた。犬は目を細めて、そのまま座っている。少なくとも嫌がってはいないようである。手のひらから、犬の体温や鼓動が伝わってきて、ああ、こいつもちゃんと生きてるんだなと、当たり前のことを思った。

下腹部に視線を移す。オスか。

なでていた左手を離したとき、赤い首輪に何か書いてあることに気づいた。三味線をケースに戻して、低い椅子に座ったまま犬の方に向き直り、首輪をつかんで顔を近づけた。

黒いマジックペンらしきもので小さく「マジック」と書いてあった。この犬の名前らしい。まさか、マジックペンで書いたという意味ではないだろう。

他に飼い主にたどり着けそうな手がかりがないかと、首輪をぐるっと一周回してみたり、引っ張って内側を確かめたりしたが、名前以外に何も見つからなかった。首輪はホームセンターなどで売っていそうな、穴にピンを通して留めるスタンダードなものだった。少し色あせていて、よれている感じがあるので、何年か装着し続けているのだろう。

左の方から歩いてきた女性グループの中から「あら、かわいい」という声が上がった。女子大生らしき四人のグループ。うち二人には見覚えがある。投げ銭をもらったことはないが、立ち止まって演奏を聴いてくれたことが何度かあった。いつもラフな格好にショルダーバッグかデイパックなので、近くでバイトでもしていて、その帰りに冷やかしで立ち止まるのだろうと将騎は見当をつけている。

四人の中の、ちょっと色黒で細身のコが「お兄さんの犬ですか?」と聞いてきたので、「いやいや」と手を振り、「ついさっき現れて、なぜかここにいるんだわ。食いもんとか持ってないよって、今言ってたとこ」と説明した。

「あら、そうなんですか。首輪してるから、飼い主の人が探してるかも」と、ぽっちゃり体型で白いポロシャツにジーンズ姿のコが周囲を見回し、「いないなあ」と言った。

「まあ、放っときゃ自分ちに帰ると思うけどね」と将騎は軽く肩をすくめた。「多分、近所に住んでるんだろうし、犬はたいがい、自分の住みかが判ってるから。ちなみに首輪にはマジックって書いてある。こいつの名前らしいよ」

「ちょっと触ってもいいですか?」と白ポロシャツのコに聞かれ、「いやいや、だから俺の犬じゃないから、断りを入れる必要はないって」と苦笑していると、ぽっちゃりポロシャツのコが近づいて来てしゃがみ、マジックを両手でなでて「わー、犬触るのって久しぶりー」と黄色い声を上げた。色黒細身のコが「匂いとかしない?」と尋ね、ぽっちゃりポロシャツのコが「ううん、全然」と言うと、他のコたちも交替でマジックをなで、「かわいいねー」「おとなしくて、しつけがされてる、いいコだねー」「これって黒柴？」「どうかなあ、それっぽくはあるけど」などと言い合っている。

どうやら見物の対象は三味線奏者ではなくて飼い主不明の迷い犬になってしまったようである。将騎が心の中で、そろそろどっちもいなくなってくんねえかな、とぼやいていると、色黒細身のコが「あ、そうそう、お兄さん、すみませんが、お願いがあるんです」と言った。

「へ？ 何？ 悪いけど、犬の飼い主を一緒に探すっていうのはちょっと。もうしばらくしたら仕事に行かなきゃならんので」

実際は、清掃の仕事は昼間のシフトしか入ってないのだが、面倒ごとはご免である。

「いえ、そうじゃなくて」色黒細身のコが笑って片手を振る。「実は今日、このコが誕生日なんです」

指さされたのは、頭にカチューシャをつけた、ちょっとおとなしそうなコだった。他のコたちはパンツスタイルだが、このコだけは白いワンピース。お嬢様育ちで引っ込み思案、という印象だった。

「それで、このコが好きな曲を演奏してもらえませんか」と色黒細身のコが両手を合わせた。

「ああ……」

「あ、これ、少ないんですけど」とぽっちゃりポロシャツのコが二つ折りにした千円札一枚を三味線ケースに入れてくれたので、将騎は「はいはい、喜んで」と作り笑顔になり、三味線を構えた。「曲は何がいい?」

「あの……」白ワンピーのコが申し訳なさそうな表情で「山崎《やまざき》まさよしさんの『ワンモアタイム、ワンモアチャンス』をお願いできますか……」

これまでに何度か弾いた曲である。将騎が「はい、了解」とバチを構えたところでぽっちゃりポロシャツのコが「動画撮ってもいいですか」とまばたきをしながら言い、「ええ、どうぞ。一人でも多くの人に知ってもらえるんで、SNSに上げてもらっても全然オッケーだから」と笑って応じた。

演奏を始めると、何人かが「わー、すごい」と小さく拍手をした。ぽっちゃりポロシャツのコが将騎とその隣にいるマジック、そして白ワンピーのコや他のコたちの様子を撮っている。サビに入ると、白ワンピーのコがハンカチを出して鼻に当てた。感激して泣いているようだったが、三味線の演奏の力よりもきっと、山崎まさよしの力だろう。この曲を聴いているうちに感極まって泣き出す女子というのが、ちょいちょいいる。

演奏中、さらに若いサラリーマンとOLのグループ数人も足を止めた。途中で「へえ、いいねー」という声が耳に届いた。

演奏を終えるといっせいに拍手が起きたので、将騎は腰を浮かせ、バチを持った右手は後ろに回して、マタドール風のお辞儀をした。ぽっちゃりポロシャツのコがその様子も撮影している。白ワンピーのコはまだ泣いていて、色黒細身のコが「ノンノよかったね」と白ワンピーのコにも拍手を向けた。

ずっと隣に座っていたマジックが立ち上がり、なぜか片方の前足で将騎の左ひざ辺りをトンと叩いてきた。

「何だ？」と見返すと、マジックは座ってじっと見上げてくる。そして再び前足でトンと将騎の左ひざを叩く。そしてまた、将騎を見上げた。

「何だよ、お前も何か聴かせろってのか？　犬に音楽が判るのか？」

ぽっちゃりポロシャツのコがスマホでその様子を撮りながら「何かして欲しそうにしてますね。何だろう」と言った。若いサラリーマンの一人が「アンコール、とか？」と言い、同僚らしいもう一人が「ほめてるつもりなんじゃない」と応じて、そのグループの中で軽い笑いが起きた。

何だ？

だが、マジックの顔を見返すうちに、もしかして、ということが一つ浮かんだ。アンコールじゃなくて、あれだ。

将騎はバチを構え直し、ビブラートを効かせて『ハッピーバースデー』を演奏した。すると女子グループが再び拍手をし、その拍手の向きが白ワンピーのコに移った。

するとマジックは目を細めて、その場で伏せの姿勢になった。将騎が「これをやれと言いたかったらしいね」と肩をすくめると、今度は女子グループが「すごい、すごい」

「気が利いてる」などと驚きと笑いと感激が入り混じったような表情でマジックに向けて拍手をした。

その後も女子グループやサラリーマンOLグループが見物を続けたので、将騎は七〇年代から八〇年代にかけての洋楽をランダムに弾いた。若いコたちがよく知っている曲よりも、よく知らないけど聴いたことがある曲の方が、何となく音楽通だと思われるのではないかという計算がそこにはある。案の定、若いサラリーマンから「今のは何ていう曲でしたっけ？　親が昔、車の中でよくかけてた気がするけど」と聞かれて、「アース・ウィンド・アンド・ファイアーの『セプテンバー』という曲です」とレクチャーするなどのやり取りが生まれた。こういう会話が発生すると、他の通行人たちが立ち止まりやすくなる。

マジックはまだ隣に座っていた。

「お前、家に帰らなくていいのか？　門限破ったら晩飯抜きになるぞ」

見物人が聞いていることを意識してそう言ってみたが、誰も笑わなかった。するとマジックは立ち上がり、また前足で将騎の左ひざをトンと叩いた。見物人の中から「おっ、また何かやれと言ってるのか？」と声が上がった。

みんながその先を期待しているようで、急にしんとなった。

「今度は何だ？　帰る家がない、なんて言うなよ。俺は安くて古くてちっちゃい借家住まいだから、面倒なんか見られねえぞ。そもそもペット禁止の物件なんだから」

するとまたマジックからトンをされた。ＯＬの一人が「もしかして言い方が気に入らないのかな」と言ったので、将騎が「そうなのか？」とマジックを見ると、今度はマジックがトンしようと前足を上げかけたがやめたので、見物人が軽くどよめき、「言い方だな。タメ口きくなってことかも」などと声が上がった。

「マジックさん、家に帰らなくていいんですか？　門限破ったら晩ご飯食べられなくなりますよ」

またトンされた。見物人が興味津々で見ているので、ここは乗っかるしかない。将騎は関西弁のイントネーションで「あんたはん、家に帰らんでもええんでっか？」だとか九州弁ふうに「家に帰らんでよかと？」などとやってみたが、そのたびにトンされた。見物人たちはますます面白がるので「ステイヒア、ソーロングタイム、ノープロブレム？」と片言の英語で聞いたり、「おまんさ、帰らんでよかごわすか？」と怪しげな鹿児島弁を口にしてみたりしたが、トンが繰り返された。見物人の中からは「これでだいぶ絞れてきたぞ」などと無責任な言葉が聞こえた。

もういい加減勘弁してくれ、とため息をついたそのとき、ひらめいた。外国人の見物人から、「ヘイ、サムライミュージシャン」と言われたことがきっかけで、作務衣を着ることにしたのだ。和楽器に和装、だったら言葉もそっちに寄せた方がいい。

えーと、何て言えば……。

「えー、お犬殿、いや、マジック殿、そろそろ家に帰る時刻ではござらぬか」

するとマジックは上げかけた前足を下ろし、口の両端をにゅっと持ち上げた。「あーっ、笑った」という女子たちの声が重なった。

確かに今、笑ったように見えた。将騎はさらに「お主、今、笑うたか?」と問いかけると、さきほどよりは控えめだったが、また口の両端が持ち上がった。見物人たちが「おおーっ」「人間の言葉が判ってるよ」「すごい」「正解はサムライ言葉だ」などと言い、拍手が湧いた。

サムライ言葉って何だよ。

いや、ミュージシャンはお客さんを喜ばせてナンボ。このまま乗っかっちゃえ。

「マジック殿、もしかしてお主、サムライの時代から複雑怪奇な事情によりこの世にやって来たと申すか」

マジックはまた口の両端をにゅっと持ち上げ、再び「おー」と拍手。

盛り上げに一役買いそうな曲を頭の中で検索し、咳払《せきばら》いをした。

「ではもう一曲参るとしよう」

そう前置きして、ディープ・パープルの『ハイウェイ・スター』を弾き始める。見物人の中から一人、二人と手拍子が始まり、半数以上がそれに加わった。ハードロックに手拍子って、そういうノリは違うと思うんだけどなあと困惑したが、見物人たちの楽しそうな表情を見ていると、まあいいかと思う。

演奏が終わって再び拍手が起きたときには、さらに見物人が増えていた。残業帰りか飲み会帰りらしきサラリーマンとＯＬの割合が多いようである。

普段はバス通りと駅周辺の飲み屋街とをつなぐ道にすぎないシャッター通りなのに、場違いに賑やかな空間が出現していた。

目を細めてじっと隣に座っていたマジックに将騎は声をかけた。

「マジック殿、拙者《せっしゃ》のただ今の演奏はいかがでござった？　お気に召されたか？　召されなんだか？」

実のところ、サムライの言葉としてこれが正しいのかどうかよく判らなかった。時代劇などの言い回しを思い出しながら、こんな感じかな、程度の感覚である。

まあ、間違っていれば、見物人の誰かが指摘してくれるだろう。

一同がマジックの反応に注視していた。「口の端がにゅっと上がるよ」という女性の小声が聞こえた。

マジックは口の端をにゅっ、ではなく、大きなあくびをしたので将騎がずっこけそうな仕草を見せると、笑い声が上がった。

「あいやー」と将騎はしかめっ面を作った。「拙者の演奏が眠たいと申すか。何とも辛口な評価でござるな」

見物人たちがさらに笑った。

お陰で普段の五倍以上の投げ銭を得ることができた。とはいえ、決してそれ目的で路上ライブをやっているわけではない。少しでも多くの人に聴いてもらって、反応を見て微修正を加え、スキルを上げてゆくことが肝心。誰もいない場所で練習するよりも、路上の方が得るものが多いからこそやっているのだ。

それに、不特定多数の人たちの前で演奏を続けていれば、何らかのチャンスにつながることだってあり得る。イベントの関係者が見て気に入ってくれれば何かの催しに呼んでくれるかもしれないし、インディーズレーベルから声がかかる可能性だってゼロではない。実際、そろそろ今日の演奏は終わりにしようという頃になって、ライブハウスのオーナーさんだという中年男性から名刺を渡され、「うちの演奏スケジュールは当分埋まってるけれど、急に空きができたら入ってもらうことは可能ですか？」と聞かれ、大丈夫です、と答えてＬＩＮＥ《ライン》のＩＤを交換した。先週、オーディションを受けたが「悪くないと思うけど三味線はちょっと」と言われて落とされたライブハウスである。あのとき審査したのは店長だったが、オーナーの口利きがあればひっくり返せる。小さなライブハウスで、ギャラなんて期待できないし、実際には連絡なんてこないかもしれないが、チャンスの種を撒いておくに越したことはない。

今夜の見物客が多かったのも、ライブハウスのオーナーさんから声がかかったのも、間違いなくマジックのお陰だった。マジックがずっと横にいて、演奏の合間のかけ合いがウケたからこそである。

てことは、もしかしてあのオーナーさん、マジックとのコンビが前提でのオファーだったのか？　いやいや、まさかそれはないだろう。足を止めたのはマジックがきっかけだったとしても、あくまで演奏を評価してくれたはず——だと思いたい。

三味線ケースと折りたたみ椅子を持った将騎は、立ち止まって振り返り、ため息をついた。シャッター通りの商店街から市道沿いを歩き、左折して横道に入り、今は更地になっている市民会館跡地の前に差しかかったところだった。この先は小さな空き店舗や古い民家が多い区域で、外灯の光も交通量も少ない。

目下の問題は、帰宅中の自分の後を、マジックがついて来ているということだった。知らん顔をしてれば、そのうちいなくなるだろうと思っていたのだが、マジックは当たり前のようにすぐ後ろにいる。

あと二百メートルも行けば、ねぐらにしている古い借家に着いてしまう。1DKの、プレハブよりはマシという安普請《やすぶしん》の平屋が四棟並んでいるが、すべて来年に取り壊すことが決まっていて、二棟は既に空き家である。残る一棟に住んでいるお年寄りは、毎日デイケアセンターのワゴン車が迎えに来ており、日中は留守にしているようである。将騎がそこに住むことにしたのは、周辺にあるコーポやアパートよりも家賃が安いからだが、一応は一戸建てなので音を控えめにすれば三味線の練習ができることも理由の一つである。そして借家から商店街までは徒歩五分程度。距離が近くて、しかも雨が降っていても路上ライブができる環境はありがたい。

いくら取り壊しが決まっている安普請の平屋だとはいえ、入居するときにイヌやネコなどのペットは禁止だと言われているので、それを破るのはまずい。

交番に立ち寄ってマジックを引き渡すか？　野良犬ではなく、ちゃんと首輪をしている犬だから、遺失物みたいな扱いで引き取ってくれるはずである。

だが交番はねぐらと反対方向で、しかも遠い。わざわざ行くのは面倒だし、マジックと出会った商店街からますます遠ざかるのはどうなのか。もしかしたら飼い主が周辺を探しているかもしれないことを考えると、できるだけ商店街に近い場所でバイバイした方がいいような気がする。

マジックは頭がいい犬であることは確かである。本当は、帰る家も判っているが、今は好奇心か気まぐれで、初対面の三味線弾きの後をつけているだけという気もする。だから、たとえ借家までついて来ても、ドアを閉めて知らん顔をしていれば、あきらめて帰るのではないか。

立ち止まっている将騎にマジックが近づいて来たので、かがんで首の周りをなでた。

「マジック殿、はなはだ申し訳ないが、拙者の住まいには犬を入れてはならんというお触《ふ》れが出ておってな、それを破ると拙者も住む場所をなくしてしまうのじゃ。どうかお察しくだされ」

マジックはきょとんとして見上げてくる。将騎は「許せ、マジック殿、ではさらばじゃ」と言い置いて歩き出したが、明らかについて来ている気配があった。

仕方がない。将騎はため息をついて、来た道を引き返し始めた。

途中にあったコンビニに入り、ドッグフードと紙皿を買った。最初は調理パンコーナーで卵サンドを手カゴに入れたが、念のために探してみると、ちゃんとペットフードのコーナーがあった。少量なのに値段が高いものばかりだったが、今日の稼ぎはマジック殿のお陰だから買ってやらないとバチが当たるぞよ、と自分に言い聞かせた。

マジックは店の前でちゃんと待っていた。「マジック殿、では参ろう」と声をかけて商店街へと戻った。

演奏していた場所よりも少し手前で足を止めた。シャッターが壊れてねじ曲がり、身をかがめれば中に入ることができる空き店舗がある。中は真っ暗でよく見えないが、犬が寝るスペースとしては充分なはずである。将騎はその壊れたシャッターの前でしゃがみ込んでドッグフードの袋を開け、山盛りになるよう、紙皿の上にそっと中身を出した。柔らかい粒状のエサで、表示書きによると、チキンフレークに粒野菜を混ぜて成型したものだという。

「マジック殿、こんな場所で申し訳ないが、味と品質は確かな代物でござる。ごゆるりとお楽しみくだされ」

そう言うと、マジックはエサの山に近づき、くんくんと匂いを嗅いでから、もそもそと食べ始めた。気に入ってくれたようである。

その間に将騎はそっと遠ざかった。幸い、雪駄ばきなので足音の心配はない。

数メートル離れてから一度振り返ると、マジックは一心不乱に食べていたのでほっと胸をなで下ろした。

十数メートル進んでから再び振り返るが、マジックは食べ続けていた。将騎は、安堵感と、別れを惜しむ気持ちを抱えながら、早足になった。

清掃会社でのアルバイトは、以前は国のさまざまな出先機関が入っている合同庁舎が主な仕事場だったが、一年ちょっと前から県立総合体育館の担当になった。五十過ぎのおばさんがチームの主任で、観客席やトイレなどの持ち場を割り振られるのだが、将騎は「あなたは若くて体力があるから」とおだてられて、大競技場《メイン・アリーナ》のフロアをずっと歩き回らなければならない電気モップクリーナーがけを任されている。

午前中の仕事が一段落し、体育館の職員用とは別に用意されている、出入り業者用のスタッフルームでコンビニのおにぎりと自宅で作って持って来たゆで卵を食べ始めたところで、デイパックの中でスマホが振動した。

実家の母親からだったら、ちゃんと栄養のあるものを食べてるか、とか、給料は足りてるか、といった話から始まって、後半は、もう音楽の道はあきらめて就職した方がいいんじゃないか、孫の顔が見たい、などの話になるに決まっているので、出ないでスルーするつもりだったが、画面を見ると母親からではなく、高校のときからバンドを組んでいた中原《なかはら》からだった。かつての音楽仲間はみんな今は普通に就職していて、中原も中古車販売店で働いているが、今もたまにLINEなどで〔最近どうしてる？〕〔居酒屋でも行くか？〕などと連絡をくれて、飲み代も多めに払ってくれたりする、ありがたい存在である。四つの『サムライミュージシャン参上』動画をユーチューブにアップすることを提案してくれたのも中原で、撮影も彼が担当してくれた。「バズるといいな」などと言い合っていたのに視聴回数が全然伸びていないことを気にしてくれているようでもある。

中原は「ちょうど昼休みかなと思って」と前置きしてから、「ついにきたな、おめでとう。これはなかなかのチャンスだよな」と言った。

「あ？」将騎は口に持って行きかけたゆで卵を止めた。「どういうこと？」

「いやいや、とぼけんなよ、ユーチューブだよ、ユーチューブ。お前が三味線弾いた後、横にいる犬がにかっと笑ったり、あくびをしたり、前足で催促《さいそく》したりしてる動画。今のところ三つアップされてて、再生回数がぐんぐん伸びてるぞ」

「うそ」

「日付からすると、昨日の晩か？」

「ああ。たまたま現れた迷い犬が、なぜか隣に居座ってさ。まあそのお陰で投げ銭もたくさんもらえたよ」

「投げ銭どころじゃないって。このまま再生回数が増えたら、結構な収入になりそうじゃねえか」

「いやいや、アップしたの、俺じゃないから。見物人の誰かが勝手にスマホで撮ったのを投稿したんだろ、きっと」

「あー、そうなんだ」中原は少し間を取ってから、「お前、自分からはそういうことやらねえもんな、そういや」と続けた。中原からは、インスタグラムやツイッターなども使ってもっと情報発信した方がいいと言われているが、アルバイトと路上ライブと睡眠と食事と、あとは安酒を飲みながらテレビのバラエティ番組を見てへらへら笑ったり、ぼーっとしたりする時間を削ってまでそういうことをやる気にはならず、そのうちにやろうかな、という感覚のままずるずるきている。ユーチューブ動画も、セルフで撮影しようと思えばできるのだろうが、ライブは目の前にいる見物人の反応こそが大切、という思いがあるので、あまり積極的にはなれないでいる。

「でもまあ、あの動画で注目度は確実に上がったよ、間違いない」と中原は気を取り直すように続けた。「いいチャンスだってことに変わりはないって」

「だったらいいけど」

それから二言、三言やり取りをしてから電話を終えた将騎は、急いでゆで卵とおにぎりを口に押し込み、家で水出ししてペットボトルに入れた麦茶を飲んだ。同じ室内で昼食を摂っていたパートのおばちゃんの一人から「屋形さん、迷い犬がどうとか、見物人がスマホで撮ったとか聞こえたけど、どうかしたの？」と聞かれ、口をもごもごさせながら「いえ、ただの又聞きの話なんで」と受け流した。

体育館裏にあるベンチに移動して、スマホでユーチューブ画面を立ち上げ、〔三味線犬 ストリート〕のワードを入力して検索してみると、すぐに見つかった。

一つ目は『三味線を弾く男性と謎の催促をする犬』というタイトルがついていて、白ワンピーのコの誕生日祝いとして『ワンモアタイム、ワンモアチャンス』を演奏している様子を撮影したものだった。投稿者の〔だんごさん〕はおそらくあの、ぽっちゃりポロシャツのコだろう。カメラは主に演奏している将騎を捉えていたが、ときおり隣に座っているマジックや見物人も映し出していた。そして演奏が終わって拍手が起こり、女のコたちが「おめでとう」と白ワンピーのコを祝福。するとマジックがなぜか前足で将騎のひざをトン。何だよ、というやり取りがあり、将騎が気づいて『ハッピーバースデー』を演奏。より大きな拍手に混じって「すごーい」「追加演奏の催促だったんだー」などの声が聞こえた。〔友達の誕生日祝いでリクエスト曲を演奏してもらったら、隣にいた犬が謎の行動。その真意が判って大感動！〕という投稿者コメントもついていた。

二つ目も〔だんごさん〕による投稿で、『三味線を弾く男性と謎の催促をする犬2』のタイトル。『セプテンバー』の終盤部分から始まり、それが終わって拍手が起き、見物人と少し会話があってから、将騎がマジックに向かって、家に帰らなくていいのか、と尋ねる。そこからマジックのトンが始まり、将騎が方言で言い直したり片言の英語で言ってみてもトンが続くが、サムライ言葉で「えー、お犬殿、いや、マジック殿、そろそろ家に帰る時刻ではござらぬか」と尋ねてみると、マジックが上げかけた前足を下ろし、口の両端をにかっと持ち上げ、女子たちが「あーっ、笑った」と声を合わせた。さらに将騎が「マジック殿、もしかしてお主、サムライの時代から複雑怪奇な事情によりこの世にやって来たと申すか」と言うと、マジックがもう一度口の両端をにゅっと持ち上げて、再び「おー」と拍手。

三つ目の投稿者は〔商店ＧＵＹ〕と名乗る人物で、『ストリート三味線の男性にボケをかます犬』というタイトル。あのとき見物人の何人かが途中からスマホで撮影し始めていたようなので、その中の誰かだろう。将騎が『ハイウェイ・スター』を弾き、演奏後の拍手があり、将騎が「マジック殿、拙者のただ今の演奏はいかがでござった？ お気に召されたか？ 召されなんだか？」と尋ね、女性の「口の端がにゅっと上がるよ」という小声が入るが、マジックは大きなあくび。とっさに将騎がずっこけそうな仕草を見せると、笑い声が上がった。さらに将騎が「あいやー。拙者の演奏が眠たいと申すか。何とも辛口な評価でござるな」と言い、さらなる笑い。投稿者は〔残業帰りに三味線を路上で弾いてる男性に遭遇、と思ったら、彼には犬の相方がいて、漫才みたいなかけ合いをしたので仰天《ぎょうてん》〕とコメントしていた。

いずれも既に視聴回数が一万回を超えていた。まだアップされてそれほど時間は経っていないだろうから、これからぐんぐん伸びるかもしれない。将騎は興奮するよりも、どこか人ごとのように感じて「まじか……」とつぶやいた。

それぞれの動画に視聴者からコメントが寄せられていた。〔芸を仕込まれた犬。猿回しみたいにおカネになるかも。〕〔三味線も上手いし、しつけられた犬もすごい。〕〔現場で見物してた。三味線さんは、知り合ったばかりの迷い犬だって言ってたけど……〕〔見物人もみんなサクラ？〕〔三味線上手いけど犬の方がお客さん集めてるかも。〕〔シャッター通りみたいだから通行の邪魔にはなってないのかな？〕〔テレビに出たらいいのに。」〔犬の中に小さな人が入ってんじゃないの？〕〔犬はCGだろ？〕〔三味線の男性、サムライミュージシャンって人だよね。別の動画で見たことある。ピンだったけど犬とコンビ組むことにした？〕〔誰もが楽しそうな時間。現場にいたかった。〕〔ミュージシャンなのか？　芸人なのか？　ま、どっちでもいいけど。〕などの中に、英語でのコメントもある。海外の人も視聴して書き込んでいる、ということらしい。

将騎はふと思いついて、中原に撮影してもらった『サムライミュージシャン参上』シリーズも画面に呼び出してみた。昨夜のユーチューブ動画からこちらにたどり着く人もいるかもしれないと思ったからである。

期待したほどの数字ではなかったが、それでも視聴回数は昨日までと較べると倍増していた。マジック効果はここにも及んでいるわけか。

夕方に仕事を終えてから確認してみると、昨夜の見物人がアップした三つのユーチューブ動画はそれぞれ視聴回数が二万回を超えていた。

スーパーの半額シール弁当で夕食を摂った後、三味線ケースと小型折りたたみ椅子を提げてシャッター通りの商店街へ。色あせた〔テナント募集〕の紙が貼ってあるいつものシャッター前で三味線ケースを開き、折りたたみ椅子を広げて座ると、背後に気配を感じた。振り返ると、どこから現れたのか、マジックがちょこんと座っていた。

「おお……」まさかまた現れるとは。「マジック殿、また拙者を冷やかしに参られたか」

マジックは一度あくびをしてから、将騎の左横に移動して座り直した。ここを定位置と決めたらしい。

「マジック殿、昨夜はごゆるりと眠られたか。シャッターが壊れたあの空き店舗で一夜を過ごされたのか」

マジックは目を細めて見返してくる。まだ見物人がいないのだから、そんなやり取りはまだいい、とでも言いたげである。

「それにしても、なぜ拙者なのか？　前世で何ぞ関わりでもあったのか？」

もちろんマジックは返事などしない。目を細めて見返すのみだった。

どういう理由で気に入られたのか。見物人たちを沸かせることができて楽しかったから今日もまたやろうということなのか？

「飯はどうしておるのじゃ。昨夜は多少の馳走《ちそう》をさせてもらったが、本日は食っておらぬのか？　なぜ飼い主のところに帰らぬ」

あるいは、昨夜あの後ちゃんと飼い主の所に帰って、エサをしっかり食べて、また抜け出して来たとか。

「まあよい」と将騎はうなずいた。「おりたければおればよし。どこかに行きたくなったら行けばよい。拙者はお主の飼い主ではないからのう」

ユーチューブ動画のお陰か、あるいは昨日の見物人たちの口コミ効果なのか、この日は見物人が途絶えることがほとんどなく、午後九時を回った頃には二十人以上に取り囲まれることになった。三味線ケースの中の投げ銭も、これまで見たことがないほど入っている。

二千円を三味線ケースに入れてくれた初老の男性のリクエストでボブ・ディランの『風に吹かれて』を弾き、拍手を受けた後、将騎は左横に顔を向けた。

「マジック殿、今の曲はいかがでござった。ノーベル文学賞を受賞した、それはそれはやんごとなきお方の曲でござるぞ」

こういうときのマジックの反応は基本的に三パターンだということが既に判っている。首をかしげるか、あくびをするか、あるいは口の両端をにゅっと持ち上げて笑ったような表情を見せるか。どの反応が出るかはくじ引きみたいなもので、それぞれに応じて将騎は適当に返すだけである。それでもウケるのは、犬と本当に意思の疎通《そつう》ができているように見えるからだろう。

だがこのときのマジックの反応は三つのパターンとは違っていた。なぜか立ち上がり、さらに将騎にすり寄って来た。

何だ、何だ。どうしろというのか。

マジックがさらに鼻先を将騎の側頭部に近づけて来たので、とっさに「うん？　何ぞや?」と左手でマジックの口もとを隠してひそひそ話を聞くふりをした。「うん、うん」と小さくうなずいてから「うん?」と眉をひそめ、「これは何と。うぬごとき小便路上三味線弾きが、かのボブ・ディラン様の曲を演奏するなど十年早いとな」

　そこそこの笑いが起きたので、気をよくしてさらに「何? お前の演奏を聴いておると、なぜか若い頃にメス犬にフラれたときのことを思い出してしまうとな。風に吹かれて、ではなく、メスにフラれて。お後がよろしいようで」

　ちょっとやり過ぎだったか、割合としては失笑の方が多くなってしまったようだった。気を取り直してバチを握り直したところで、見物人の背後から「ここは公道ですよー、集団で立ち止まらないでくださーい」という太い声が聞こえてきた。見物人たちが振り返り、「えっ」「何?」といった困惑したような声が上がった。

　人垣を割るようにして現れたのは、体格のいい二人の制服警官だった。うち一人が肩に装着した無線マイクで何か言っている。現場に到着したという報告だろうか。もう一人の銀縁メガネの警官が再び大きな声で「ここは通行のための場所でーす。大勢の人たちが立ち止まって集まると、往来の邪魔になりまーす。すみやかにご移動願いまーす」と言った。見物人たちは「えっ、こんなのでもダメなの?」「一応、車も通っていい場所だっけ」「実際には車や通行人の妨害なんてしてないだろうに」などと不満を漏らしながらも、おとなしく散り始めた。

将騎は内心、ついに警察から注意されるぐらいに人を集める存在になったか、と悪い気はしなかったが、そのことよりも、ここでの演奏がもうできなくなるかもしれないことの方が気がかりだった。

とりあえず、警官相手にトラブルを起こすことは得策ではない。今日はもう引き上げることにし、三味線をケースに収めた。

だが、ケースのふたを閉めて立ち上がったところで、メガネ警官から「あ、ちょっと、お兄さん」と片手で制止させられた。「少し話を伺いたいんですがね」

もう一人の警官は、見物人がぞろぞろと散開して遠ざかるのを見ながら、再び無線マイクで報告らしきことをしている。

「普通にここで三味線弾いてたら」と将騎は苦笑いを作った。「思いの外、人が集まっちゃいまして」

「なるほど。人が集まるほどの演奏をなさっていた」

「ええ……」

「それは大変結構なことですがね」メガネ警官は控えめな作り笑いを見せた。「ここは道路交通法上、公道なんです。路肩で普通に演奏してるだけなら大目に見ますが、一定数以上の人が立ち止まるようになると、お兄さんが往来の妨害をしてることになるんですよ」

「そうでしたか」

「もしかして、見物してた人たちから、演奏の報酬を受け取ってた？」

「え？」法律のことはよく判らないが、返答を間違えるとまずいことになるような気がしたので「いえ、そういうのは全然。酔っ払った人がときどき小銭を渡そうとしてきたりすることがあるけど、断ってますから。練習をしてるだけで」と片手を振った。三味線ケースのふたを閉じておいてよかった。

「シャッターが下りてる店ばかりではあるけど、今もここに住んでる方々がいるんですよ。人が集まったら騒音が起きる。騒音が起きたら近隣住民の迷惑になる。判りますよね？」

「あー、そうですね、はい」

「ここは商店街組合という組織がちゃんと残ってるんです。そこの許可がないと、ちょっとね……。おカネ集めはしてないんだよね？」

「ええ、もちろん。三味線の練習をしてただけですから」

「その犬は、おたくの？」ともう一人の警官が指さした。

マジックは将騎のすぐ横にちょこんと座って、警官たちを見上げていた。

「ええ……私の、というか、知り合いから預かってまして。その人が怪我で県立病院に入院してるもんで、退院するまでってことで」

「リードでつないでないね」

「あー、……で、す、ねー」

「それ、条例違反なんですよ。私有地から外に犬を連れ出すときはリードでつながないと。帰宅するまで、何らかの方法で犬とお兄さんをつなぐようにしてもらわないといけないなー」

「あっ、判っかりました。じゃあ、とりあえずは、首輪をつかんで帰ります」

メガネ警官は半笑いだったが、もう一人の警官は険しい表情だった。一人が怖い警官を演じて、もう一人が優しい警官を演じると、職質や説諭がスムーズにいきやすい。警察学校を舞台にしたドラマ『教場』で教官がそういうレクチャーをしている場面があった。

その後さらに将騎は、念のためにと言われて、氏名と住所を聞かれ、メモ帳に控えられた。その上で、今度また通行の邪魔になるような状況を作り出したときは、交番まで来てもらうことになるから、と釘を刺された。

十数分後、商店街から出たところで振り返り、警官たちの姿が見えなくなったことを確認して、将騎はマジックの首輪から手を離した。かがんだ状態で歩いていたので腰に疲れが溜まっていた。うーん、と身体をそらして、ため息をついた。

「マジック殿、お主のお陰で見物人が大幅に増えたところまではよかったが、好事魔多《こうじまおお》しというやつじゃ。今度は一転して、あの場所で演奏することが難しくなってしもうたぞ」

マジックは目を細めて見上げてくる。

「いや、お主を責めておるのではない。昨日今日と、お主には誠に世話になった。だが明日からはもう無理じゃ。お主がいるとお上《かみ》の使いがやって来て演奏をやめよと叱られる。今度やれば捕縛の憂き目に遭うやもしれぬ。残念無念」

だが案の定、将騎が歩き出すとマジックもついて来た。立ち止まって振り返り、「マジック殿、ここでおさらばさせてくれ。拙者は貧乏ゆえ、お主を泊めてやれぬ」と言い置いて歩き出すが、やっぱりついて来る。

「これは困った」再び立ち止まって振り返る。「お主のお陰で今日も投げ銭をたくさん頂戴した。その借りがあるゆえ、さすがに邪険にすることはできぬ。うーむ、これは難儀なことじゃ」

言いつつも、将騎はもう決めていた。

やってあげたことは忘れろ。やってもらったことは忘れるな。

昔ばあちゃんから何度も言われた言葉。将騎自身もそういう人間でありたいと思っている。

「しょうがない。ではついて参れ」

ウエットティッシュでマジックの足先を拭き、寝室として使っている奥の和室に上がらせた。コンビニで買った値段高めのドッグフードを弁当の空容器に入れてやり、その隣のへこみには水を入れた。マジックはもそもそと食べ、平らげると次は水をぴちゃぴちゃと飲み始めた。

通りとは反対側の水路に面している、すりガラスのサッシ戸を開けた。すぐ先には金網フェンスが見える。金網フェンスと借家との間は二メートル程度の幅があって、普段は洗濯物を干す場所として使っている。

網戸の前で蚊取り線香を焚《た》いた。

将騎は、今日集まった投げ銭を紙箱に移した後、つや布巾《ふきん》と専用スプレーを使って三味線の手入れをし、湿度から守る専用の布で覆ってケースにしまった。三味線は湿度の変化に敏感なので、ギターよりも繊細に接しなければならない。将騎は手入れをするときには、今日も世話になった、ご苦労さんと心の中で念じるようにしている。

マジックは水を飲み終えて、軽くゲップをし、畳の上で伏せの姿勢になった。

「マジック殿、ここはエアコンがないので快適な場所とは言えぬ。しかし幸いなことに、裏手は北側で、水路によって多少は冷やされた空気が入って来るお陰で、サッシ戸を開けておけば何とか過ごせる。まあ、雨風をしのぐことができて、畳の上で休むことができるのでよしとしてくれまいか」

将騎はあぐらをかいた姿勢でマジックの首周りをなでた。マジックはあごを畳につけて、将騎を上目遣いに見てきた。で、この後どうするのじゃ、と問われているように思えた。

「拙者はこの後、水のシャワーを浴びて身体を洗い、それから外食に行かせてもらう。結構な投げ銭のお陰で、久しぶりに牛丼屋じゃ。お主はここで夜を明かしても構わんが、網戸を半分開けておくので、気が向いたらそこから出て行っても構わぬ。拙者はお主の飼い主ではないので、お主の好きにするがいい。大家は近所に住んでおるが、拙者は一本南側お主の通りなので、お主がこの裏側から出入りする限り、大家にとがめられる心配もない。

万が一知られたとしても、暑いので裏のサッシ戸を開けておいたら見知らぬ犬が勝手に入って来たということにすればよかろう。判るか？」

マジックは目を細めて、控えめなあくびをした。判るわけがないか。

シャワーを浴びて部屋に戻ったとき、マジックは横向きに寝入っていた。すーすーと静かな寝息をたて、そのたびに腹が上下していた。

外に出かけ、大盛りの牛丼を食べて帰宅すると、マジックはいなくなっていた。退屈したのか、用を足しに出て行ったか、あるいは今生《こんじよう》の別れになったのか。どちらでも淡々と受け入れるつもりだったが、もうマジックに会えないかもしれないと思うと、一《いち》抹《まつ》の寂しさはあった。

歯磨きをした後、パジャマ代わりに使っている色あせた古いTシャツとジャージに着替え、電気を消して、せんべい布団に寝転んだ。念のため、網戸は半分開けたままにし、蚊取り線香を焚いておくことにする。

眠ろうとしたが、マジックのことが心配になってきた。国道を渡ろうとして車に轢かれたりしてないだろうか。落ちている変なものを食べて具合が悪くなってないだろうか。探しに行こうかとも思ったが、「いや、拙者は飼い主ではない。余計なお節介というものじゃ」という独り言で自分を納得させた。

なかなか眠ることができず、紙パックの芋焼酎をコップに注いで飲んだ。

スマホでユーチューブを確認してみると、今夜の路上ライブの様子がさっそく二件アップされていた。うち一件は、演奏が一段落した直後に二人の警察官がやって来て解散させられる様子を映し出していた。若い男性らしき撮影者の「見物人が集まりすぎて、往来の妨害になるということで、お巡りさんから注意されてます。せっかく人気が出たのにこの仕打ち。不条理ですなー」というつぶやきも入っていた。視聴回数もぐんぐん伸びている。この調子だと数日のうちに十万回ぐらいいくかもしれない。

昨日のユーチューブ動画の視聴回数も、さらに上がっていた。一、十、百、千、万と桁数を数えて「へえ」と他人事のように感心しているうちに、酔いと眠気がやってきた。

　翌朝に目覚めると、昨夜出て行ったはずのマジックが畳の上で寝ていた。一瞬、幻覚かと思い、自分のほおを片手で叩いてみた。

「マジック殿、帰って参られたか。もう戻らぬものと思うておったが、まあ、戻ったのならそれもよし」

　そう声をかけると、マジックはむくと頭を持ち上げたが、まだ眠いのか、再び頭を下ろした。

　もしかしてマジックは、既にここをねぐらと決め、自分を飼い主だと思っているのだろうか？　うれしい気持ちもあるにはあるが、ずっと飼うとなると、さまざまな問題をクリアしなければならなくなって、それはそれで少々面倒臭い。

　まあ、今すぐ決めなくてもいいか。

　将騎は、自分には優柔不断なところがあることを自覚していた。高校受験でも志望校をなかなか決められず、リスクが小さい代わりにちょっと遠くの高校に決めたのは願書提出ぎりぎりのときだったし、ギターにのめり込んでしまって進学も就職もろくに考えず、消去法で経理の専門学校入学を決めたのも高校卒業間際だった。社会人になって中堅どころの建設会社に就職したが、ギターの練習時間が確保できないことを理由に、両親の反対も「何とかするから」というい加減な説明だけで半ば無視し、後先考えずに退職した。その後はアルバイト生活を続けながら、路上ライブを続け、途中から興味を覚えた三味線に持ち替えた。

後先を考えない、決断力がないと言われればそれまでだが、その一方で、簡単に人生のコースを決めてしまえる周囲の連中の心理がどうも理解できなかった。

三年ほど前に高校の同窓会に顔を出したことがあるが、「まだそんなことやってんのか」「大丈夫か」「よくやるなあ」「バクチ人生か」「もしプロになれたとしても食えるかなあ」などとあきれ顔で言われまくりで居心地が悪くなり、途中で帰った。一緒にバンド活動をした仲間たちも、多くは同様の反応なので、今もつき合いが続いているのは中原ぐらいである。

確かに焦りはある。でも焦ってもしょうがない、そのうち何とかなるという気持ちもある。しかめっ面で歩いて来た人が立ち止まって自分の演奏に聴き入ってくれて、最後は笑顔になって拍手をしてくれる。それを何度も体験してきた。何とかなる、という思いにはちゃんと根拠がある。

マジックに昨夜と同じドッグフードと水を与え、将騎自身はシリアルにヨーグルトをかけて食べ、インスタントコーヒーを飲んだ。夏場の朝食はこういう感じのものが多い。

仕事の作業服をデイパックに詰めながら、マジックに声をかけた。

「マジック殿、拙者はこれから仕事に行って参る。窓は開けておくので、出て行きたければ好きにするがよい。そんなことをすれば泥棒が入るのではないかと心配するやもしれぬが、カネ目のものは三味線ぐらいしかないし、三味線を質屋やリサイクル店に持ち込んだりネットオークションにかけたりすればすぐに足がつく。盗人もバカではない。もし知らぬ者が侵入しても、吠える必要はないぞ。それから、もし出かけるときには車に充分注意するのじゃぞ。国道を渡る、などという無茶はくれぐれもせぬように。よいな」

マジックは玄関ドアの前までついて来たが、将騎と一緒に外に出ようとはせず、立ち止まって見送った。

念のため、自転車を漕ぎ始めてからブレーキをかけて振り返ってみたが、マジックの姿はなかった。

昼の休憩時間、個室トイレで用を足しながらスマホをいじり、見物人たちがアップした路上ライブの動画視聴回数がまたぐんと伸びていることを確認した。一方、マジック不在の『サムライミュージシャン参上』シリーズは倍増してはいるものの三桁のまま。将騎は「不条理でござるな」とつぶやいた。

警官から注意されて路上ライブが中止になったあの動画はコメントが書き込める設定

になっていて、〔何だか気の毒だね。〕〔めげずに頑張って欲しいな。〕〔三味線の演奏もよかったし、犬とのかけ合いも楽しかったのに。〕などといった言葉が並んでいたが、そんな中に、異質な書き込みが一つあった。

〔サムライミュージシャン様、初めまして。かがみ町商店街組合の組合長で、同商店街でパン屋を営んでおります田部と申します。いくつかの動画を拝見し、お願いとご提案がございましてこのスペースをお借りして書き込ませていただきました。できればお電話をいただけると幸甚に存じます。何とぞよろしくお願い致します。〕というもので、パン屋の固定電話らしき番号が記されていた。

「何だ、こりゃ……」と声に出してしばらく考えてから、どうやらこの田部という人物は、この動画をアップさせた〔トラベラー〕なる人物がサムライミュージシャン本人か、その友人だろうと思って接触を試みた、ということだろうと見当をつけた。実際にはこの動画をアップした人物がどこの誰なのか、将騎は全く知らないが、こうやってちゃんと今コメントを読んでいることに、ネット社会ってすげえなと素直に感心した。

かがみ町商店街というのが一瞬、警官に注意されたあの商店街のことかと思ったが、あそこは鳩川《はとがわ》商店街という名称である。かがみ町商店街は確か……隣市の駅前通りに隣接する商店街だ。昔は近くに大きな紡績会社や多くの町工場があって賑わっていたが、今ではご多分に漏れずシャッター通りと化している、みたいなローカルニュースを見たことがある。ここからだとJRで十五分ぐらいだろう。

昼休憩の残り時間が少なかったが、用件ぐらいは聞いておこうと思い、トイレ内からそのまま電話をかけてみた。出たのが田部《たべ》氏本人だったようで、将騎は、サムライミュージシャンの屋形将騎という者だと伝えると「あー、どうもどうも、早速のご連絡、ありがとうございます」と張りのある声が返ってきた。

「ユーチューブの演奏、いくつか拝見しましたよぉ」と田部氏は続けた。「特にワンちゃんと一緒のやつ、楽しくて素敵ですねえ。ああいうことができるようになるまで訓練するのって、大変だったんじゃないですか」

「はあ」犬とのやり取りは訓練なんかしてません、と言いかけたが、とりあえずは先方の用件を聞くのが先である。

田部氏が「あ、今、お時間はよろしいのでしょうか」と尋ねてきたので、「ええ、今バイトの休憩中で、十分ぐらいなら大丈夫です」と応じる。

「なら単刀直入にお話しさせていただきますね。屋形さん、かがみ町商店街でワンちゃんと路上ライブをなさいませんか？　鳩川商店街ではもうできそうにないご様子なので、だったらうちの商店街で是非にと思いまして。あのユーチューブ動画がご本人の目に触れることを期待して、厚かましくもコメントを入れさせていただいた次第でして」

おお、そういうことか。マジックが登場する路上ライブ動画の視聴回数がハネてくれたお陰で、わざわざこういう形で声をかけてくれる人が出現したわけである。将騎は「あー、はい。それはありがたいことです。前向きに考えさせていただきたいと思います」と声を弾ませた。

バイトが早めに終わったので帰り道にホームセンターに立ち寄り、大きな袋に入ったドッグフードと、菓子袋サイズの犬のおやつを買った。マジックの歳はよく判らないが、どうも老犬ぽい気がするので、高齢犬用の柔らかそうな商品のうち、一番高いものを選んだ。マジックのお陰で活路が開けそうな状況なので、分け前をケチったらバチが当たる。犬のおやつは、鶏ササミを主原料にしたスティックタイプのもの。ついでにエサと水を入れる容器も買った。レジ前にいったん並んでから、「あっ」と思いついてペットコーナーに引き返し、中型犬用の赤いリードもカゴに入れた。これからは散歩にもつき合ってやらなければ。

帰宅すると、マジックは和室に横向きで寝転んでいた。付近の畳にうっすらと足跡がついていたので、途中で散歩か用を足すために外出したようである。

将騎はドッグフードを新しい容器に入れてやり、その横に水も用意した。マジックが食べ始めたところで正座をし、「マジック殿、かがみ町商店街というところから、路上ライブを是非ともお声がけいただいた。そのときにはどうか、お力添えをお頼みしたい。何とぞ」と言って頭を下げた。マジックは素知らぬ顔でドッグフードを食べ続けた。

作務衣に着替え、三味線ケースを右手に提げ、マジックの首輪につないだリードの輪っかに左手を通してつかんで外に出た。歩きながらマジックは「どこに行くんだ？」みたいな顔で何度か見上げてきたので、将騎は「マジック殿、お主にとってはおそらく初めての体験であろう、油を燃やして走る、からくり駕籠《かご》に乗るぞよ」と言った。

更地になっている市民会館跡の前に立ってしばらく待っていると、左手から白いワンボックスカーがやって来て目の前に停まった。車体の横には〔パン工房たべ〕とゴチック体の文字があり、四十代と思われる、ワッペンのついた白いキャップをかぶった、面《おも》長《なが》で目が大きめ、少しあごがしゃくれた男性が運転席にいた。かがみ町商店街のホームページに載っていた組合長の顔写真と同じ顔である。ワッペンには〔ｔａｂｅ〕という文字があしらわれてあった。

運転席側の窓が下りて、「屋形さん、初めまして。田部です」と田部さんは笑顔で会釈し、「どうぞワンちゃんと一緒に後ろの席へ」と言った。田部氏の操作でスライドドアが開いたので、リードをつんつんと引っ張って「ほれ」と促すと、マジックは先にひょいと乗り込んだ。続いて将騎が三味線ケースを抱えて後部席に腰を下ろすと、スライドドアが閉じて、田部さんが「ではさっそく参りますね」と発進させた。

田部さんは、パン屋での仕事着らしい白い調理服を身につけていた。車内には少し、バターロールっぽい匂いが漂っている。

「いやあ、お時間を取っていただいてありがとうございます」右折して県道に出たところで田部さんが言った。バックミラー越しに将騎は「いえ、こちらこそ」と会釈を返した。

マジックは首を伸ばして窓の外をじっと見ていた。景色が流れてゆくことに興味を持っている様子である。将騎が「マジック殿、これが油を燃やして走るからくり駕籠じゃぞ。どうじゃ、驚いたであろう」と言うと、田部さんが「あら、普段からそういうサムライ言葉で接しておられるんですか」と弾んだ声で聞いた。

「ええ。一応、役作りというか、そういう習慣をつけておくことで、言葉の引き出しを増やしておきたいと思いまして」

「なるほど」田部さんは大きくうなずいた。「私も以前、犬を飼ってたことがあるんですが、五年ほど前に寿命で」

「あー、そうでしたか」

「マジックさんは、何歳ぐらいなんですか？」

「いや、それがよく判らないんですよ」

将騎はそう言って、マジックは迷い犬で、まだ出会って三日目だと説明すると、田部さんは「ええっ、本当に？」とミラー越しに目を見開いた。「それなのにあの、阿吽《あうん》の呼吸っていうか、あんなやり取りができるとは……ひえーっ。何か奇跡ですね」

「多分、本来の飼い主がいろいろしつけたのかな、と」

「あー、そういうことかもしれませんね。うちで飼ってた雑種犬は、お手ぐらいしかしなかったけど、中には頭のいい犬っていますからねー」

「あのー、電話でも伺いましたが」と将騎は本題の話を切り出した。「本当に、路上ライブをするスペースと、私とマジックが住む場所を提供していただけるんでしょうか」

昼間の電話では、田部さんはそんなことを言っていた。家賃も、今住んでいる借家よりもさらに安くしてくれるという。

「ええ、そこは任せてください。何しろ、空き店舗なのでどうしたものかと悩んでいるところでしたので、少しでも家賃収入が得られるのなら大助かりなんです。それに、屋形さんとマジックさんが夕方にライブをしてくれたら、きっと人が集まってくれますから、商店街が息を吹き返すきっかけになるんじゃないかと思うんです」田部さんはそう言ってから「あ、でも過度の期待をしてるわけでもないんで、気軽にやってもらっていいですよ。ちょっとした賑やかしになれば、それだけで充分だと思ってますから」とつけ加えた。

「となると、ライブは夕方から日暮れどきにかけて、という感じですか?」

「できればそういう形でお願いしたいのですが、いかがでしょうか」

仕事を終えて戻って来たらすぐにライブを始め、マジックの散歩や夕食は暗くなって人の流れが途絶えてからにすれば問題なく対応できるだろう。

「まあ、お力になれるのなら喜んでやらせていただきたいと思いますが」

「ありがとうございます。いやあ、実は私もかつてはギター少年でしてね、同じ学年の連中とバンドを組んで、ディープ・パープルとか、レッド・ツェッペリンとか、学園祭で演奏したことがあるんですよ。今思うと下手《へた》だったなあ、よくあんなレベルで人前でやれたよなあって、恥ずかしくなりますけど、結構盛り上がったんですよ。人生最大のモテ期もその頃でしてね。だから屋形さんが弾く三味線のすごさ、他の素人《しろうと》さんたちよりは判ってるつもりですよ。ユーチューブに上げておられたローリング・ストーンズの『ジャンピン・ジャック・フラッシュ』の出だしのところとか、鳥肌立ちましたから」

「はは、どうも……」

でも全く音楽の仕事にはありつけてませんがねー。

「マジックさんの本当の飼い主、見つかりそうですかね」

「どうなんでしょう。見物人が撮影したユーチューブ動画の視聴回数が伸びてるので、誰かが気づいて飼い主に知らせてくれるんじゃないかとは思ってるんですが」

「もしマジックさんが飼い主のところに戻ったとしても、屋形さんはピンでの路上ライブ、かがみ町商店街で続けていただけますよね」

「はあ、私一人でもよければ是非」

「飼い主さんが現れたら、出演交渉だけはしましょうかね、マジックさんの」

「そうですね」

遠回しに、マジックなしではちょっと弱い、と言われた気がしないでもなかったが、それは自分でも思っていることだった。マジックが横にいてくれる方が、見物人も集まりやすい。

「かがみ町商店街の組合長に就任した、っていうか押しつけられることになったのが二年前なんですがね」と田部さんは続けた。「以来、いろいろと活性化策ってのをやってはきてるんですよ。地元大学と連携してフリーマーケットをやったり、外部の小売店さんに声をかけて週末の夜にワゴンセールをやったり。大学の落研《おちけん》に来てもらって落語ライブとか、プラレールのコレクターさんが近所にいるので、空き店舗スペースでジオラマみたいなのをやってもらったこともあります。あのときは子どもさんたちが結構喜んでくれましたけど、いずれも一時的に盛り上がるだけで、継続的な賑わいにはならなくって。今も営業を続けてる店舗は全体の三割ぐらいまで減ってしまって、しかもまだ明るいうちにシャッター下ろしちゃうところが多いから、日暮れどきにはもうゴーストタウン状態なんですよ。そういうところで屋形さんがライブをしてくれれば、塾帰りの子どもたちや仕事帰りの人なんかが足を止めてくれるようになると思うので、それをきっかけに営業時間を少しでも延ばす店が増えればいいなーって。ほんとにもう、それだけでもありがたいことだと思ってるんで」

「判りました」将騎はうなずいてから、「全国的に商店街は苦戦してるようですね」と聞いてみた。

「ええ。最大の問題点はやはり駐車場がないことでしょうね。郊外型のショッピングモールにはとてもかないません」

田部さんはさらに、商店主さんたちが高齢化して、子どもさんたちもよそに就職して後を継がないので新規出店を増やすしか活性化はあり得ないということや、田部さん自身は両親から店を引き継いで夫婦でやっていること、少しでも商店街を賑やかにするため夜の九時まで店を開けていること、閉店前に売れ残りを半額にするとそれを狙って残業帰りの常連客がちらほらやって来ること、そして、かがみ町商店街は鳩川商店街と違って関係者以外の車両は通行禁止なので、見物人が集まっても問題はなく、むしろ大歓迎だと話してくれた。

将騎は、流れに身を任せてもいいかな、と思った。こうするんだという決断力には乏《とぼ》しい分、まあいっか的にやってみることにはあまり抵抗を感じないタチではある。

ほどなくして、かがみ町商店街に到着した。裏通りにある月極《つきぎめ》らしき駐車場にワンボックスカーが停まり、マジックを連れて降りる。三味線ケースはすぐには必要ないので、車内に残した。

商店街に入る前に、マジックが県道の方に行きたがったので、もしやと思い、「田部さん、ちょっとだけすみません」と断ってそちらに足を向けると、案の定、マジックは歩道沿いに並ぶイチョウの木の根もとにオシッコをした。将騎が「マジック殿、もうよろしいか」と問いかけると、マジックは商店街の方に鼻先を向けた。田部さんが「マジックさん、案内させてもらいますんで」と、かがみ込んでマジックの首周りをなでると、マジックはなぜか田部さんの股間に鼻先を突っ込んでくんくんと匂いを嗅ぎ、それからあくびをした。田部さんは「こいつのイチモツはたいしたことないな、ってことですかね」と苦笑した。

田部さんの案内で、マジックをつないだリードを持って商店街の中を歩いた。マジックは、車の中では外の景色をずっと眺めていたが、商店街には興味がないようで、淡々と将騎の横を歩いている。

アーケードの中は、聞いていたとおり三割ぐらいしか営業しておらず、がらんとしていた。シャッターが下りている店舗が多い分、店の照明が減って、全体的に薄暗い。通行している人影がそもそもほとんどないので、まだ午後の明るい時間帯なのに、早朝か日暮れどきのように思えてくる。

田部さんは、開いている店の前に来るたび店内に「こんにちは」と声をかけて、「ご主人、今朝お話しした三味線の屋形さんとマジックさんです。さっそく見に来ていただいてます」と将騎たちを紹介するので、将騎も「どうも」と軽く頭を下げた。それぞれの店のご主人や奥さんたちは高齢者ばかりで、一様に「ああ、どうもどうも」と笑顔を見せてはくれるものの、さほど期待しているような感じではなく、どちらかというと、また田部さんが何かやろうとしているがどうせ無駄な努力に終わるだろう、という冷ややかさを感じた。

営業している店は、洋品店、金物店、肉屋、手芸用品店、薬屋、古書店、レトロな喫茶店など。うちいくつかはもうシャッターを下ろそうとしていたり、トイレにでも入っているのか、田部さんが呼びかけても誰も出て来ない店もあった。

［パン工房たべ］は、商店街の一番奥の、交差点の前にあった。一角が県道に面しているせいで、他の店よりは有利な立地なのかもしれない。ショウケースを兼ねているらしい、ガラス張りの建物は店内をよく見通せるが、女性客が一人、トレーにパンを載せているのが見えただけだった。

最後に案内されたのが、その隣にある間口の狭い空き店舗だった。オーナーは田部さんで、以前は総菜店に貸していたが、閉店してもう四年になるという。

田部さんがシャッターを上げて、中を見せてくれた。きれいに何もなくなっており、コンクリートの床にはところどころひびが入っていたが、三味線を演奏するスペースとしては充分である。左奥に、二階に通じているらしい階段が見える。正面奥にはドアがあり、建物の奥へと続いているようだった。

「マジックさんの犬小屋、ここに置きましょうか」と田部さんは階段の近くを指さした。「屋形さんがお仕事などで外出されている間、私ら夫婦がちょくちょく様子を見に来ようと思いますが、いかがです？」

「犬小屋ですか。ちょっと経済的に、すぐには……」

将騎が口ごもると、田部さんは「いえいえ、うちで飼ってた犬のがまだ残ってるんで、それでよければ、ここに運びますよ」と説明した。

続いて、ドアの向こう側と二階を見せてもらった。その間、田部さんがマジックのリードを持ってくれた。

ドアの奥は、調理場として使っていたらしいスペースがあり、部屋の半分ぐらいを積まれたダンボール箱が占拠していた。田部さんが物置として使っているらしい。右手にはトイレ。「トイレはあるのですが、実は風呂がなくて」という田部さんの申し訳なさそうな声が聞こえてきたので、将騎は「清掃のバイト先が総合体育館なんで、更衣室にある有料シャワーを使いますから、大丈夫ですよ」と応じた。

階段は少しぎしぎし音がするものの、二階は借家代わりの部屋としては申し分なかった。年季が入っているようではあるが、エアコンがついているのもありがたい。すりガラスのサッシ窓を開けてみると、がらんとした商店街が遠くまで見渡せた。人通りが増えたら、ここからの眺めも悪くないかもしれない。

その後、マジックを連れて田部さんと最寄りのＪＲ駅まで往復した。さきほどまでは曇り空だったが、青空が見えてきて、明るくなってきた。商店街から駅までは百メートルとちょっと。以前は商店街の東側に広がっていた町工場群は、今はアパートやコーポなどに代わり、駅の利用客は再び増えてきているという。その他、商店街から西へ進むと市民球場があって、その周りがポプラ並木の遊歩道だからマジックの散歩にちょうどいいと思いますよ、と教えてもらった。

歩きながら田部さんから「いかがですか」とせっつかれて、正式に借りて入居することで合意した。明後日が仕事が休みなので、その日に引っ越し作業をすることも決まった。田部さんが「荷物が多くないようでしたら、今日乗って来たあの車、使ってください」と言ってくれた。

翌々日は小雨が降っていたが、引っ越し作業も無事に終わり、空き店舗スペースにはマジックの新居である犬小屋も置かれた。

ライブは明日からということで、この日の日暮れどきにマジックを連れて市民球場沿いにあるポプラ並木の遊歩道を歩いた。「マジック殿、当面は拙者がお主の飼い主になることが決まった。よろしく頼む」と声をかけると、マジックはおもむろにポプラの木の根もと近くで後ろ足を曲げ、ウンチをした。将騎はあわてて、作務衣のポケットから折りたたんだトイレットペーパーと小型のポリ袋を出した。

翌日の夕方、かがみ町商店街の店舗跡でマジックと共に三味線ライブを始めた。これを境にマジックは放し飼いではなく、リードの先を将騎の左足首に通しておくようになったが、マジックは特にそれを嫌がる様子はなかった。

田部さんが、かがみ町商店街としてやっているブログを使って事前に告知してくれたお陰なのか、あるいは告知してもこの程度だったということなのか、初日の見物人は若者を中心にピーク時で十人ぐらい、トータルでは三十人いったかどうかというところだった。演奏の合間に「マジック殿、今の演奏はいかがでござったか」と問うと、マジックは示し合わせたかのように、退屈だと言わんばかりにあくびをしたり、さあねという感じで首をかしげたり、たまには口の端をにゅっと持ち上げたり、鼻先を将騎の耳もとに近づけてきて耳打ちするような仕草をしたりして、見物人を沸かせてくれた。将騎の方も、事前にひそひそ話のパターンをいくつか用意しておいて、「何じゃと、『ハイウェイ・スター』を聴いたせいでドライブに行きたくなったから、後で連れて行けとな」などと返して、そこそこの笑いを起こすことができた。

そうするうちに、投げ銭をくれた見物人が、マジックや将騎と一緒に写真撮影をしたがるようになり、気がつくと、投げ銭をすれば一緒に写真が撮れる、という暗黙のルールのようなものが初日に出来上がった。また、見物していた若いカップルの女のコの方が、演奏の合間に「マジックちゃん、また来るねー」と首周りをなでてから立ち去ったのがきっかけになり、見物人の多くが帰り際にマジックをなでたり、おそらくはそのついでに、「演奏、すごいですね。また来ます」「ここを通るのが楽しみになりました」「元気をもらいました、ありがとうございます」などと将騎に一声かけてくれるようになった。

以来、将騎の生活は、朝にマジックの散歩をし、その後は十五分ほどJR線に揺られて総合体育館に出勤し、帰り際にシャワー室で身体を洗い、帰宅してすぐに路上ライブを始め、暗くなって見物人が途絶えたタイミングでマジックの散歩をして遅めの夕食を摂り、それから後は、ぱらぱらとやって来る通行人を目当てにもうしばらく路上ライブを続ける、というルーティーンになった。

やがて梅雨に入り、何日も雨が続くこともあったが、アーケード商店街という地の利のお陰で、見物人の数はあまり影響を受けることはなかった。毎日のように仕事帰りやバイト帰りに立ち寄ってくれる若者もいるので、自然と顔と名前を覚えるようになり、「オクヤマ殿、今日もお仕事の帰りじゃな、どうもお疲れ様でござる」「ヤマガミ殿、最近見かけなんだが、どうしておられた？　え？　何と、夏風邪で伏せっておられたとな。

それは大変でござったな」などと話しかけるようにもなった。そうやって知り合いになった見物人たちはときどき、犬用のおやつの他、将騎のために田部さんの店で調理パンを買って差し入れてくれたりした。

土日には、親子連れや、孫を連れたお年寄りも立ち止まって見物してくれるようになった。将騎がマジックに話しかけているときに、小さな女の子が「その犬、人間の言葉が判るの？」と大声で尋ねてきたことがあったが、将騎が「マジック殿、そちらのお嬢ちゃんがああ申されたが、どうじゃ？」と言うと、マジックは口の端をにゅっと持ち上げ、なかなかのどよめきと笑いが起きた。その様子は見物人の誰かによってアップされ、音楽動画ではなく面白動画として視聴回数がぐんぐん伸びていた。

田部さんから「私が撮影するから、屋形さん自身のユーチューブ動画をもっとアップしましょうよ」と提案されたが、いろいろ考えた結果、気持ちだけありがたく受け取っておくことにした。サムライミュージシャンを貫くのであれば、「武士は食わねど高楊《たかよう》枝《じ》」であり、商売っ気のない不器用な男、というスタンスがキャラに合ってるはずである。実際、ユーチューブ動画で火がついてレコードデビューを果たすというミュージシャンもいる一方、地道なライブ活動によってファンを増やしてプロへの切符をつかんだミュージシャンたちもたくさんいる。サムライミュージシャンは後者である。

その考え方から、以前にアップした「サムライミュージシャン参上」シリーズの四つの動画も、中原に断りを入れて削除することにした。電話で中原は「何で?」と訝《いぶか》っていたが、将騎の説明を聞いて「まあ、そういうスタンスで行きたいってのなら」と一応は納得してくれたが、切る前に「お前ってほんと、変わりもんだよな」と言われた。

やがて梅雨が明け、大きな入道雲が空にそびえ立つようになった。日中はセミの鳴き声がうるさく、仕事終わりにシャワーを浴びたのに帰宅したときにはまたシャツが汗でぐっしょりするような日が増えた。しかし空き店舗ライブの場所は床も壁もコンクリートのせいかひんやりしており、リサイクル店で購入した大きめの扇風機を見物人の方に向けて首振りをすれば、何とかしのぐことができた。それでも蒸し暑いときには、田部さんが、大きな四角い氷を入れたタライを差し入れしてくれた。恐縮して礼を言うと、親戚の製氷業者が近くにいて、形の悪いものをただ同然でもらえるから気にしないで、とのことだった。その後、大きな氷は小さな子どもたちに人気となり、将騎の演奏そっちのけでタライを囲んで氷をぺたぺた触る光景がしばしば見られるようになった。

七月下旬になって、かがみ町商店街にちょっとしたうねりが起き始めた。

田部さんの店では、閉店前にパンを割引にしなくてもすべて売り切れるようになった。午後八時には売り切れるので、販売するパンの数を増やしたというが、それでも閉店する午後九時にはほぼ棚が空になる。将騎は田部さんから両手で握手を求められ、「屋形さんのライブを見物したついでに買ってくれるお客さんが増えたんですよー」と顔を紅潮させていた。波及効果は他の店舗にも表れ始めたようで、レトロな喫茶店をやっている白髪頭のマスターからはホットサンドを、肉屋のおばさんからはコロッケを、薬屋のおばあさんからは栄養ドリンクをときどき差し入れてもらえるようになった。それらの店舗は、閉店時間を少しずつ遅らせてくれるようになった。洋品店のおばさんからは、売れ残ってるやつで悪いけど、となぜか女性用ストッキングをいくつももらい、清掃会社のパートのおばさんたちに配ったら予想外に喜ばれた。

そんなとき、空き店舗の一つに、新たな借り主が出現した。退職して暇を持てあましていたという初老の女性姉妹が、昔懐かしい感じの駄菓子屋を出店したのである。いくつかの物件を見て回る途中で、将騎とマジックのライブをたまたま見て、ここなら若いコたちが立ち寄ってくれるのではないか、ということで決めたという。当初は、周辺に住む小中学生が買いに来てくれたら、と思っていたようだったが、夕暮れどきになって店じまいをしようとすると大学生ぐらいのコたちが面白がっていろいろ買ってくれるようになったので、営業時間をさらに延長したところ、勤め帰りのサラリーマンやOLなどもしばしば［大人買い］してくれるらしい。実際、将騎のライブを見物しながらココアシガレットやポン菓子などを仲間内で分け合って食べている若者のグループを見かけるようになり、週末になると演奏中に笛ラムネの音を入れたりシャボン玉を吹いて演出？　してくれる子どももちょいちょい現れるようになった。

八月に入ると、さらなる変化があった。付近にある大学の、大道芸研究会というサークルから田部さんに打診があり、週末の夕方から夜に他の空き店舗のシャッターを上げて、マジックショーやジャグリング、パントマイムをやることになったのである。商店街側はただで場所を提供する代わりにさまざまなパフォーマンスによって集客を狙う。サークル側はスキルを上げる実践練習をする場所を確保できると同時に投げ銭を得られる。ウィンウィンというやつである。

気がつくと、商店街全体が活気を帯び始めていた。見物人が増えるとゴミも出るが、大道芸研究会のコたちが清掃活動を買って出てくれた。

そんなある日、将騎は大道芸研究会のコたちから是非にと乞《こ》われ、駅前の居酒屋での飲み会に参加した。互いのことを話したりするうちに打ち解けることができ、酔いが回った男のコが「屋形さんは絶対にメジャーになりますよ。俺は確信してます」と声を上げると、多くがうなずいてくれた。地域の活性化を研究するゼミに所属しているという女のコからは「かがみ町商店街の変化をつぶさに観察し、論文にまとめるつもりです。もしかしたら全国的に注目されるケースになるんじゃないかって思ってるんです」と弾んだ声で言われ、その後しばらくは、街の活性化策について熱弁を聞くことになった。

お盆まであと一週間というある日、将騎がマジックの散歩に出かけようと犬小屋につないであるリードを外そうとしたとき、背後から「すみません、屋形将騎さん」と声がかかった。

少し太り気味の、ひげ面の中年男性だった。体型はあまり格好よくはないが、鳥打ち帽やえりの高い白シャツ、チノパンなどは高価そうで、おしゃれにこだわりを持っている人物、という印象だった。左手首には文字盤が大きくてぶ厚い、ブランドものらしい銀色の腕時計。脇に革製の薄いブリーフケースをはさんでいる。

将騎が「拙者に何ぞご用ですかな」と応じると、男性は、ああ、普段もそのスタイルを守っているのだなと理解したのか、かすかに笑って「私、パンク企画という芸能事務所の者でして。商店街組合の田部さんから、屋形さんのお名前などを教えていただき、ごあいさつに参りました」と名刺を寄越した。熊原《くまはら》という名前で、専務取締役という肩書きがついていた。

パンク企画という名前には聞き覚えがあった。将騎が「ほう、パンク企画のお方……」とどういう反応をすればよいのか迷っていると、熊原氏は「屋形さんとマジックさんのパフォーマンスをユーチューブで拝見しまして、アポなしで失礼とは思いましたが、取り急ぎ訪問させていただいた次第です。できれば少しお話をさせていただきたいのですが」と言った。

「喜んで。拙者なんぞのためにご足労いただき、恐縮至極にござりまする」

「ユーチューブの視聴回数、ぐんぐん伸びてるようで、すごいですね」

「すべて拙者の関知せぬところじゃが、大勢の方々が喜んでくださるのなら誠に結構なことかと」

「ここの商店街も屋形さんたちのお陰で賑やかになってきたと伺ってます」

「うむ、しかしそれは拙者よりもマジック殿のお陰でござろう」

「屋形さん、単刀直入にご提案させていただきたいのですが、うちの事務所所属のタレントとして今後活動してゆく、というのはいかがでしょう」

そう言いながら熊原氏はパンフレットらしきものをブリーフケースから出して寄越した。そこに載っている所属タレントたちの宣材写真を見て、お笑い芸人中心の芸能事務所だと知った。テレビでよく見かける芸人さんも数人いることから、そこそこの規模を誇る事務所なのだろう。

芸人さんの事務所から声がかかったということは、お笑いのライブなどに出演してくれ、ということか。将騎の三味線そのものではなく、マジックとのかけ合いがカネになると目の前の男性は考えている。だが、別に腹は立たないし屈辱も感じない。目標にしていた方向とは少々違っているが、世に出るチャンスであることは間違いない。最近は、芸人として顔が売れたお陰で役者としてドラマ出演をしたり、楽器演奏やダンスなどを取り入れた、いわゆる音ネタの芸人さんによるライブはその辺のプロミュージシャンよりもチケットが売れたりする時代である。エンターテインメントというものにそもそも境界線なんてものはない、ということだろう。

何よりも、屋形将騎という無名の三味線弾きの存在に気づいて、わざわざ声をかけてくれたことには感謝すべきである。

「左様でござったか。いや、これはまことにありがたいお話。拙者は清掃の臨時雇われ仕事をしつつ、いつかは職業奏者として日の目を見たいと願っており申した。是非前向きに考えさせていただきたく」とできるだけ丁寧に頭を下げた。「ただ、拙者に芸人として人様を笑わせる力があるのかと問われると、はなはだ心許《こころもと》ないのが正直なところ。ご期待に添えるかどうか……」

「そこはまあ、これから考えませんか」熊原氏はうなずいた。「うちの事務所には、マジシャンもいますし、DJを専門にやってる人もいます。屋形さんとマジックさんに、お笑いのライブに出ろとか、ネタ番組に出ろとか、そういう方針ありきではないんです」

「ほう。ではいったい……」

「今考えているのは、ショッピングモールや地方のお祭り、学園祭などでのライブですね。その他、小中学校への出前授業なんかも需要があるんじゃないかと考えてます。マジックさんとのライブ演奏のついでに、日本の伝統楽器のよさを伝えていただくとか、犬がいかに人を癒《い》やしてくれるか、といったことをお話ししていただくとか」

「なるほど……」

芸能界の住人はさすがに目のつけどころが違う。将騎は、ショッピングモールや学園祭などの舞台で三味線を弾き、マジックとのかけ合いでお客さんたちが笑顔になる様子を想像して、わくわくする気持ちになった。

「では、是非やらせていただきたく、お願い申し上げまする」

将騎はもう一度、深々と頭を下げた。

犬小屋の前にちょこんと座っていたマジックは、目を細めて大きなあくびをした。

互いの連絡先を交換し、近日中に詳しい話を、ということになり、熊原氏を見送った。その姿が見えなくなってから「マジック殿、ついにときは来たりじゃ」と声をかけると、マジックはどこか冷めた顔つきで将騎を見上げた。その瞬間、将騎は奇妙な胸騒ぎを覚えたが、それがなぜなのかはよく判らなかった。

マジックのその態度の意味を知ったのは、その日の夜の散歩中だった。

マジックを連れて市民球場周りの遊歩道を歩き、ウンチも回収し、そろそろ戻ろうとしたところで、なぜかマジックは四肢《しし》を踏ん張るようにして、動こうとしなくなった。

「マジック殿、いかがなされた。なぜ止まる」

リードを引っ張る力を強くしたが、それでもマジックは動こうとしない。まるで、自分は帰らない、と宣言するかのような目つきで将騎を見返している。

「何じゃ、急に。お主の気に障《さわ》るようなことはしておらぬぞ、さ、参ろう」

ダメだった。マジックはテコでも動かない、というぐらいの力で踏ん張っている。

無理矢理引っ張ると、マジックは四肢を広げたまま、遊歩道のレンガタイルの上をずっと引きずられたが、あきらめる様子を見せない。将騎はリードを引く力を緩めた。

「マジック殿、帰ったら旨い食事が待っておるのじゃぞ。雨風がしのげるねぐらもある。何より、お主を愛《め》でてくれる人たちがいるではないか。なぜじゃ」

マジックも少し踏ん張る力を緩めたようだった。

身体を持ち上げて、抱えて帰ろうか。そう思ったが、マジックの顔を見ているうちになぜか、言いたいことが判るような気がしてきた。

「お主、さては妖術の使い手であったか。今、拙者の心の内に侵入しておるな?」

思えば、不思議な力を持った犬だととっくに気づいていたのに、頭の中でそれを打ち消して、わざと意識をそらしていたのかもしれない。以前とは比べものにならないほど大勢の人たちが三味線の演奏を見物してくれるようになったのもマジックのお陰だし、プロ活動の足がかりを得ることができたのもマジックがいたからこそだ。自分一人だけだったら、今もほんの数人しか立ち止まってくれない、その他大勢の無名の路上ミュージシャンのままだった……。

そう、マジックは妖術の使い手だったのだ。だからこそ、シャッター通りと化した商店街だって今は活気づいてきている。

「マジック殿、どこかへ行くと申されるか。拙者を残して」

するとマジックはちょこんと座る姿勢になり、目を細めた。

「お主は……拙者を手助けする必要はもうない、別れの頃合いだと言いたいのか。それは違うぞ。今日になって、ようやく本格的に芸能活動ができるところまで来たのじゃ。もっと拙者を助けてたもれ」

マジックはさらに目を細めた。もう言うな、と言っているように思えた。

「そもそもお主はなぜ拙者の前に現れたのじゃ。拙者がシャッター通りでくすぶっていたのを見かねてなのか、それとも見どころがある奴と見込んでのことでござったのか？あるいは、かがみ町商店街を何とかしようという企みのために拙者を利用したのか？いや、そうではあるまい。共にかがみ町商店街にやって来たのはたまたまじゃ。拙者をここまで引き上げておきながら、今になってなぜハシゴを外すような真似をする」

マジックは黙って聞いていた。引き留められていることを理解し、考えを改めてくれたのか？　それとも、聞きはするが考えは変えないということなのか？

どうやら後者だったらしい。そのことを理解したのは、首輪から外れたリードのフックを握っている自分に気づいたからだった。

なぜこんなことをしてしまったのか、さっぱり判らなかった。自分の手でリードのフックを外したのか？　そんなことをした記憶はないが、自分以外にそれをできた人間はいない。

「お主……ついに本当に妖術を使ったのじゃな……」

するとマジックが将騎のすねに身体をこすりつけるようにしてきた。将騎は首周りをなで、抱きしめた。ぬくもりと鼓動が腕とほおに伝わってきた。

手を緩めると、マジックは歩き出した。

なぜ去ってしまうのか。将騎にとってはとうてい受け入れがたいことだった。なのに口からは全く違った言葉が出てしまっていた。

「拙者はもともと飼い主などではない。そもそもお主にとって飼い主など不要。そういうことであったか……」

マジックは立ち止まって振り返り、口の両端をにゅっと持ち上げた。そんな顔をするな、笑えと言っているようだった。将騎もつられるような感じで笑顔を作ったが、こわばっていることが自分でも判った。

行くな、と叫ぼうとしたのに、口から出た言葉は「車にはねられぬよう、くれぐれも気をつけるのじゃぞ」だった。妖術がまだ効いているらしい。

再び歩き出したマジックは、今度はもう姿が見えなくなるまで振り返らなかった。

「マジック殿、どうか達者で」

姿が消えた方に向かって、将騎は一礼した。

こんな時間帯なのに、なぜかクマゼミが一匹、ワシワシと鳴き始めた。

我に返った将騎は、「何でなんだよ……」とつぶやいた。

さっきの奇妙な時間は、いったい何だったのだろうか。


帰宅してからようやく、呆然とする感覚がやってきた。布団に横たわった後、最初のうちはさざ波のように感じていたそれはやがて大きなうねりとなり、なぜマジックはいなくなったのか、なぜ自分はあのときリードのフックを外してしまったのか、マジックとはそもそも何やつなのかなど、答えの見つからない問いが頭の中で堂々巡りを続けた。そのせいで翌朝まで眠れなかった。

お陰で翌日の清掃の仕事中は何度もあくびをかみ殺すことになった。しかも帰宅時の列車で居眠りをしてしまい、気がついて降りたのは二駅先の無人駅だった。その代わり、居眠りから覚めたと同時に、ある程度は心の麻痺《まひ》状態も解けたようだった。

そのホームのベンチで、黒縁メガネの男性が仰向《あおむ》けになって寝ていた。結構な肥満体で、ベージュのサマースーツは新しそうだったが、あちこちに汚れがついていた。寝ている途中で一度ベンチから落ちたのだろうか。黒縁メガネがちょっとずれていた。

男性は呼吸がやや荒い感じで、顔色もよくなかったので、将騎は心配になって「大丈夫ですか」と声をかけてみた。返事がないので今度は揺すりながら同じ言葉をかけると、ようやく薄目を開け、「ん?」と身体を起こした。年齢は四十ぐらいだろうか。一見して、おとなしい、控えめな性格なんだろうな、という印象の人物だった。

他にかける言葉がないので三たび「大丈夫ですか」と言ってみると、男性はメガネを外してベンチに置き、両手で顔をごしごしこすってから、大きくため息をつき、「はい。すみません」とうなずいた。

「身体の具合でも悪いのかと思ったもので」

「あー、見ず知らずの方にご心配をかけて、すみません。この駅で降りて、さあ帰ろうと思ったら急にめまいがしちゃいまして。で、ベンチでしばらく休もうと思ったら、そのまま寝入ってしまったようでして。いや、何とも格好悪いお話で」

何だ、そんなことか。

間ができて、メガネをかけ直しながら男性が「どうもすみませんでした、ほんとに。私はもう少しここで休んでから帰りますんで」と片手を振りながら頭を下げたので、将騎は「あ、俺はここで上り列車を待ってるんです」と言った。

「あ、そうでしたか」男性は再び申し訳なさそうな顔でうなずいた。

また気まずい間ができたので少し離れようとしたとき、男性が「あの、よかったら何か自販機の飲み物でも？　お礼というか、お詫びというか」と言ってきた。

「あー、いえいえ、お構いなく」将騎は片手を振った。

「よかったらお座りになりませんか」

「ええ。でももうすぐ列車が来るみたいなので」

「ああ……」

また間ができた。その場から離れてしまうのもちょっと悪いかな、という居心地の悪さを感じていると、男性の方から「実は、婚活パーティーの帰りでして」と言って自虐《じぎゃく》的に「へっ」と笑った。「結局、どの女性とも上手く話せず、ほとんどの時間、隅っこでぽつんと立ってました。今日が初めてって訳じゃないんです。三回目です。同じことをもう三回もやっちゃって、こりゃダメだと思って、帰るときに退会の手続きをしました」

見知らぬ相手にそういう話をするのは、誰かに聞いて欲しいけれど知り合いには言えないことだからなのか。それとも酔っ払ったせいでついしゃべってしまっただけなのか。

別に聞きたい話ではなかったが、将騎は「お仕事をお尋ねしてもいいですか？　私は清掃の仕事をしてるんですよ。といってもいい歳して未だにバイトですけど」と応じた。

こちらの情報を出せば、向こうも話しやすいのではないかという気持ちからだった。

「そうなんですね」と男性は小さくうなずき、ちょっと無理した作り笑いを見せた。「私は小さな理髪店をやっています。父親から継いだ店なんですが、若いコたちはみんなおしゃれな美容室に行っちゃう時代ですから、じり貧状態で。人とおしゃべりをするのは嫌いじゃないんですけど、何て言うんですかねー、負のオーラ？　お客さんも少ないし、つき合う女性も見つからないし、この体型なもんで、敬遠されちゃうんでしょうね。最近は体力も落ちて、すぐに息切れを起こすし。判ってはいるんだけど、どこから手をつければいいのやら……」

話の内容がとっ散らかっている印象で、そんなの知らねえよ、というのが本音だったが、さすがに口にはできない。かといってありきたりな慰めの言葉もしらじらしくて余計に相手を傷つけてしまうような気がした。

寝過ごしたせいで、こんなマイナス思考の人物と出会うことになってしまった。

こっちだって、マジックがいなくなって、潰れるまで飲みたい気分なのに。

ちょうどそのとき、折り返しで乗る列車が接近していることを知らせるベルとアナウンスが響いた。

普通列車が見えてきた。将騎が「すみません、あれに乗りますんで」と指さすと、男性は「あ、はいはい」とやるせない笑い方をした。

会話はこれで終わりにしたつもりだったが、将騎は振り返った。

「真面目にやってれば、いつか必ずチャンスってのはあると俺は思ってる。チャンスってものは案外、その辺に転がってるんだよ。向こうから近づいてくることだってある。それを見逃さないことが大切なんじゃないか」

男性は「へ？」とぽかんとした顔になった。そりゃそうだろう。将騎自身、なぜ急に熱く語ってるのかよく判らないぐらいなのだから。

もしかしたら、マジックの妖術が実はまだ解けていないのかも。

列車がホームに入って来た。

「いつどんな出会いがあるか判らないし、そこにチャンスがあるってことだよ。俺とあんたが出会ったことだって、無駄な時間だったと思うか、何か価値を見つけるか、それはあんた次第だと思う」

ドアが開いた。将騎は飛び乗った。

男性は腰を浮かせて「え？　どういう……」と言ったようだったが、その後の言葉は閉まったドアに遮《さえぎ》られてよく聞こえなかった。

列車が動き出してから、将騎はプッと噴き出した。

さっきのは、あの男性に対してというよりも、自分自身に言い聞かせた言葉だったことに気づいた。

マジックがいなくなったことを不運だと嘆いていたら、バチが当たる。マジックとの出会いがどれほどの幸運だったのか、それを忘れちゃいけないのだ。

覚悟していたとおり、マジックがいなくなったことをパンク企画の熊原氏に電話で伝えると、「ええっ」と驚かれた後、もしマジックが見つかったり、同等の芸ができる代わりの犬が用意できるようならまた連絡して欲しい、申し訳ないが屋形さん一人だけというのは、想定していないもので……という返答だった。将騎も、自分一人でもお客さんを集めてみせますとは言えず、素直にそれを受け入れて電話を切った。脱力感に囚われてしまって、強引に自分を売り込む気力は湧いてこなかった。

田部さんや商店街の人たち、マジックを目当てに来てくれていた見物人たちには、犬小屋につないでおいたはずだったが、いつの間にかいなくなってしまった、と説明した。みんな一様にがっかりした様子だったが、「そのうちにひょっこり帰って来ますよ」などと口々に励ましてくれた。田部さんは「張り紙やチラシを使って探しましょう」「ペット探偵を雇ったらどうでしょう」などと提案してくれたが、将騎は「もともと自分が飼い主だったわけではないので」とやんわり断った。別れたときのマジックの表情を思い出すと、仮に手を尽くして居所が判ったとしても、戻って来ることはないはずだ。

お陰で見物人も投げ銭も確実に減ったが、将騎は空き店舗ライブを続けた。大道芸研究会のコたちも手品やジャグリングなどで人集めを継続してくれ、マジックがいなくても、以前の寂しいシャッター通りに戻ったわけではないこともまた確かだった。

お盆直前のある日、テレビ局のクルーがやって来て、かがみ町商店街のあちこちで取材を始めた。事前に商店街組合の了解は取ってあるが、生の声を集めるために、多くの人たちにとっては事前告知なしのインタビュー、という企画だった。将騎は知らなかったが、『ヒューマンノート』という全国放送されているドキュメント番組で、これまでもさまざまな場所で取材をしてきたという。

将騎のライブ風景も撮影され、演奏が一段落したところでインタビューを受けることになった。黒柴ふうの迷い犬との出会いから、ここにやって来た経緯、芸能事務所入りの話が来たが結局はボツになったこと、ここを拠点に活動しつつもプロへの道はあきらめていないこと、などを聞かれるままにサムライ言葉で答えた。

八月末にその番組がオンエアされた。三十分番組だったが将騎の出番はそのうちの三分程度で、あとは年配の商店主たち、大道芸研究会のコたち、見物にやって来たカップルや家族連れなどへのインタビューで構成されていた。ちょいちょいナレーションやテロップによって補足説明がなされ、全国的に商店街がシャッター通り化している中、珍しくここは奮闘して巻き返しを図っている、という温かい目線の番組に仕上がっていた。

番組の影響力は予想以上で、オンエアされた翌日から、アコースティックギターやキーボードを持ち込んでシャッター前ライブを始める若者たちが出現した。その数日後には若い芸人のコたちもやって来て、同じ空き店舗前で入れ替わり立ち替わり漫才やコントを始めた。

田部さんからは、さらにラーメン店と居酒屋が新たに空き店舗を改装して出店してくれることになった、と知らされた。いずれも『ヒューマンノート』を見て、やるならこがいいと思ったのだという。マジックはいなくなったが、かがみ町商店街は確実に再生を始めていた。

九月に入っても厳しい残暑が続いていた。その日の空き店舗ライブが終了して、三味線をケースにしまい、周辺にゴミが落ちていないかどうかの点検をしているときに、ダークグレーのスーツを着てショートカットの、いかにもキャリアウーマンという印象の細身の中年女性から「演奏、拝見しました。見物客からのリクエストも即興でこなすなんて、すごいですね」と声をかけられたので、「それはかたじけない。そなたのお耳汚しにならずに済んだとすれば幸いでござる」と会釈した。

中年女性はサムライ言葉にも顔色を全く変えることなく、「即興なのに演奏がしっかりしてるので、かなりの実力をお持ちだということがよく判りました」と続けた。「しかも、どの曲も自分のものにしておられる。何よりも演奏することの楽しさが伝わってきて、わくわくさせていただきました」

はきはきと話す、目力の強い女性だった。

「お世辞だとしてもそれは誠にありがたい」

「いいえ、お世辞なんかじゃありません。先日のテレビも拝見しました。あのときもサムライ言葉で、番組の中では存在感が一番ありましたよ」

「恐縮至極にござる」

少し間ができて、女性は「あ、すみません」とショルダーバッグから名刺入れを取り出して、一枚を寄越してきた。「私、ムーンリバーという小さな芸能事務所をやっております、船宮《ふなみや》と申します」

社長の肩書きがついていた。ただし、芸能事務所はピンからキリまで。数千人のタレントを抱える大所帯の株式会社もあれば、スタッフもタレントも数人しかいない個人事務所のようなところもある。そして、大所帯に所属していてもなかなか芽の出ないタレントがたくさんいる一方で、個人事務所でも売れっ子のタレントがいたりする。考えてみれば珍しい業界である。

将騎は名刺に目をやってから、「して、拙者に何用でござるか?」と尋ねたが、期待する気持ちは抑えられず、自然と表情筋が緩んだ。

「実は、来春を目処に、和をコンセプトにしたアイドルユニットをデビューさせる予定がございまして——」と船宮氏は説明を始めた。

ユニット名はまだ決まっていないが、十代の女子三人ボーカルを予定していて、既にオーディションも終えて、今はボイストレーニングやダンスの特訓をしているところだという。和のコンセプトにした理由は、最近のアニメブームの中でも時代物は一大ジャンルであり海外でも和のコスプレが人気であること、そして他のアイドルとの差別化が図れること。歌うのは過去のヒット曲だが、印象ががらりと変わるほど大幅に編曲し、カタカナ言葉は使わず、〔あなた〕ではなく〔そなた〕を使うなど、昔風の日本語に変換、バックバンドも和楽器で統一する方針で、箏《こと》、篠笛《しのぶえ》、琵琶《びわ》、和太鼓《わだいこ》などの奏者は既に目処がついているという。

船宮氏からの要請は、将騎を三味線担当としてそのユニットのバックバンドに迎え入れたい、ついてはムーンリバーの所属タレントに、というものだった。

「拙者、申し遅れましたが、三味線は我流。それでもよいのでござろうか」

「たとえ我流でも、演奏の基本がちゃんとできてますから、私は全く心配していません。屋形さん、西旗礼真さんをご存じですか」

「西旗礼真殿といえば、今や津軽三味線の代名詞ともいえるお方、知らぬは完全にもぐり。直接お会いすることはかなわぬとも、もちろんよおく存じておりまする」

「その西旗さんの推薦があったんですよ、実は」

「へ？」

「バックバンドに入ってくれる三味線奏者を探しているということで、西旗さんに相談してみたら、屋形さんのことを教えてくださったんです。私、仕事で西旗さんと知遇《ちぐう》を得る機会があったもので」

一瞬、まじか、と言いそうになったがそれを飲み込んで「な、何と申されたか、西旗殿は」と声をうわずらせた。

「ユーチューブ動画で屋形さんのことを知って、ギターの基本ができている人だから自己流でも三味線の音がしっかりしてると、ほめてらっしゃいました。ギターをやってた人が三味線に興味を持って持ち替えてくれたこともうれしいって」

「あの御仁、拙者を知っておられたか……」

もしかしたらユーチューブ動画に気づいてくれるかも、ぐらいのことは期待してはいたが、まさか推薦してくれるほどに注目してくれていたとは。

将騎は心の中で、西旗殿、きっと夜尿症かイボ痔に悩んでおられよう、などと勝手な妄想をしたりして誠に相済《あいす》まぬ、と謝罪した。

詳細はまた後日音楽プロデューサーを交えて、という約束をした後、将騎は、立ち去る船宮氏に「よろしくお願い致しまする。夜道ゆえ、帰りの道中、お気をつけて」と、姿が見えなくなるであろう頃合いまで、深いお辞儀を続けて見送った。

その後、将騎は三味線ケースを抱えて、野球場周りの遊歩道に出向いた。夜空に見える星の数は少なかったが、ここは外灯が明るい。ベンチの一つに腰を下ろし、三味線を取り出して、バチを構えた。

マジックとの初ユニットで弾いたのは確か——

そうそう、あれだと思い出し、『ワンモアタイム、ワンモアチャンス』を弾き始める。商店街で弾くときと違って音が反響せず、自分の周囲にだけ音が拡散して、静かに空中に吸い込まれてゆく。この感じも悪くない。

バックバンドの一員になれば、かがみ町商店街で毎日のように演奏することはできなくなる。でも田部さんは自分のことのように喜んでくれるはずだ。

自分がいなくなったところで、かがみ町商店街は揺るぎないだろう。何しろ、今ではもうしっかり息を吹き返して、自力で前に進み始めているのだから。むしろ、あの場所からプロのミュージシャンが出現したということがいい宣伝になるはずだ。それに、永遠にいなくなるわけではない。ときどき帰って、景気づけに演奏させてもらえたら、みんなも歓迎してくれるだろう。

このチャンスはものにしないと。

ここにきて将騎は、マジックがあのタイミングで消えたのは、早まるな、まだそのときではない、というメッセージだったのではないかと思い至った。サムライミュージシャンの屋形将騎よ、お主は犬との抱き合わせ《バーター》などではない、ピンで前に進むのじゃ。そういうことだったのではないか。

そして、プロになって、もし軌道に乗ることができたら――新しく犬を一匹飼うことにしよう。マジックみたいな特別な能力がなくてもいい。犬から受けた恩は、犬に返す。やってもらったことは忘れるな。受けた恩を決して忘れないのがサムライでござる。

弾き終えたとき、五十メートル以上先の球場裏のちょっとした広場に、数人の若者たちが集まって何やらがやがやしていることに気づいた。

ほどなくして、若者たちは花火を始めた。さまざまな色が爆《は》ぜ、若者たちの姿が映し出されたり暗くなってしばらく姿が消えたりした。

あの場所での花火は禁止のはず。おそらくゲリラ的に勝手にやっちゃってるのだろう。近くに他人がいないことを確かめて、後始末をするのなら、とがめるほどのことでもない。将騎もかつて、中原らバンド仲間と、児童公園で酒盛りをしていて通報されたり、廃ビルに侵入して肝試しをしたりと、バカをやったものである。

もう一曲何か弾こうとバチを構えたとき、若者たちがいる場所から一発の打ち上げ花火が上がった。若者たちが「ヒュー」と叫び、流線型の明るい光は上空で弾《はじ》けて、控えめな七色の花を咲かせた。

残像を残しながら斜めに落ちてゆく光の一つが、流れ星のように思えた。

マジックが元気で、どこかでまた誰かを助けてくれますように。
花火が消えて、黒い煙の影がうっすらと見えている。
しまった。自分の成功を願えばよかった。
いや、これでいい。
将騎は微笑んで、再びバチを構えた。

秋

スマホのゲームに夢中になっていたせいで、カウベルが鳴ったことに気づかなかった。知らない間に目の前に人が立っていたので、岩屋充《いわやみつる》は「わっ」と叫んでスマホを落としそうになった。スマホは両手の上で二度跳ねて、何とかキャッチすることができた。

「ああ、加部島《かべしま》さん……」

立っていたのは、近所に住む加部島のじいさんだった。〔カットハウスいわや〕の長年の常連客で、前頭部と頭頂部が既につるつるだが、おしゃれには気を遣う方らしく、サイド部分の白髪を整えに、三か月に一度ぐらいのペースでやって来る。この日もボウタイをつけたシャツに、スラックスとジャケット、ベレー帽という格好だった。

「結構なご身分だねえ、大将」加部島のじいさんは嫌味たっぷりに言った。「四十のいい歳したおっちゃんが、明るいうちからスマホでゲームですか」

「いや、たまたまちょっとやってただけですよ」

「へえ、たまたまちょっとねぇ」加部島のじいさんはにやにや笑った。「一時間ほど前に店の前を通ったときも、同じ姿勢でスマホをいじってた気がするんだがねえ。てか、たいがいあんた、待ち合い席に座ってスマホ見てるかマンガ読んでるかじゃないの」

「まあ、そう意地悪なこと言わないで。お客さんが少ないんだから仕方ないでしょ。それにゲームばっかりやってるわけじゃないし。常連客と話を合わせるために、スマホで調べものをしたりもしてるんだから」

「それはそれは」

「本当ですって。加部島さんが好きな落語だって、ちょいちょい再生して勉強してるんですから」

「大将、落語は好きで聴くもんだよ。勉強だ？　そういうのを野暮《やぼ》ってんだよ」

加部島のじいさんはそう言うと、充の案内を待つことなく、三つあるうちの一番奥の椅子に「よっこらせっ」と座った。年は取っているが細身で腰も曲がっていないので、動きは鈍《にぶ》くない。駆けっこをしたら、もしかしたら負けるかもしれない。

ケープを広げてかけながら「いつもの感じでいいですか」と尋ねると、加部島のじいさんは「いや、今回は福山雅治《ふくやままさはる》風にしてもらおうかね」と言って、ぐふふふと笑った。さぶい冗談はいつものことなので、充は「福山ね、了解」と応じた。

洗髪を終え、カットを始めると、加部島のじいさんから「最近、面白かった噺《はなし》って、何かあるかい？」と聞かれた。薄く目を開けて、口もとを緩めている。さっきの言葉が本当かどうか試してやろうということらしい。

「そうですね……『井戸の茶碗』でしたっけ？」

「ほう」加部島のじいさんが目を見開いた。「誰の？」

「最初にあの噺を聴いた、というか映像で見たのは、柳家喬太郎《やなぎやきょうたろう》さんでした」

「若手だね」加部島のじいさんは目を閉じた。

「若手って、白髪頭のいい歳したおじさんですよ」

「俺より年下はみんな若手だよ。俺は志ん生《しんしょう》師匠のをよく聴いたもんだ。ＣＤも持ってる」

古い噺家さんの名前を出せば優位に立てると思っているらしい。充は「さすが加部島さん、通《つう》ですね」とお世辞を返しておいた。

それからしばらくは『井戸の茶碗』についての会話になった。加部島のじいさんから、あの噺の何がどういいと思うのかと聞かれ、正直者の武士同士が互いに小判を受け取ろうとせず、間に入った古道具屋《くずや》の男もこれまたバカ正直で、ずる賢い人間が一人も出てこないところがほほえましくて、聴いていると幸せな気持ちになってくるんですよと答えると、加部島のじいさんもその点については賛同して、「確かに理想郷だな、あんな人ばっかりの世界だったら」と笑った。『井戸の茶碗』は、古道具屋の男が貧乏な武士から仏像の買い取りを頼まれ、一応買い取るが値打ちがよく判らないので後で高く売れたら利益を折半《せっぱん》しましょう、という約束をする。その仏像を気に入った藩邸住まいの武士が買い取るが、調べてみると物を収納するからくり仕掛けになっていて、中から五十両もの小判が出てくる。買ったのは仏像だけだからと藩邸住まいの武士は五十両を古道具屋に返し、古道具屋も自分のものではないから最初の売り主である武士に届けに行くが、最初の武士もそのことを知らなかったのは自分の不徳であるとして受け取りを拒絶。そしてその騒動の結果、予想外のおめでたい結末が——という内容である。現代の映画やドラマでは考えられない生真面目な登場人物たちが、充にとっては新鮮で、数ある噺の中でも特に印象に残っている。

落語の話に花が咲いたところまではよかったが、一区切りつくと加部島のじいさんは「ところで大将、いつまで独り身を続ける気なのかね」と聞いてきた。充にとっては避けたい話題だったが、捕まってしまった。

「まあ、そのうちにいいご縁があればと思ってますがね」

「てことは、まだ彼女もいないわけか」

「そりゃ、古い家が軒《のき》を連ねるこんな場所で小さな理髪店を細々とやってるんだから、そもそも女性と出会う機会なんてないじゃないですか」

「そんなことはないだろう。ほれ、あそこのアパート、シングルマザーだらけの」

「コーポどんぐり?」

「そうそう。あそこに住んでるのって、大将より若い女性ばっかだろう。こぶつきだけど、子どもを作る手間が省けていいじゃないの。親切にしてあげたら、大将みたいな肥満体でも、たちまちなびくんじゃないか？　何しろこんな小さな店でも店長兼オーナー、一国一城の主《あるじ》なんだから」

作る手間は省きたくないよ、と心の中でぼやきながら「そんなに簡単に言わないでよ。俺の見てくれで女性にモテるわけがないでしょう」と返す。

「あそこのチビちゃんたちは、若いお母さんに連れられてここに来たりはしないのかね」

「来ませんね」

「何で？」

「さあ。多分、ショッピングモールにあるカットサロンなんかを利用してるんじゃないですか？　子どもの髪を切ってもらってる間に買い物できるんだから一石二鳥だし」

「ああ、なるほどねー。そりゃ確かにそっちの方が便利だ」

「簡単に敵側についてくれましたね」

「いや、悪い、悪い。でも大将も、伴侶《はんりょ》が本当に欲しいんだったら、それ相応の努力はしないと。俺なんか、目をつけたコに何回、偶然を装っての出会いを仕掛けたことか」

「って、あの奥さんですか」

「あのって、どういう意味だよ」

「いや……」

「今はあんなだけど、昔は違ったんだぜぇ。ミニスカートが似合ってよぉ、ポニーテールにしててよぉ、ボウリングとかゴーゴーハウスとか、私そんなところ行ったことないのって、もじもじしてるのを強引に誘って連れてってやったもんだよ」

ゴーゴーハウス……生前の父親からそのワードを聞いたことがある。ディスコとかクラブのようなものだろうか。

店の固定電話が鳴ったので「ちょっとすみません」と断って出たが、カットの予約ではなく、店内に飾る絵を買わないかという勧誘の電話だった。充が「いえ、そういうのは結構です」と断っても、まだ若そうな声の女性は、カタログを見るだけでいいから一度訪問したいだの、予算に応じていろいろご用意できますから、などとしつこい。相手が女性なので親切な対応をしたのがよくなかったと反省し、「いらないよ、絵なんて。もう連絡してこないでね」と言って、まだ相手がしゃべっている途中で受話器を戻した。

カットを再開させると加部島のじいさんが「何だ、セールスの電話か」と言うので、「店で飾る絵を買わないか、だって。そんなカネがどこにあるんだって話ですよ」と答える。

「だよな。そんなカネがあったらあれだ、結婚紹介所にでも入会して、嫁さんを探す方がいいよな。てか、大将そろそろ本気で嫁さんを探すために、そういうところに入った方がいいんじゃないか」

「勘弁してくださいよ」

充は、急に脈が速くなったことを自覚した。

「いや、冗談じゃなくてさ、出会いがないのなら、行動を起こさないと。まだ四十だからなんて油断してると、あっという間に還暦だぞ」

「高校時代の同級生で、婚活パーティーみたいなのに何度か参加した奴がいるんですけど、高収入だったりまあまあのイケメンだったりする男の周りにばかり女性は集まって、そうじゃない男たちは会場の隅っこでぽつんと立ってるだけだって言ってましたよ。だから、何のために高い会費を払ってるんだろうってなって、退会したって言ってました。俺なんかがそういうところに行ったって、二の舞ですよ」

心の中で、本当はそれ自分のことだよ、と吐き捨てた。

「そうか。んー」加部島のじいさんはケープの中で腕組みをした。「大将の場合は、あれだな、まずはもう少し、容姿に磨きをかけてからにした方がいいかもな」

「やせたいとは思ってるんですがね」

「前はそんなに太ってなかっただろう。響子《きょうこ》さんが亡くなってから、どんどん太ってきてないか？」

響子さんというのは二年前に心筋梗塞《しんきんこうそく》で急死した充の母親のことである。父親が十六年前に自損事故で亡くなった後、充は母親と同居し、家事全般の他、理髪店も手伝ってもらっていた。

「ええ、太りましたよ。太りましたとも」と充は口をとがらせた。「以前はお袋が食事を作ってくれてましたけど、自分で料理作るのとか面倒で、ハンバーガーにポテトとか、宅配ピザとか、コンビニ弁当とか、そういうのばっかりですから」

スナック菓子やソフトドリンクなどの間食やインスタントラーメンなどの夜食も大きく影響しているのだろうが、そこは省略した。

「そりゃよくねえな。そんなんじゃあ、ますます嫁さんが必要じゃねえか。けど、そんなに太ってたら婚活パーティーでもモテねえから、嫁さんなんて見つからねえ。だからますます太っちまう。あれだ、最近若いやつらがちょいちょい言う、ほら……ええと、負のスパイラルっての？」

人ごとだからか、加部島のじいさんは、ぐふふふと笑った。充は一瞬、ハサミではげ頭をつついてやろうかという衝動にかられた。

加部島のじいさんは、ひげ剃りと肩周りのマッサージに入って、ようやく口を閉じてくれた。

どうやら居眠りを始めたらしい加部島のじいさんの顔を鏡越しに見ながら、この男が若いうちに結婚できて今も奥さんと仲がいいのに、自分にそれがかなわないことは理不尽ではないか、何でなんだと思った。

いや、やっぱりその原因は自分にあるのだろう。現に自己管理ができず、こんなに太ってしまった。判ってるのに食事やライフスタイルを改善できない。そういう弱さが顔や態度ににじみ出るから、婚活パーティーに参加しても女性たちは寄って来ないのだ。勇気を出して話しかければ、たいがいの女性は愛想よく対応してくれる。しかし会話が途切れたタイミングで、お話ができてよかったです、などと作り笑顔を残して、それこそ磯のカニみたいに、ささーっと遠ざかってゆく。

浅い眠りから目を覚ました加部島のじいさんは幸い、婚活や体型の話は蒸し返さず、精算時まで、九月に入ったがまだ当分は暑い日が続きそうだな、といった話をした。

異変は突然に訪れた。

加部島のじいさんが「じゃあ、また」とガラス戸を押してカウベルを鳴らし、充が「ありがとうございました。お気をつけて」と送り出そうとしたときに、ガラス戸の隙間から黒柴ふうの中型犬が店内にトコトコと入って来たのだ。

加部島のじいさんと充の「わっ」という声が重なった。

犬は待ち合いスペースの床の上にちょこんと座って充を見上げている。吠えたりうなったりしないものの、見知らぬ犬がいきなり入って来て、まるで我が家にいるかのように振る舞っていることには困惑するしかなかった。

「あー、びっくりした」と加部島のじいさんが丸くなった目を充に向けた。「何だよ、大将、いつから犬を飼ってるの？」

「いえいえ、知らない犬です。俺も今初めて見ましたよ」

「そんなわけないだろう。この犬、まるで自分ちみたいな態度じゃねえか」

「本当に知りませんって」

「本当に？」

「はい。こんな犬、知りません」

少し間ができて、加部島のじいさんは片手であごをなでた。

「ふーん。ま、首輪をしてるから飼い犬だとは思うが、近所にこんな犬、いたかなあ」

加部島のじいさんはそう言うと、しゃがんで犬をなでた。犬はおとなしく目を細めて、嫌がる様子を見せなかった。

さらに加部島のじいさんは赤い首輪をつかんで「飼い主が判るような手がかりは何もついてねえようだな……あ、でも、マジックって小さく書いてある。犬の名前かな」と充を見上げた。

覗き込むと、確かにマジックペンらしきもので小さく、その文字が書いてあった。

「オスみたいですね」と言うと、加部島のじいさんも犬の下腹部を覗き込むようにして「だな。見た感じからすると、割と歳いってるかな」と応じた。

店内に見知らぬ犬を置いておくわけにもいかないので、充は首輪をつかんで「ほら、ここはダメだぞ、外に出るんだ」と引っ張った。吠えたり咬みつこうとしたりするかもしれないと思ったので最初はおっかなびっくりだったが、犬はおとなしく立ち上がり、引かれるまま外に出てくれた。外に出たとたん、もわっとした熱気が身体にまとわりつき、エアコンの室外機の音が大きく聞こえた。

外には出したが、犬は店の前から立ち去ろうとしなかった。充が「おい、自分ちに帰れ、ほら」と手を叩いても、ちょこんと座ったまま動かない。犬の背中を軽く押したり首輪を引っ張ったりすると少しは動くが、またドアの前に戻って座ってしまう。

「困ったなあ……」と後頭部をかくと、加部島のじいさんは「よし」と手を叩き、「俺が何とかしてやろうじゃないの。ちょっと待ってな」と言い残して帰って行った。

ほどなくして加部島のじいさんは、小柄でおかっぱ頭がトレードマークの鶴牧《つるまき》さんを連れて戻って来た。鶴牧さんは、親から相続した土地を結構持っており、シングルマザー世帯ばかりが入居しているコーポどんぐりのオーナーでもある。その割には質素《しっそ》な暮らしを旨としているようで、この日もよく見かける、黒い長袖シャツの上に柄物のエプロン、色あせたピンクのパンツという格好だった。鶴牧さんは充にとっては、小学生時代に参加していた子供会の役員をしていた人で、「町内こどもまつり」のときにはホイップクリームを包んだクレープやおはぎを作ってくれた。今は道端で会うと「お客さんは来てるかね」「何か困ったことがあったら遠慮しないで言いなさいね」と声をかけてくれる、世話好きのおばさんである。

加部島のじいさんが鶴牧さんを連れて来たのは、犬の飼い主を探す一番の近道だと思ったからだろう。彼女はおしゃべり好きで、町内やその周辺のことに最も詳しい人物である。

その鶴牧さんは、束ねた赤いロープのようなものを握っていた。よく見ると、犬の首輪につなぐリードのようだった。

「あら、確かに見かけない犬ね」鶴牧さんは充に笑いかけてから犬に近づき、しゃがんで片手で首周りをなでてから、「あー、ほんとだ、マジックちゃんか。マジックちゃん、あんたはどっから来たの？　どこの家のコかね」と問いかけた。すると犬は、小首をかしげて見せた。さあ、どこでしょう、とでも言いたげな態度だった。

「加部島さんから聞いたけど、ドアを開けたら勝手に入って来たんだって？」と鶴牧さんから聞かれ、「うん、そう」とうなずいた。「かなり人馴《ひとな》れしてる感じですね」

「そうだね。近所の家の中で飼われてたけど、ドアとかサッシ戸が開いてたから脱走してきたってとこじゃない？」

「家の中で飼われてたってことまでは判らんだろう」と加部島のじいさんが言うと、鶴牧さんは「だって、ほら」と鼻を犬に近づけてくんくんしてから「匂わないから」と振り返った。加部島のじいさんは「おー」とうなずいてから、充に対して小さく肩をすくめて見せた。な、この人に任せれば何とかしてくれそうだろ、という感じだった。

続いて鶴牧さんは、持っていたリードを充に見せながら「とりあえずどこかにつないだ方がいいね」と言った。

「ああ、ええと……」辺りを見回してから、「ここぐらいしかないかなあ」と店の左前にあるエアコンの室外機を指さした。店の右側にあるサインポールは動かせるタイプのキャスター付きなので、犬がその気になって引っ張れば倒されてしまう。

「ここなら日陰だし」と加部島のじいさんもうなずいた。「コンクリートの上に寝そべってたらそこそこ涼しいだろう。室外機の真ん前は温風が来るけど、ちょっと横に動けば大丈夫」

室外機を支える架台の脚は四つある。鶴牧さんはそのうちの一つにリードを回し、リードの輪っかの中に反対側のフックがついている先端を通した。室外機とリードがつながったところで、マジックの首輪をつかんで「ほら、こっちに来て」と引っ張り、フックをかけた。

加部島のじいさんが「これでよし、だな」と満足そうにうなずいたので、充は「ちょっと、ちょっと。これでよしじゃないでしょ。飼い主はどうやって探すんです」と聞いた。

「鶴牧さんが、犬を飼ってるご近所に聞いて回ってくれるってよ」と加部島のじいさんは答えた。「犬を飼ってる人たちはたいがい、散歩に連れ出すだろ。そのときに他の犬の飼い主さんたちとも出会う。犬のことは犬を飼ってる人に聞けってことよ」

「ああ……」

「まあ、夕方までには見つかるでしょ」と鶴牧さんは両手を腰に当ててうなずいた。

「それまでの間だけ、ここにいさせてやってよ」

「ええ、まあ、それぐらいのことは」

「飼い主が、大将とちょうど釣り合うぐらいの独身女性かもしれないだろう」加部島のじいさんがにやにや顔を見せる。「うちのコを助けてくださってありがとうございます。お礼にお食事でも――みたいな流れになって、交際が始まっちゃうわけだ」

　充は「んなわけないでしょ」と顔をしかめて片手を振ったが、鶴牧さんまでもが「いや、判らないわよ、それは。私の姪《めい》っ子だって、犬の散歩中に声をかけてきた人とつき合うようになって、半年後には結婚したもの。どこにどんな出会いが転がってるか、判らないものよ」と同調した。

　そのときに充は、先日たまたま駅のホームで遭遇した、三十ぐらいの男性が口にした言葉を思い出した。

いつどんな出会いがあるか判らないし、そこにチャンスがある、みたいなことをあの男性は言っていた。出会いを無駄な時間だったと思うか、何か価値を見つけるか、それは自分次第……。婚活パーティーで撃沈してやけ酒をあおり、ホームのベンチで酔いつぶれていたところを、大丈夫ですか、と声をかけられたことがきっかけで、少し話をすることになり、別れ際にそんなことを言われたのだ。

彼はなぜ、初対面の自分にあんなことを言ったのだろうか。長めの髪に無精ひげ、Tシャツにカーゴパンツみたいな格好で、デイパックを背負っていた。確か、清掃のバイトをしている、みたいなことを言っていたような気がする。何者なのかは判らないが、目指しているものが何かあるのか、目つきにぎらぎらしたところがあったのが妙に印象に残っている。

この犬との出会いが、何かのチャンスになったりするのだろうか?

加部島のじいさんの言葉を信じかけていることに気づいて、充は小さく頭を振り、鶴牧さんに向かって「じゃあ、夕方までは預かりますんで、飼い主探し、よろしくお願いしますね」と念押しした。

客が来ないまま時間が過ぎ、西の空が赤紫色を帯びてきた頃に、鶴牧さんが大きなエコバッグを提げて再び姿を現した。

「残念」開口一番、鶴牧さんは苦笑いを見せた。「マジックちゃんの特徴を伝えて聞いて回ったんだけど、みんな知らないって言うのよ」

「まじっすかぁ」

「それで、岩屋さん、お願い」鶴牧さんはエコバッグを足もとに置き、ちょっと芝居がかった表情を作って両手を合わせた。「私が責任を持って飼い主を探すから、見つかるまでのほんのしばらくの間だけ、マジックを岩屋さんちで寝泊まりさせてくれないかしら」

「ええーっ」

「ただでとは言わないから」鶴牧さんはいたずらっぽい感じでにやっとなった。「コーポどんぐりに住んでる若いお母さんたちに、岩屋さんのところで子どもの散髪をしてくれるよう、頼んでみるから。みんなよそから来たシングルマザーばっかりでしょ、近所に知り合いがいなくて、本当は心細いのよね。だから前から私、コーポどんぐりに入居した人たちには、ご近所とは仲よくした方がいいわよ、いざというときに力になってくれるからって言ってあるのよ。あなたが急に熱が出て倒れたりしたときには、岩屋さんが子どもをしばらく預かってくれたりするのよって」

「えっ、俺が小さな子を預かるんですか」

「大丈夫、子育て経験のない岩屋さんに、実際にそんなことを頼む人はいないわよ」鶴牧さんは笑いながら片手で叩く仕草を見せた。「でも、岩屋さんに相談したら誰か預かってくれる人を探してくれるでしょ」

「そういうことがあったら、岩屋さんは頼りになる人ってことで認知されるわけよ、若くてきれいなシングルマザーから」

「はあ……」

鶴牧さんはなぜか、最後の言葉だけ強めだった。

一瞬だけ、若いお母さんたちと親しくなって、小さな子どもの髪を切りながら楽しげに話をしたり、余っちゃったから、などと言われて肉じゃがやポテトサラダなんかが入った密閉容器を受け取ったり、充自身が熱を出して寝込んでいるところに押しかけてきておかゆを作ってくれたりといった場面を夢想してしまい、あわててかき消した。

おだてて罠にかける作戦だったらしいと気づいたのは、鶴牧さんが引き上げた後、預かったエコバッグの中身をあらためたときだった。

中には、袋入りのドッグフード、犬のエサ入れと水入れが入っていた。鶴牧さんが自腹で購入してくれたらしい。さらにその下から、手書きと思われるメモが出てきた。

〈夜になったら犬は店内に入れてあげてね。あと、朝と夜に一日二回の散歩をお願いします。エサとお水はその後で。犬は散歩と食事が生きがいだからよろしくね。なお、散歩中に犬はあちこちにおしっこをしがちなので、民家の塀などにさせないよう、舗装されていない場所、雑草が生えている場所を選ぶように（近所にちょうど水路沿いの道があって、よかったよかった）。ウンチはトイレットペーパーをかぶせてポリ袋に入れるなどして持ち帰り、トイレに流してね。今のマジックちゃんにとっては岩屋さんだけが頼り。くれぐれもよろしくお願いします。」

散歩、エサやり、ウンチの始末。言われてみれば、犬を預かるということは、そういうこともやらなきゃいけないのだ。

充は、「くそ、やられたー」と、大きくため息をついた。

近所にあるカレー屋でカツカレーの夕食を摂って帰った後、仕方なくマジックの散歩に出かけた。鶴牧さんが言うとおり、理髪店から県道に出て向こう側に渡れば水路沿いの道が続いている。道はアスファルト舗装されており、水路両側の斜面も四角い石やコンクリートで固められているが、路肩部分だけは舗装されておらず、雑草が茂っている。途中で犬におしっこをさせるには都合のいい場所ではある。

マジックは充よりも前に出たがって、やや強い力で引っ張ったが、「おい、こっちに行くぞ」とリードをつんつんと引くと、それには素直に従ってくれた。

交差点に出て県道を渡り、水路沿いの道へ。右手が水路で、左手は新興住宅地が集まっている区域である。この辺りの住民はほとんどがよそからやって来た人たちで、充の店を利用してくれる人はいない。多くはおそらく県道沿いにあるビーチリゾート風のおしゃれなヘアサロンか、ショッピングモール内の店にでも行っているのだろう。

マジックは、おしっこのマナーについてもしつけられているようで、民家の塀などはスルーして、雑草が生えていたり未舗装で土がむき出しになっていたりする場所を選んで後ろ足を持ち上げた。充は「ちゃんとおしっこする場所を判ってるのか。偉いな」と声をかけたが、マジックは聞こえていないかのように、すぐにぐいぐい引っ張って先に行こうとした。もしかしたら、本当の飼い主ではないせいでナメられているのかもしれない。

二百メートルほど進んだ先の交差点でもういいだろうと思い、「マジック、そろそろ帰るぞ」とリードを引っ張ったが、マジックは四肢を踏ん張って抵抗した。さらに強くぐいと引っ張ると、反対方向に引っ張り返され、よろけそうになった。

「何だ？　これぐらいじゃ足りないってのか？」

するとマジックは顔を上げて、じっと見返してきた。暗がりの中、どこか挑むような目つきに、少し気圧《けお》された。

「判った、判ったって。じゃあ、もう少しつき合ってやるよ」

信号待ちをしているときに、別の犬を連れた初老の男性がやって来て近くに立ち止まった。犬同士は互いにじっと見合っていたが、幸い、どちらも吠えたりうなったりはしなかった。

男性と目が合ったので何となく会釈をすると、「こんばんは。黒柴ですか」と聞かれた。

充は「ええ、多分」と応じてから、「ちょっと預かってるだけなんで、犬種とか、正確なことはよく判らないのですが」とつけ加えた。

男性が連れている犬は、三角の耳が大きくて、マジックよりも毛量が多くて、足が短い。何という種類だったか……。

あ、思い出した。

「そのワンちゃんは、コーギーですか」と尋ねると、男性は「ええ、そうです」とうなずき、「ご近所にお住まいなんですか」と聞いてきた。

「あー、はい。向こうの」と充は指さした。「旧道沿いに。あそこで小さな理髪店をやってるんです」

「理髪店。ああ、敷地内に小さな公園があるお寺がある辺りの」

「はい、すぐその近くです」

「なるほど。じゃあ、今度カットしに行かせていただきますよ」

「あら、それはどうも、ありがとうございます」

「いえいえ、こうやって互いに犬を連れてお会いしたのも何かの縁だと思いますから。最近は国道沿いの格安店によく行ってるんですが、どうも雑というか、頼んだとおりに切ってもらえないんですよね。十二月に同窓会があるんで、その前に行かせていただきます。何というお店ですか」

「カットハウスいわや、と言います」

「いわやさんですね、判りました」

信号が青になり、横断歩道を渡った先で、男性は右折し「では」と会釈してきたので、充は「あ、どうも」と返して別れた。

充はマジックに引っ張られてそのまま直進した。

「マジックさん、あんたのお陰で新規のお客さんができたよ。ありがとさん」

だがマジックは我関せずとばかりにぐいぐいと進んだ。

その後、マジックに行き先を任せているうちに、田畑の多い区域に入った。中学校の前を通り過ぎ、さらに団地の裏側を通る。少し北側の国道と違って、この辺りの市道は、交通量が少ない。ときおり車が通り過ぎるたびに、充とマジックがライトで照らされ、道路や民家の塀などにその影が長細く映されては倒れてゆく。

腕時計を見ると、もう二十分も歩いていた。自宅から一キロ以上遠ざかっている。今すぐ引き返してもトータルで二キロも歩くことになるではないか。体重一〇〇キロ前後の身体にはちときつい。実際、息が上がってきていた。

スニーカーをはいて来てよかった。出かけるときに、いったんはサンダルをはいたが、思い直してスニーカーに替えたのだ。サンダルだったら、足の筋肉が固まって痛み出したり、水ぶくれができたりしていたかもしれない。

だがマジックは、なおもぐいぐいとリードを引っ張って前に進む。

「マジックさん、もう勘弁してくれ。俺はそろそろ……へばりかけてる」

それでもマジックは何も聞こえていないかのように前へ前へと引っ張る。

「あんた、帰りのことを考えてないだろう。来た道と同じだけ、また歩かなきゃならんのよ。判ってるのか？ 判ってないだろ」

そう言ってからふと、もしかしてマジックは飼い主宅へと向かっているのではないか、との思いが浮かんだ。

「マジックさん、あんたのお家がそっちにあんの？」

しかし、さらに十分以上歩いても、マジックはなおもぐいぐいと進み続けていた。

充は「ダメだ、こりゃ」とつぶやいた。マジックはただただ、長い距離を歩きたかっただけらしい。つき合わされるこちらは、たまったものではない。

少し行くと、大型の照明灯が辺りを明るく照らし出していた。市立体育館と、その隣に併設されているテニスコート。

「こんなところまで来ちまったじゃねえか。マジックさん、市立体育館より先にはもう行かないからな。絶対に引き返すぞ。もし抵抗したら、リードを外して俺だけ帰らせてもらうからな。判ったな。本当にそうするぞ」

金網フェンスに囲まれたテニスコートでは、数人の男女がテニスに興じていた。充と同年代ぐらいの中年カップルが手前側のコートでラリーを続けている。夫婦だろうか。実力は互角ぐらいに見える。二人とも笑顔で、「おーっ、厳しいのが来たっ」「うわっ」などと声を上げている。ボールが跳ね返る音が何となく耳障りに感じるのは、うらやましさや妬みの感情が芽生えてしまうからだろうか。

市立体育館の駐車場前で充は立ち止まった。マジックはなおも行こうとしたが、充が強く引っ張り返すと、立ち止まって振り返った。

「もうこれ以上はご免だ。いい加減にしてくれ」

マジックは目を細めて、その場に座った。充から目をそらし、何か思案するような顔つきだった。

「散歩はもう終わりだ。どんだけ歩いたと思ってるんだ。俺は飼い主でも何でもないんだぞ。ここまでつき合ってやったんだ、ありがたいと思え。さあ、どうする？　俺は今から引き返す。お前がもし抵抗したら、リードを外して俺一人で帰るからな。お前は好きなところに行けばいい。もともと俺が面倒を見る義理なんてないんだ」

一台の車が駐車場から出ようと近づいて来て、手前で停まった。充とマジックが出入り口を塞《ふさ》いでいた。

「ほれ、車の邪魔だ。行くぞ」

するとマジックは、大きなあくびをしてから立ち上がった。充が来た道を引き返そうとすると、意外にも素直について来た。

「何だよ、今ごろになって。捨てられるとなったら態度を変えるってか」

言いながら充は、自分がどこかほっとしていることを自覚していた。ここで別れてしまうと、車にひかれたりしてないだろうか、保健所に通報されて捕獲されるのではないか、など余計な心配をしてしまうことになる。

とはいえ、連れ帰ったらそれはそれで、飼い主が本当に見つかるのか、それはいつになるのかといった心配ごとを抱えることになるのだが……。

来た道を引き返して数分経ったところで、マジックが急に路肩に寄って、後ろ足を開いて踏ん張るような姿勢になった。水路沿いのガードレールの手前で、アスファルトの割れ目からまばらに雑草が生えている場所である。

外灯の明かりからはやや離れた場所で、暗くて見えづらかったので、ハーフパンツのポケットから出したスマホで照らして、充は「ありゃりゃ」と漏らした。

マジックはウンチをしていた。充は両ポケットを探って「え？　ない……あ」と声を出した。

しまった。マジックがウンチをしたときのために、折りたたんだトイレットペーパーと小さめのポリ袋を用意したのに、玄関の靴箱の上に忘れてきてしまった。

「……ったく」

ため息をつき、充は「仕方がない、ほれ、帰るぞ」とリードを引っ張った。ウンチはガードレールの下だから、わざわざそれを踏んでしまうような間抜けな歩行者はいないだろう。周辺は田畑ばかりで付近には民家もないから、特に誰かが迷惑するようなことにもならないはずだ。そのうちに雨が降れば洗い流されるだろう。

歩きながら「マジックさん、あんた、ウンチがなかなか出なかったからずっと歩いたのか？　勘弁してくれよ」と言ったとき、背後から小さな明かりで照らされ、自転車のベルが鳴った。

「ちょっと、あなた」という声に振り返ると、自転車に乗った白いジャージ姿の女性が近づいて来た。見たところ、充と同年代ぐらいで、髪を後ろで束ねた、ややぽっちゃりした女性だった。キュッという甲高《かんだか》いブレーキ音が響いた。

自転車のライトは電池式のもののようで、自転車が停まっても点灯していた。

女性は眉根を寄せて、充を睨んできた。目が切れ長で、少しえらが張っていて、気が強そうな印象を受けた。

「ちゃんと後始末しなさいよ」

「え？」

「犬のウンチよ。もしかしてと思って見ていたら、そのまま放置してるじゃないの。どういうつもり？」

「あ、いや、それはですね……」

口ごもりながら充は、小学生のときに、学級委員の女子から問い詰められたときのことを思い出した。何をやらかしたのかは思い出せないが、大声で詰め寄られて全身から血の気が引いたことは覚えている。

「ここは公道なのよ。公共の道路」と女性は言った。「犬がウンチをしたら、飼い主が後片付けするのが当たり前。なんで知らん顔して行こうとしてるのよっ」

「いえ、俺は飼い主じゃなくて……あの、ポケットにトイレットペーパーとかポリ袋とか、入れたつもりだったんだけど、玄関の靴箱の上に忘れちゃって。それで、取りに戻ろうと思って……」

最後の部分はうそだったが、この場を切り抜けるために口をついて出た言葉だった。女性は不審げに睨んでいたが、表情の中に戸惑いが少し混ざったように見えた。

「飼い主じゃない？」

「そう、そう」充はうなずく。「迷い犬。うちの前にいたんで、とりあえずは飼い主が見つかるまでは預かるしかないってことで。犬の世話とか、やったことがないもんで、その、うっかりしちゃって……」

あまり責めるべき相手ではないと思ってくれたのか、女性は「はあ」とため息をついて、足で自転車のスタンドを立ててその場に停めた。そして「ちょっと待ってて」と自転車の後ろカゴに積んであったデイパックらしきカバンのポケットから、ポケットティッシュとポリ袋を出した。ポリ袋にはタオルらしきものが入っていたようだったが、彼女はそれを取り出してデイパックに戻した。

「ほら、だったらこれ使って」

ぐい、と差し出されたポケットティッシュと、やや大きめのポリ袋を「あ、はい」と受け取り、「どうもすみません」と頭を下げた。女性の怒りが治まったらしいことに安堵したが、いい歳して初対面の相手から叱られたことによる動揺はまだ続いていた。

マジックを連れて十数メートル引き返す。ちゃんと処理するかどうか確かめようというのか、女性も自転車を押してついて来た。

背後から「きれいだね」と言われ、「へ？」と立ち止まって振り返ると、彼女は「月と星」と上空をあごで示した。

上空には雲もあったが、三日月と、いくつかの星が瞬《またた》いていた。星座には疎《うと》いが、北極星とこぐま座なら知っている。あれがそうだなと見て確認した。

こうやって夜空をしっかり眺めるのって、いつ以来だろうか。充は何か気の利いた言葉を探したが、思いつかなかった。

自転車のライトで照らされながら、引き抜いたポケットティッシュを数枚重ねてウンチの上にかぶせ、ポリ袋を手袋代わりにしてそれをつかみ、ポリ袋を裏返して中に収めた。一瞬、ウンチの匂いに、おえっとなりかけた。

「これでよし」女性は、さきほどとは別人のような屈託《くったく》のない笑顔でうなずいた。「じゃあ、それ、持って帰って、ちゃんとトイレに流してね」

女性はそれだけ言うと自転車にまたがり、「じゃ、おやすみ」と言い残して漕ぎ出した。充が「あ、ありがとうございました」と礼を言うと、遠ざかりながら「はーい」という言葉が返ってきた。

翌朝、目覚めた充は布団の上で上体を起こし、うーんと伸びをした。

腹が減っていたが、悪い気分ではなかった。決して気のせいなどではなく、よく眠れたという感覚があった。普段は朝に目覚めても、頭も身体も重く、なかなか起き上がる気にならないのだが、今朝はそうではなかった。目覚めたばかりなのに頭にも身体にもちゃんとエンジンがかかりそうである。

窓の網戸から朝の光が差し込んで、ほこりが舞っているさまが確認できた。昨夜はいったんエアコンを入れて寝ようとしたものの、マジックとの散歩中はそういえばあまり暑くなかったなと思い出し、窓を開けて眠ったのだ。

階段を下りてリビングダイニングに行き、電気ポットで湯を沸かす。これからだんだんまた暑くなってくるはずなので、リモコンでエアコンを作動させた。

上半身をひねったり、ひざの屈伸《くっしん》をしてみたりして、身体の具合を確かめる。すねとふくらはぎに若干の筋肉痛を感じるが、決して不快ではなく、むしろちょっとした充実感があった。

何しろ昨夜はたっぷり歩いた。あんなに歩いたのは高校の体育祭でやった夜間遠足以来だろう。

テレビをつけて、朝のワイドショー番組を見ながらインスタントコーヒーをすすった。つい「あー、旨い」と声に出した。

よく眠れた理由は、たくさん歩いて身体が疲れていたからだけでなく、夜食を抜いて眠ったからだろう。何しろ、帰宅してシャワーを浴びて、缶ビールを飲んだら睡魔に襲われて、夜食のラーメンを食べることなく眠りに落ちたのである。

いつもなら、朝は胃が重くて、午前中はインスタントコーヒーしか飲まないようにしていたのだが、今朝は別人の身体みたいに空腹を感じていた。

食料庫や冷蔵庫の中をあらためて、レンジでチンするパックご飯にレトルトカレーをかけて食べた。食事後に皿を洗いながら、せっかく夜食を抜いたのに、こんなにがっつり朝食を食べてしまったら、摂取カロリーがいつもと同じになってしまうと思ったが、「いや、そうじゃないな」と声に出して頭を横に振った。

確かテレビ番組で、同じだけ食べても、いつどのタイミングで食べるかによって体脂肪のつき方が違ってくると専門家が言っていた。夜はその後就寝するだけなのでカロリーを消費しないから太りやすいが、朝はこれから活動してカロリーを消費するから太りにくい、みたいな話だった。とすれば、夜食をやめて朝食をしっかり食べるやり方は正しい、ということだ。

住居部分とドアでつながっている理髪店に入ると、マジックは待ち合いスペースの床に寝転んでいた。昨夜、エサと水を外で与えてから店に入れて、エアコンも適温をキープする自動運転にしておいた。最初はソファの上で横になったはずのマジックが床に下りたのは、その方が涼しくて気持ちいいからだろう。

充が「マジックさん、おはよう」と声をかけると、マジックはむくっと起き上がり、前足を出して伸びをしてから、尻尾を振って寄って来た。首周りをなでてやると、気持ちよさそうに目を細めたが、すぐに出入り口ドアの方に歩いて、ガラス戸を前足でカリカリと引っかいた。

「ああ、朝の散歩か……連れて行ってやるのはいいが、昨夜みたいな長距離は無理だぞ。今はまだましだけど、陽が高くなるとたちまち陽射しが強くなるんだから。絶対に交差点の手前で引き返すからな」

リードを首輪につなぎ、出入り口ドアを解錠し、シャッターを上げると、まぶしい朝の光が射してきて目がくらんだ。今日も日中は暑くなりそうだった。

幸い、今朝のマジックは遠くに行こうとはせず、水路沿いの先にある交差点で引き返すことができた。昨夜はどうやら、久しぶりの散歩だったため、うれしくて遠出した、ということだったらしい。マジックはガードレール下に生えている雑草に向かって何度かオシッコをし、帰り道に路肩でウンチをした。充はポケットから折りたたんだトイレットペーパーを出してウンチを包み、小さなポリ袋に入れた。

帰宅して、マジックを外の室外機につないでエサと水をやった。店内の掃除をしていると、店の前を通る登校中の女子中学生数人が立ち止まり、マジックに近づいて来た。「わあ、かわいいねー」「オスかな」「咬みつかないかな」などと言っているのがガラス越しに聞こえた。充がドアを開けて「触っても大丈夫だよ、おとなしいコだから」と声をかけると、一人が「ありがとうございます」とぺこりと頭を下げ、他の子たちもそれに倣《なら》った。そして彼女たちは順番に頭や首周りをなで始め、「ふかふかー」「かわいいー」などと笑った。一人から「名前は何ていうんですか」と聞かれ、「マジック」と答えると、「ふーん」「面白い名前」「手品ができたりして」「まさかぁ」などと楽しげに言い合っている。さらに「このコ、何歳ぐらいですか」と聞かれ、実は迷い犬なので歳は判らないこと、飼い主を探していることなどを伝え、「家や学校で聞いてみてくれる？飼い犬がいなくなった人がいたら教えて欲しいんだ」と頼んでおいた。

その後もさらに、登校中の小学生たちが近づいて来て、マジックを触っていった。男の子の一人が「お手」と言うと、マジックはちゃんと前足を手のひらに乗せた。その男の子がいろいろ試すのを見て、お手、お代わり、お座りをできることが判った。最後に男の子は指で鉄砲の形を作って「バン」と撃つマネをしたが、マジックは倒れず、きょとんと小首をかしげたので、一緒にいた別の男の子が「わっ、この犬、お前何やってんのって言ってるみたいな顔した」と言い出した。それからは、マジックは人間の言葉が判るんじゃないか、みたいな話になって、男の子の一人がお気に入りのゲームの話をしてみるとマジックは大きなあくびをしたので、退屈だと言いたいんじゃないかとますます騒ぎ出した。そうこうするうちに、男児たちが一人の男の子に「あの話してみろよ、ウンチの話。どんな顔をするか見てみよう」などと言い出し、指名された丸顔のその子がマジックに向かって「あのねー、俺さ、昨日の帰り道に犬のウンチみたいのを見つけたんだー。近づいてみたら、どう考えてもウンチなんだ。それで顔を近づけて匂いを嗅いだらやっぱりウンチ。指でつついても確実にウンチ。で、なめてみたら完全にウンチだったんだ。よかったよー、踏まなくて」というちょっと下品な小咄《こばなし》を披露した。他の子たちがゲラゲラ笑っている。

するとマジックも口の両端をにゅっと持ち上げたので、横に立って見下ろしていた充は「えっ」と漏らした。まるで笑ったかのような顔だったのだ。男児たちも「すげえ、人間の言葉を判ってる」「笑ったよな、今」とさらに騒いだ。

後になって考えてみて、マジックは人間の言葉を理解しているわけではなく、退屈に感じたらあくびをし、困惑したら小首をかしげ、場をなごませようとしたときは口の端をにゅっとさせているだけだろうという結論に落ち着いた。誰もいないときにマジックに向かって「お前、言葉が理解できるのか？」と聞いてみると小首をかしげ、男児が言っていたウンチの話をもう一度してみると、口の端をにゅっとはせず、あくびをした。その話はもう聞いたよ、と言われたような気がした。その後、落語の枕に当たる小咄をいくつか思い出してマジックに語りかけてみたが、小首をかしげるか、あくびをするだけで、口の端をにゅっとさせるあの顔にはお目にかかれなかった。そして最後には、ふん、と鼻を鳴らして伏せの姿勢を取り、そっぽを向いて無視されてしまった。

午前中の客は、これまでに二度来てくれたことがある単身赴任の三十代男性一人だけだった。その男性が帰った後、鶴牧さんがやって来て、「ごめんねー、まだ飼い主、判らないのよー」と笑いながら両手を合わせた。

「近所の犬じゃないのかもしれませんね」と充は応じた。「昨夜、散歩に連れ出したら、なかなか帰ろうとしなくて、結局、市立体育館まで行ったんですよ」

「えっ、市立体育館？　こっからだと四キロ近くあるんじゃないの？」

鶴牧さんは目を丸くした。

「そうですよ。往復したから八キロってことになります。まあ、身体をたっぷり動かしたお陰でよく眠れましたけど」

「あー、そうなんだ。じゃあ、マジックちゃんのお陰でダイエットができて、ちょうどいいじゃない」

「いやいや、毎日そんなに歩かされるなんて、勘弁してくださいよぉ。とにかく、早いとこ飼い主見つけてもらわないと」

「判ってる、判ってる。公民館の集まりとか老人会でも聞いてみるから」

「登校中の子どもたちにも、家や学校で聞いてみてくれって、頼んでおきましたよ」

「だったらすぐ見つかるわよ。心配ない、心配ない」鶴牧さんはそう言って、「親切なおじさんのところに寝泊まりさせてもらえて、あんたは幸せだねー」とマジックをなでた。

午後には加部島のじいさんも「まだ見つからないんだって?」と顔を見せた。昨夜の長距離散歩のことを鶴牧さんから聞いたようで、「さんざん歩かされたんだってね。ご苦労さん」とねぎらいの言葉を口にしたが、顔はにやついていた。加部島のじいさんも、彼なりにあちこち聞いて回ってくれているとのことで、「まあ、もうちょっとだけ我慢して、面倒見てやってくれよな」と言い残して帰って行った。

午後の客は二人だけだった。

その日の夜の散歩で、マジックは交差点で引き返そうとする充に抵抗して、またぐいぐい引っ張ってさらに行こうとした。「おいおい、今朝はここで引き返しただろう。またあんな遠くまで行くのは勘弁してくれ」と言ったが、マジックは聞く耳を持たず、昨夜と同じく市立体育館がある方に向かった。充は何度か立ち止まってリードを引っ張り返したが、最後はあきらめてつき合うことにした。確かにこのメタボ体型を何とかしなければならないとは思っていたので、マジックとの散歩を利用してカロリーを消費するのもアリかもしれない、と思うようになったからだが、あの女性に「昨夜はすみませんでした」とわびと礼の気持ちを伝えておくべきだとも思った。白いジャージを着ていて、デイパックの中にタオルも入っていて、市立体育館の方から自転車で走って来たのだから、市立体育館で何かの運動をした帰りなのだろう。だとすれば、同じ時間にあの辺りを歩けば、また出くわすことになるはずである。あのときはいきなり叱られたのでむっとなったし、小学生時代のことを思い出してヤな女だとも思ったが、帰宅してシャワーを浴びながら、初対面の相手にわざわざ注意してくれるというのは、お節介なだけでなく、案外親切な人なのかもしれないと思い直した。あの夜道で見知らぬ男に、しかも後ろ姿はそこそこいかついはずの相手に、ダメでしょと声をかけるというのは、勇気と親切心と、相手は悪人ではないはずだという性善説的な考えの持ち主でないとできないことだ。自分が彼女の立場だったら、見知らぬ男が犬のウンチを放置したとしても、知らん顔で通り過ぎていたに違いない。

だが、その日の夜の散歩中に彼女に会うことはなかった。しかし、この日もたっぷり歩いたお陰で、缶ビールを一本飲んだらたちまち眠くなって、夜食を摂ることなく眠りに落ちることとなった。

その女性と再会したのは、最初に会った日から三日後の夜だった。マジックとの散歩は、朝は十分程度だが、夜は一時間半以上かけて自宅と市立体育館の往復が続いていた。後ろから「あ、いたいた」と声がかかったのは、市立体育館前まであと二百メートル程度という農道で、ちょうどマジックのウンチを始末していたときだった。

自転車に乗ったあの女性がブレーキをかけて目の前に停まった。先日と同様、白いジャージ姿で、髪を後ろにまとめていた。今回は最初からにこやかな顔つきである。

「あ、先日はすみませんでした」充は頭を下げた。「ティッシュとポリ袋をいただきまして、ありがとうございます」

「いいのよ、そんなこと」女性は何でもないような感じで頭を横に振り、自転車から降りた。「毎日、この辺を散歩してるんだ、このワンちゃんと」

「ええ、始めてまだ四日目ですけど。あの日が初日だったんで」

「飼い主を探してるって言ってたけど、まだ見つからないの?」

「ええ……」

　鶴牧さんも加部島のじいさんも、方々に当たってくれてはいるらしいが、今も飼い主は不明のままである。鶴牧さんからは今日も「もうちょっと待って。きっと見つけるから」と言われたが、加部島のじいさんは「もしかしたら飼い主に何かあったのかもな。そんときは乗りかかった船だな」などと言い始めている。

「名前を教えてもらえる？」

「マジックというみたいですね。首輪に小さな字で書いてあるんで」

「ああ、マジックね……」女性は半笑いになり、「あなたの名前は？」と聞いた。どうやら、最初からそちらを尋ねていたらしい。

「あ、イワヤミツルです。岩石の岩に屋根の屋、ミツルは充分の充」と言ってから、充分の充は十分の十と間違えられてしまうのではないかと思い、「数字の十じゃなくて、リア充の充」とつけ加えた。

　しまった。ちっともリア充なんかじゃないのに。これでは自虐ネタである。

「あら、私と親戚みたいな苗字《みようじ》ね」女性はそう言って自転車のスタンドを立ててから、かがんでマジックをなでた。「私はイシムロって言います。岩石の石に、氷室《ひむろ》とか室蘭《むろらん》の室」

　頭の中にその漢字を描いて、充は「あー、確かに」とうなずいた。岩と石は同類だし、屋と室も建物系の文字だという点が共通している。

「飼い主が早く見つかるといいねー」と石室さんが言ったので「ええ」と応じたが、彼女はまた半笑いで充を見返した。どうやら、今の言葉はマジックに対してのものだったらしい。

「ところで岩屋さん」石室さんは立ち上がって、ちょっと改まった感じになった。「失礼なことを言うけど、ちょっと太り過ぎよね」

一瞬、あんたもまあまあ太ってる方じゃないか、と言いたい衝動にかられたが、自分はそれを大きく上回る肥満であることは間違いないので言葉を飲み込んで、「ええ、おっしゃるとおりです」とうなずいた。「マジックが長い距離の散歩をしたがるので、それにつき合ってるところなんですけど、以前からちょっとは運動しなきゃと思ってたんで、ま、ちょうどいいかな、と」

「なるほどね」石室さんはうなずきながら、品定めをするように充の全身を眺め回す。

「ウォーキングは確かにいい運動だけど、それだけじゃちょっと足りなさそうね」

「へ？」

「ウォーキングは一応、有酸素運動だから、一定以上の時間と距離をこなしたら体脂肪を燃やす効果はあるけど、他のアプローチも加えた方がいいと思うのよ」

この人は何を言っているのかと、充は内心、首をかしげた。もしかして、何かのスポーツの専門家なのだろうか。体格からすると、砲丸投げとかやり投げとか、柔道とか？

「私、先月から、そこの市立体育館で週に二回、イージートレーニング講座っていうのに通ってるのよ。よかったらあなたもやってみない？」

イージートレーニング。聞いたことのない名称だった。イージーは簡単という意味なので、誰でも簡単にできるトレーニング、ということか？

「マシンやバーベルなんかの専門的な器具を使わない筋トレのこと」と石室さんが言った。

「ああ……要するに、あれですか」と充は尋ねた。「腕立て伏せとか、腹筋とか、スクワットとか」

「そうそう」石室さんはうなずく。「でも、一人でやるのは難しい部位もあるのよね。だからそういうのは、パートナーが負荷をかけてあげるの」

「はあ」判るようで判らない。筋トレに興味を持ったことはあるが、実際にやったことはないので知識はゼロに等しい。

「ま、とにかく今日のところは体験入会ということで、ねっ」

石室さんは笑って充の肩をぽんと叩き、「じゃあ、行こっ」とあごをしゃくった。

もう体験入会すると決められていることに困惑したが、親切心で誘ってくれているようなので拒絶するわけにもいかず、充は心の中で、まあ体験入会ぐらいは、と自分に言い聞かせた。

自転車を押して前を歩く石室さんに、「この格好で大丈夫ですかね」と尋ねると、即座に「大丈夫」と返された。充はライトグリーンのポロシャツに黒いハーフパンツという格好である。

「上履き、持ってないんですけど」

「裸足で大丈夫。床はきれいだし、走ったり飛んだりもしないから」

「でも、マジックがいるから、ちょっと無理っぽくないですか。犬を連れて入れないでしょう」

「体育館の前に、屋根つきのベンチがあるから、その支柱につないどけば大丈夫じゃない？　ときどき、そうやって犬をつないでおいて体育館やテニスコートを利用してる人はいるよ。近くには自販機もあって人の目が結構あるし、防犯カメラも作動してるから、マジックちゃんが誰かに連れ去られたりする心配もないと思うよ。トレーニングはウォームアップも入れて三十分程度で終わるから、そんなに待たせることもないって。大丈夫」

石室さんは自転車を押しながら、横顔をちらっと向けてそう言った。

「今、おカネ持ってないんですけど」

「体験入会は無料だから心配いらないよ。実を言うとね、先月から始まったばかりの講座で、まだ人が集まってないのよ。三日前も五人だけだったし。だからインストラクターのオウカさんから、知り合いとか家族を誘って欲しいって頼まれてたの」

「オウカさんって、どんな人ですか」

「元プロサッカー選手で、ひざを怪我して何年か前に引退した人。私、サッカーは全然詳しくないからよく判らないけど、知ってる？」

「いいえ」

「まあ、所属してたチームはＪ２だったそうだし、こっちが地元じゃないそうだから、無理もないわよね。奥さんがこっちの人なんだって。引退後に猛勉強して健康運動指導士っていうの？　そういう資格を取って、ジムでインストラクターをやってたけど、そのジムって、本格的にやってる人たちが幅を利かせてて、初心者や高齢者の人たちが居心地悪そうにしてたり、すぐに辞めちゃったりするのを見て、誰でも簡単にできる筋トレをやろうと思って始めたんだって。最近は、高校の部活とか社会人のスポーツチームにも出向いて指導してるって。イケメンじゃないけど、背が高くて、面白い人よ」

「面白い？」

「まあ、会えば判るから」

石室さんは、ちょっと意味ありげな笑い方をした。

充は先日、駅のホームで初対面の青年が口にした言葉を再び思い出していた。

——いつどんな出会いがあるか判らないし、そこにチャンスがあるってことだよ。

石室さんとの出会いや、これからやってみることになったイージートレーニングなるものも、そのチャンスの一つなのだろうか。

ほどなくして市立体育館に到着。石室さんが提案したとおり、体育館の斜め前に屋根つきの休憩所が三つあって、そのうちの一つには大きなスポーツバッグを横に置いたジャージ姿の男子二人がベンチに座って、ペットボトル飲料を手に談笑していた。

一番奥にあるベンチの支柱にリードをくくりつけて、「ちょっと運動してくるから、待っててくれな」とマジックをなでた。ウンチの入ったポリ袋は、先をくくって、近くにあった植え込みの下、目立たないところに置いた。体育館の中に持って入るわけにはいかないので、しばらくここに置かせてもらうことにする。

インストラクターのオウカさんは、サッカー選手というより、筋肉質なバスケットボール選手、といった印象の、長身で手足の長い男性だった。ツーブロックの髪に、有名スポーツブランドのマークが入ったオレンジ色のシャツに黒のハーフパンツという格好は、いかにもアスリートという印象だったが、表情は終始にこやかで、必要以上にゆっくり話すところが特徴的だった。オウカは漢字で相賀だということを、互いの自己紹介のときに知った。

この日の参加者は充と石室さんを入れて八人。他の六人のうち四人が中年女性、一人がやや高齢の女性、残る一人がやや高齢の男性だった。相賀さんが順に紹介してくれて、やや高齢の二人は夫婦だと知った。相賀さんから「じゃあ、岩屋さんは、石室さんとペアを組んでいただけますか」と言われ、石室さんが即座に「はーい」と応じた。

まずは相賀さんがやるのを真似て数種類のストレッチ運動をし、その後、イージートレーニングが始まった。石室さんがジャージのジャケットを脱いだので何気なく見ると、ややきつめのTシャツの袖から出ている腕がむっちりしていて、胸の盛り上がりも予想以上だったので、あわてて目をそらした。

最初は胸の運動、腕立て伏せ。まずは相賀さんが手本を見せ、肩幅よりもやや広く手幅を取り、顔を前に向けること、できればあごが床に着きそうなところまで下げること、腕立て伏せがきつい人は両ひざをついてやってもいいことなどを説明してくれた。

相賀さんのかけ声で全員で開始。相賀さんの数え方がゆっくりなので、同じ一回でも負荷が強くなるようだった。日頃から運動不足の充は、五回目で早くもきつくなり、七回目で両腕がぶるぶる震えてきた。隣にいる石室さんがくすっと笑ったのが判ったが、それを気にしている余裕はなく、そこから先はひざを下ろして続けた。相賀さんが「無理しなくてもいいですよ。でも、ちょっと休んだらすぐに筋力は回復します。少し休んで一回、少し休んで一回という方法でもいいからもう少し頑張りましょう。トータルで二十回できたら本当に休んでいいですよ」と言った。

試しに数秒間、四つん這い姿勢で休んでから再びやってみたら、確かに三回できた。ひざをついてやるよりこっちの方が強度が高いはずだと思い、そのやり方に切り替えて合計二十回をこなした。

息が上がっていた。あぐらをかいて、はあはあと荒い呼吸をしていると、石室さんが「普段、いかに身体を動かしてなかったかが判るでしょう」と言ってきたので、「ええ、ほんとですね」とうなずいた。「中学は吹奏楽部、高校は帰宅部だったんで、思えばこんなふうに筋肉を使ったのって、何十年ぶりのことか」

「あら、吹奏楽部では何の楽器をやってたの？」

「トロンボーンです。その頃はやせてて、細長い奴が細長い楽器をやってるって、よくからかわれました」

「へえ。私は小学校のブラスバンド部でトランペット吹いてたのよ」

「本当ですか」

「今はもう、全然できないけどね」

目の前で体育座りをして話す石室さんはうっすらと額に汗をかいていて、はあはあと息をしていた。

「ところで石室さんは、さっき、もしかして連続二十回できたんですか」

「今日は十回まで頑張って、その後はひざをついて。最初は六回しかできなかったけど、やるたびに一回ずつ増やすことを目標にしてるの」

「なるほど」

「週に二回ぐらいの頻度でちょうどいいみたい。相賀さんは、慣れてきたらあと一回、自宅でやれば完璧だって言ってたけど」

「へえ、毎日やらなくてもいいわけか……」

「トレーニングの適正な頻度は、強度によって変わってくるんだって。ここでやるトレーニングは、だいたい四十八時間ぐらいで筋肉が回復する程度の強度を想定してるって」

「ああ、そうなんだ」

相賀さんがやって来て、「岩屋さん、どうでしたか。胸の筋肉と対話ができましたか」と聞いてきた。あいかわらず、ゆっくりした口調だ。普段もこうなんだろうかと疑いたくなるぐらい丁寧なしゃべり方である。

「いやあ、まだ回数をこなすだけで精一杯で、とても使っている筋肉を意識するところまでは。高校の体育のとき以来、こんなことしてこなかったもので。明日はきっと、筋肉痛になるでしょうね」

「筋肉痛。それは筋肉の元気な泣き声です」

「は?」

「赤ちゃんが元気に泣けば泣くほどすくすく育つのと同じで、筋肉痛を体験すればしただけ、筋肉はすくすくと成長します。存分に泣かせてあげてください」

「はあ」

「あと、長年運動らしいことをしてこなかった人というのは、筋肉の反応も早いんですよ。筋肉は生き物です。だから、一定の刺激に慣れてしまうと、筋肉たちはああこんなものかと思って、発達しにくくなるので、負荷を変えたり、種目を変えたりして、びっくりさせる必要があるんです。岩屋さんの筋肉はどんな刺激に対してもびっくりしてくれる状態だから、これからが楽しみですよ。三か月もすれば岩屋さんはきっと、別人のような体型に生まれ変わっていきます」

続いて、シーテッドロウと称する背中の運動になった。ひざを少し曲げてゆるめの体育座り姿勢になり、スポーツタオルの両端を握る。目の前にしゃがんだパートナーも同じようにタオルを持って、タオル同士をクロスさせる。トレーニングをする側は、ボートを漕ぐような動きでタオルをみぞおちの方に引き、パートナーは簡単にはそうさせまいと引っ張り返して負荷をかける。注意点は、動作中は背中を丸めず胸を張ること、上半身は前後にあまり動かさず床に対して垂直になるようキープすること、引き切ったときに背中の筋肉を背骨の方にぎゅっと集める感覚を意識すること、腰を傷めないために両ひざは少し曲げておくこと。充はタオルを持っていなかったが、石室さんがスポーツタオルを二本持参していたので、うち一本を貸してもらった。

先に充からやらせてもらった。これは腕立て伏せと違って、パートナーの力加減で負荷を調節できるところに特徴があった。石室さんは最初の数回で、ちょっと負荷が弱いと気づいたようで、途中から強度を上げてきた。十五回目ぐらいで疲れて引く力が弱まってくると、石室さんもそれに合わせて負荷を少し下げてくれた。

石室さんと交替。「最初は強めに引っ張ってね」とリクエストされたので、そうしたつもりだったが、途中で「動作の最後まで緩めないで」と言われ、「あ、はいはい」とうなずいた。タオルを引き切った動作終わりのたびに力を緩めてしまっていたようだった。

続いて肩の運動は、互いに向き合って立ち、運動する側は両手をだらんと下げた状態から、左右に広げながら上げてゆき、パートナーは相手の両手首を押さえて負荷をかけるやり方だった。これもパートナーの手加減次第できつくもなるし楽にもなる。石室さんは、充の力の入れ方を感じ取りながらちょうどいい程度の負荷をかけてくれた。終盤には肩がだるくなってくるが、相賀さんから「腕は下げ切らないでください。わきが三十度ぐらい開いているところで止めて、そこからまた腕を上げるようにすると、より効果的です。どうせやるなら効果的にやらないともったいないのでね」と言われ、ますますしんどい状況に追い込まれた。

石室さんの顔が目の前にあると何となく照れくさくて、充は半ば無意識に下を向いた。

だが、肩がだるくなってくるとさすがにそういうことは二の次になった。

石室さんからは「はい、まだ行けるよ」「あと一回」「ついでにもう一回」と声をかけられて、さらに追い込まれ、ようやく終わって負荷が消えたときには、勝手に両手がふわっと持ち上がりそうな感覚を味わった。

腕の力こぶの裏側の筋肉は、上腕三頭筋という名称だという。タオルの両端を握り、万歳の姿勢から両ひじを後ろに曲げたところから開始。後ろに立つパートナーがタオルの中央部を片手で持って負荷をかけ、両腕をまっすぐに、手幅の狭い万歳の姿勢にもってゆく。

腕の力こぶは上腕二頭筋。運動する側は両手でタオルの両端を握り、腕を下に伸ばした状態から、ひじを支点にして曲げてゆく。パートナーはタオルの真ん中をつかんで負荷をかける。

上半身が終わって、下半身の運動に移った。まずはスクワット。相賀さんが指導したスクワットは、ひざがまっすぐになるまで立ち上がるのではなく、股関節もひざ関節もほんの少し曲がったところで止めて再びしゃがむというやり方だった。ノーロックアウトスクワットと呼ばれる方法で、動作中ずっと負荷がかかり続けるので強度が高いのだという。相賀さんによると「スクワットを百回以上できますって自慢してる人でも、この方法だとせいぜい三十回しかできないんですよ」という。充は十八回で限界に達してしまい、「ひえーっ」と漏らしながらその場に尻餅をついた。隣でさらに回数をこなしている石室さんから「岩屋さん、やっぱり運動不足だよ。この講座に正式入会した方がいいよ。私みたいなおばさんに負けてちゃ格好悪いでしょ」と、ちょっとドヤ顔で言われた。

スクワットは息の上がり方が他の種目よりも激しく、充はしばらくの間、座り込んで、はあはあと荒い呼吸を続けた。相賀さんが「岩屋さん、どうですか。身体を目一杯動かすと、自分は生きてるぞーって実感しませんか」と笑顔で言うので、「生きてるというより、死にそうです」と答えると、「死にそうは大げさすぎです」と笑顔のまま諭すように返された。

続いて、大腿部《だいたいぶ》の裏側。ひざ関節を曲げるときに使われる筋肉だという。トレーニングの世界では、ハムストリングスと呼ばれる部位で、うつ伏せになった状態から両ひざを曲げてゆくときに、パートナーが足首に巻いたタオルを引っ張って負荷をかける。相賀さんが「一、で両ひざを曲げて、二、三、四と数えながらゆっくりと伸ばします。そうすると断然効きますよー」と声をかける。

さらに、カーフと呼ばれる、ふくらはぎの運動。バランスを崩さないよう、パートナーの肩を借りて片手を置かせてもらい、片足で立ってつま先立ちになる動作を繰り返す。

たちまちふくらはぎがパンパンになってくる感覚がやってきて、途中から上下する幅がかなり小さくなってしまった。石室さんから「限界になっても、二、三秒休んだらすぐにまた何回かできるようになるから」と言われて、最後は休み休み継続した。

最後は腹筋。いわゆる起き上がり腹筋ではなく、仰向けになって両ひざを曲げた状態で、上半身を丸めるようにして両肩が少し浮くぐらいのところまで上げる。この運動も、負荷が途切れないように、頭を下ろしたときに腹筋を緩めてしまわないことが大切だと指導された。

ひととおりのトレーニングが終了し、相賀さんから「いかがでした、岩屋さん。楽しかったでしょう」と自信満々の笑顔で言われ、「ええ、まあ……」とうなずいた。

「火曜日と金曜日の週二回なんですが、いかがですか。是非私たちの仲間になっていただいて、三か月後には別人のような身体を手に入れようじゃありませんか」

「三か月でそんなに変われるものなんですか」

「変われます」相賀さんが一瞬だけ真顔になってうなずいた。「並行して食事も改善すべきですが、それをやりさえすれば、アスリート並みの身体が岩屋さんのものになりますよ」

石室さんが「食事のチェック、よかったら私がしてあげるよ。相賀さんからある程度のことは教わってるから」と言った。

こういうことは一人でやろうと思っても上手くいかず、ほぼ確実に挫折するだろう。しかし、ここに来れば、相賀さんが親切に指導してくれるし、石室さんが補助をしてくれるし、他の仲間たちもいるから、続けられるかもしれない。

思えばこれまでの自分はあまりにも怠惰《たいだ》だった。これはきっと、駅のホームであの男性から言われた、チャンスとやらなのだ。

いつどんな出会いがあるか判らないし、そこにチャンスがある。無駄な時間だったと思うか、何か価値を見つけるか、それは自分次第。

充が、相賀さんや他の参加者らを順に見ながら「三か月後に変われることを信じて、頑張りたいと思います。よろしくお願いします」と頭を下げると、みんなが笑ってうなずきながら拍手をしてくれた。

帰り際、石室さんからLINEのID交換を求められた。「えっ」と戸惑っていると、石室さんは淡々とした口調で「食前に毎回、これから食べるものの写真を撮って送ってもらうから。揚げ物は原則禁止。タンパク質食品と野菜を多めに、炭水化物と脂肪分は控えめに。炭水化物は、朝昼は摂ってもいいけど、夜は極力少なく。それをちゃんと実践できてるかどうかチェックさせてもらうから」と言った。

「あ……でも、何でそこまで」お節介を、と言いかけて「その、親切に」と続けた。

「岩屋さんをチェックすることで、私自身が誘惑に負けて揚げ物とか甘い物とかを食べないようにできるから、持ちつ持たれつなのよ。他人にダメ出しするからには、自分がちゃんとしてなきゃダメでしょ。それに、あなたをこの講座に引き入れた立場上、簡単に辞められたりしたら、私のメンツにもかかわるから」

石室さんはにかっと笑って、充の肩をぽんと叩いた。ちょっと痛いぐらいの力の入り方だった。


翌朝、目覚めた充は起き上がるときに「う、う、う……」と顔をしかめた。

全身がまんべんなく筋肉痛に見舞われていた。トレーニング中にも、これは筋肉痛になるな、という覚悟はできていたが、想像していたよりも五割増しぐらいの鈍痛《どんつう》だった。トイレで腰かけたり立ち上がったりするときには壁に手をついてうめき、顔を洗うときにも肩と腕がだるくて、地球の引力というものを生まれて初めて意識した。

スマホにさっそく、石室さんからLINEが来ていた。〔おはよ。朝食の写真、送って。〕とあったので、未開封のレトルトカレーとチンするご飯パックをテーブルに置いて撮影したものを送ると、すぐに〔朝からカレーですか。まあいいけど、タンパク質を追加したいところ。ゆで卵を一個追加した方がいいね。食前にゆで卵を一個食べると、満腹中枢《ちゅうすう》が早く働いて食事の量を減らせるよ。コーヒーや紅茶を飲むときは砂糖なしでね。〕と返ってきた。〔了解でーす。〕と送ると、今度は〔レトルトカレーを買うときは箱の表示を見て、タンパク質多めで脂肪分少なめのものを選ぶこと。」と来た。返事をする代わりに「あのー、筋肉痛がひどいんですけど。」と送ると、「筋肉痛。それは筋肉の産声《うぶごえ》です。効いてる証拠だから喜ばなきゃ。」と、昨夜聞いた言葉が返ってきた。さらに「痛みがひどいのは最初だけ。次回からは心地よい筋肉痛になるはずだから大丈夫。」と続いた。充は「心地よい筋肉痛って何だよ」とぼやいた。

最初にゆで卵を一個食べれば食欲を抑えられる、というのはテレビの健康番組でも聞いた覚えがあったので、やってみることにした。といっても、自炊経験のない充は、ゆで卵の作り方すらちゃんとは知らない。片手鍋で湯が沸騰《ふっとう》するのを待つ間に、スマホで情報を得る。卵をむきやすくするために、事前にスプーンの尻などでコツンと叩いて目に見えないぐらいのひびを入れておくといい、とあったのでやってみる。確かに数回叩くうちに、ピキッと小さな音がして、かすかにひびが入った手応えがあった。湯が沸騰したところで卵かけご飯用に買ってあった卵を五個、スプーンに載せて運ぶ要領でそっと入れてゆき、それが再び沸騰したら弱火にして約三分ゆでる。後は火を消してふたをしておけば、余熱で出来上がる。

余熱の時間について、ネットの情報がまちまちだったのは、要するに鍋の大きさや熱湯の量によって時間差が出るということらしい。充は五分後に一個を取り出して水で表面を冷やし、殻をむいてみた。確かにつるっと気持ちよくむけたので「おお、すばらしい」と声に出した。何だ、ゆで卵って、こんな簡単に作れるのか。

塩を振って食べてみたところ、まだ黄身が完全には固まっていなかったが、それがかえって美味しさを倍増させていた。口の中で黄身がとろけ、ただのゆで卵が高級料理のように思えた。

最初にゆで卵を食べると食欲が抑えられるというのは本当のようで、レトルトカレーの最後の一口を食べるときには、ちょっとため息が漏れた。

あまり腹が減らなかったので昼食は遅めで、ゆで卵を一個食べてから肉まん一個だけにした。写真を送ると、しばらくして石室さんから〔野菜不足。温野菜とかサラダとか、野菜ジュースとか追加した方がいいよ。〕と返ってきた。〔後で野菜ジュース買って飲みまーす。〕と返すと、〔その写真もちゃんと送るように。〕と念押しされた。野菜ジュースは苦手なので、コンビニで紙パック入りのフルーツと野菜のミックスジュースを買って写真を送ると、〔まあいいでしょ。〕とOKが出た。

夕食はスーパーの、焼きサバや肉団子などいろいろ入った弁当にした。写真を送ると石室さんが〔夕食は基本的に糖質禁止にしないと。今日は大目に見るけど、明日からの夕食はご飯、めん類、パンなしでね。〕と言ってきた。〔えーっ。夕食後にマジックと長距離の散歩をするから、カロリー使うんですけど。〕と返信すると、〔朝と昼に摂った炭水化物はグリコーゲンとなって肝臓や筋肉にちゃんと蓄えられてるからそれだけで充分。

鶏肉、豆腐、野菜の水炊きなんかだったら苦痛じゃないでしょ。本気で変わる気があるんだったら、やるべきことをやる！」と鬼の顔マークつきで返ってきた。

ちょっとムッとなったものの、石室さんから言われると、本来、いるはずもない姉から叱られているような気分になり、妙に受け入れてしまう自分がいた。充は「はいはい、やりゃあいいんでしょ、やりゃあ」とスマホの画面に向かって口をとがらせた。

マジックの飼い主はその後も見つからなかった。お陰で充は、マジックとの散歩によって毎夜八キロ近いウォーキングを続けることになった。それに加えて週に二回、イージートレーニング講座に通った。初回の翌日は全身がひどい筋肉痛に見舞われ、治まるまで三日ほどかかったが、石室さんから言われたとおり、二回目以降はそれほどではなくなり、むしろ心地いい程度の筋肉痛に落ち着いた。

食事内容も、石室さんから何度もＬＩＮＥを通じて尻を叩かれたこともあって、大幅に変わった。朝食と昼食の前にゆで卵を一個食べるようにし、夕食は鶏もも肉、豆腐、野菜の水炊きがメインになった。鶏肉は脂肪分の少ない胸肉やササミが理想だが、ぱさついた食感がどうも好きになれないのでもも肉にした。ネットで調べたところによると、炭水化物をカットするのなら脂肪分をある程度摂っても大丈夫だという。

ポン酢で食べる水炊きは美味しいと思えたのであまりストレスは感じなかったが、それでも毎日だとさすがに飽きてくる。そんなときは、コンソメ、白だし、みそ、カレーなど、味つけを変えるようにした。

加工食品を買うときはタンパク質や脂肪分の含有量をチェックするようにし、生鮮野菜だけでなく、冷凍のブロッコリーやインゲンなども常備しておくようにした。充はサラダも温野菜もあまり好きではなかったのだが、カリカリに焼いたベーコンやあらびきソーセージと一緒だと、ブロッコリーやインゲンも意外と抵抗なく食べられることを発見した。

揚げ物は極力摂らず、調理法は基本的にゆでる、焼く。そして常に腹七分目を心がける。ゆで卵を一個先に食べるという習慣を続けるうち、案外それがきついことではなくなってきた。そのため、朝はレトルトカレーから、ゆで卵一個とバナナ二本に変えた。バナナには筋肉の働きを助け余分な水分を排泄してむくみを取るカリウムが豊富に含まれており、オリゴ糖と食物繊維が腸内環境を整える役目も果たしてくれる。

昼食は、相賀さんから勧められて、ゆで卵一個の後、ご飯、みそ汁、冷凍食品の塩ジャケか塩サバをチンし、あとは納豆という昔ながらの和食メニューが基本になった。みそ汁は前夜の水炊きの残りを使えば野菜もまあまあ摂れるし、作る手間も省ける。

しかし、ゆで卵の力をもってしても、昼間に小腹が空くことがある。そんなときはスナック菓子や甘い菓子ではなく、ナッツ類や堅いスルメでしのぐようにした。これは石室さんから「私も今やってるけど効果があるよ」と言われたやり方である。最初のうちは、こんなもので空腹は満たされないだろうと思っていたが、少し食べてしばらく経つと、不思議と空腹感が解消されて、我慢できる程度にはなる。これまでいかに、満腹中枢を無視して食べ急いでいたかがよく判った。

そうこうするうちにマジックと出会ってから一か月が経ち、十月上旬になった。気がつくと気温もぐっと下がり、夜の散歩はTシャツやポロシャツにハーフパンツでは肌寒く、ジャージやパーカーをはおるようになった。

筋力はアップする一方で体重が確実に減少してきたお陰で、イージートレーニング講座での腕立て伏せは普通に二十回がこなせるようになった。初めて自力で達成したときには石室さんが他の参加者たちにそのことを知らせ、みんなから「すごい、すごい」「頑張ってるねー」などと拍手をもらった。相賀さんからは「ね、最初に言ったとおり、やればできるでしょ」と笑顔で握手を求められ、次回からはパートナー役の石室さんが手のひらで背中を押して負荷を増す方法で腕立て伏せをすることになった。ひざをロックさせないでテンションをキープするノーロックアウトスクワットも三十回できるようになり、これも頭の後ろに両手を持っていってタオルの端を握り、後ろから石室さんにタオルの真ん中を引っ張ってもらって負荷をさらにかけた。他の種目も同様の伸びを見せ、充はそれが妙にうれしくてやる気がますます出て、何でももっと早くこういうことを始めなかったのかと過去の自分を叱りたい気分だった。

相賀さんからは「岩屋さんなら週二回だけだともの足りないんじゃないですか。火、金の他に、日曜日も自宅でやることをお勧めします」と言われた。それに対して充が「でも一人だとできない種目も多いんじゃないですか?」と問い返したところ、スポーツ用品店で売っているゴムチューブを使えばパートナーによる補助の代わりができると教えてもらった。実際に購入して使ってみると、確かに一人でもだいたいのトレーニングをこなすことができた。ゴムチューブの輪っかを背中に回して両手でつかんだ状態で腕立て伏せをすれば普通の腕立て伏せよりも負荷が増すし、座って足の裏にチューブを引っかければ、ボート漕ぎの動作による背中の運動もできる。ただし、パートナーから「あと二回頑張ろう」「もうちょっとゆっくり」などと声がかかったり励まされたりすることはないので、週に一回ならいいが、これが毎回となると続かないだろうなとも思った。やはり、一緒にやる仲間がいるからこそのイージートレーニングである。

自宅には体重計がなかったので、市立体育館の更衣室にある体重計で週に二回チェックするだけだったが、数字をいちいち確かめなくても体重が順調に減っていることはチノパンやジーンズのウエストがぶかぶかになってベルトの穴の位置が変わったことで実感できた。体脂肪という重りを外した分、階段の上り下りや荷物運びなど、身体を動かすことがおっくうでなくなり、鏡に映る自分の顔も、ほおがすっきりしてきた。

その間に、理髪店にも変化が起きていた。日中は店の前のエアコン室外機にマジックをつないでいることもあって、登下校する小学生や中学生たちがしばしば立ち寄ってマジックをなでてゆくことが日常の光景となり、しかもマジックは人間の言葉を理解できるらしいという噂まで広まって、しゃがみ込んでさかんに話しかける子が増えてきた。そしてマジックが小首をかしげたり、あくびをすると、それを都合よく解釈して「何で僕にそんなこと聞くんだって言いたいんじゃない?」「つまんないこと言ってんじゃねえよってことだよ」などと言い合ってはしゃいでいる。そしてごくたまにマジックが口の端をにゅっとさせると、「あーっ、笑ったー」と歓声が上がる。何を言えば口の端がにゅっとなるのかは今も謎だったが、ごくたまにしか見せない表情だからこそ子どもたちを喜ばせる効果も倍増するのだろう。

そんなマジック効果によって、それまで「カットハウスいわや」を利用したことがなかった男の子たちが、カットをしに来てくれるようになった。中には、マジックを気に入った小学校高学年の女児が、「このコのカットをお願いします」と低学年の弟の手を引いてやって来て、待ってる間ずっとマジックをなでたり話しかけたりするようなこともあった。カット中に外から「笑ったーっ」と聞こえてきたので目を向けると、店内からマジックの顔は見えなかったが、ガラス越しに女の子がマジック並みに口の端をにゅっとさせていた。

その他、初めてやって来た中年男性客と話をしていて、「実は息子からここのワンちゃんの話をよく聞くもので」と言われたこともあった。さらには二人、イージートレーニング講座に参加している女性から聞いたとのことで、そのご主人たちも来てくれた。お陰で店は結構にぎやかになり、忙しくなってきた。

石室さんにも、トレーニングと食生活改善の効果が現れてきていた。あまり身体をじろじろ見ないようにはしていたが、ウエストがしまってきたようで、あごにあったたるみもいつの間にか目立たなくなっていた。

イージートレーニングからの帰り道は、途中で別れるまで石室さんも一緒に歩くようになった。マジックのリードを持ちたい、と石室さんが言い出したので、その間は充が代わりに石室さんの自転車を押した。歩きながら互いのことを少しずつ話すようにもなり、石室さんがシングルマザーで娘さんと二人で暮らしていること、元夫は子育てに非協力的で休日はゴルフ三昧《ざんまい》だったこと、今は親戚が経営している食品加工会社で朝から夕方まで働く他、英語の教員免許を持っていることを活かして塾のテスト採点を自宅でやっていること、学生時代は陸上ホッケーをやっていたこと、あんこが好きなので週末だけは自分へのご褒美としてあんパンやぜんざいを食べていること、音楽はスピッツが好きだがおカネも時間もないのでライブには行けてないこと、イージートレーニングと食生活改善を始めたのは娘さんから「お母さんはぽっちゃりを通り越してぽってりになってる。格好悪いよ」と言われて頭にきて結構な口ゲンカになり、見返してやろうと思ったことがきっかけだったこと、充よりも三歳年上であることなどを知った。

充は最初のうち、石室さんに敬語を使っていたが、気づくとタメ口になっていた。

充の方も自分のことをいろいろと石室さんに話すようになったが、婚活パーティーで挫折したことだけはさすがに言えずにいた。そのため、ずっと独身でいることについての話になり、石室さんから「結婚相談所とかに入ったら、いい人が見つかるかもよ」と言われたときは「どうかなあ」と苦笑いでごまかしてから、「まあ、でもまずは体脂肪を落として、筋肉をつけて、自分にもっと自信を持ってからね」と言っておいた。すると石室さんも「まあ、そうだねー」とうなずいていた。

マジックとの出会いから二か月近くが経ち、十一月に入った。充は体重が十二キロ減って、体型も顔つきも自分で判るぐらいに変わってきた。単に体脂肪が落ちただけでなく、筋肉も確実についてきて、胸の筋肉の盛り上がりも鏡で確認できるようになり、腕を曲げると上腕二頭筋が思っていたよりも大きかったので「おっ」と鏡越しに目を見張り、「俺、頑張ってるなあ。こんなに頑張ってるの、人生で初めてだな」と一人でにやついた。

身軽になると、身体を動かすことが苦痛でなくなるのを通り越して、身体を動かすことが気持ちいいと実感するようになった。以前は理髪店内の掃除をするだけでも何度もため息をつき、だらだらとやっていたのが、今ではきびきびした動きでこなせるようになり、時間も大幅に短縮できた。これまで空き部屋にため込んだまま放置してあった古新聞や古雑誌の山も、休みの日に一気に紙ひもでくくって、次の資源物回収の日に出し、チューブトレーニングをする専用スペースを確保することができた。雨の日も、カッパを着て、マジックにもホームセンターで買った犬用レインコートを着せて、長距離の散歩に出かけることをおっくうに感じなくなった。以前なら一人で近所のコンビニに行くだけでも、雨が降っていたら面倒臭くて中止していたぐらいだから、かなりの変わりようである。

充の変化には、加部島のじいさんも気づいたようで、「大将、胃潰瘍にでもなって食べられなくなったのかい？　でもそれにしては元気そうだよなあ」と言われた。鶴牧さんからも「何かスポーツでも始めたの？　身体も引き締まってきて、顔つきもきりっとして、ちょっといい男になったじゃないの」と妙に艶《つや》っぽい目で見られた。ざっと事情を話すと、鶴牧さんは感心した様子で「じゃあ、マジックの面倒を見てあげてたっていうより、実はマジックのお陰で変われたってわけね」とうなずいた。その話を聞いた加部島のじいさんからは、「もう飼い主探しはやめて、このまま大将んちの犬にしちまえばいい」と言われ、充は「どうしますかねぇ」とあいまいに肩をすくめたが、内心では、それもありだなとうなずいていた。

近所の顔役でもある鶴牧さんがあちこちで充のダイエットが上手くいっていることを触れ回ったようで、これまで店を利用したことがなかった近隣の中高年男性たちが客としてやって来て、「鶴牧さんから聞いたんだけど――」と言われ、カットしながらどんな運動をしてどんな食生活に変えたのか、レクチャーする機会も増えてきた。中には、「今度そのイージートレーニング講座の見学に行こうかな」と言う人もいたので、「みんなきっと歓迎しますよ。私が見学に行ったときもそうでしたから」と鏡越しに笑ってうなずいて返した。

十一月中旬のある夕方、下校中の見慣れた顔の女児三人が例によってマジックをなでたり話しかけたりしている様子を店内からガラス越しに何となく眺めていると、女子高生らしき制服姿の女の子が自転車を押しながら、窺うような感じで近づいて来た。床に落ちている前の客の髪をほうきではいていた充とガラス越しに目が合い、女子高生はにこっと笑って会釈をしたので、充も笑ってうなずき返した。ショートカットで細身、きりっとした顔つきのボーイッシュな印象のコだった。

女子高生はマジックに興味を覚えて近づいて来たようだった。女児たちに「かわいいワンちゃんね。人なつっこそう」と話しかけ、「マジックっていうんだよ」「あのね、このコ、人間の言葉が判るんだよ」などと教えてもらって、「えーっ、ほんとに?」などと笑顔で返していた。

次のお客さんのカットをしている間に、女児たちはいなくなったが、女子高生だけはまだ残っていて、しゃがんでマジックをなでながら何やら話しかけていた。

お客さんがいなくなったところでドアを開けて出てみると、まだマジックをなでていた女子高生が「あ、すみません。長居しちゃって」と立ち上がった。

「いや、全然構わないよ。犬が好きなんだね」

「はい。ずっと飼いたいと思ってるんですけど、アパートだからダメなんです」

「あー、そう。だったら、気が向いたらいつでもここに寄って、このコの相手をしてくれたらいいよ」

「ありがとうございます」女子高生はうれしそうにぺこりと頭を下げてから、ちょっと意味ありげな顔になって「あのー、実はちょっと厚かましいお願いが」と言った。

「何?」

「ちょっとだけでいいんで、このコの散歩をさせてもらえたら、うれしいなーって」

ああ、そういうことか。ほんの一瞬、カネを貸して欲しい、みたいな頼みごとかと思ったが、そうではなかったので、ふうと息を吐いた。

「別にいいよ、その辺をちょっと散歩するだけなら。あっちの」と充は南方向を指さした。「交差点を渡った先にある水路沿いがいいよ。道の端は雑草が生えてるから、犬がおしっこをしても大丈夫だし。この時間だったらウンチはしないと思うけど、一応たたんだトイレットペーパーとポリ袋を渡しておくね。ちょっと待ってて」

その後、ウンチ処理用品を受け取って散歩に出かけた女子高生は、十分ちょっとで戻って来て、「あー、楽しかった」と満面の笑みを見せた。帰り際には「また来るから遊んでねっ」とマジックを抱きしめてから、充に「また来てもいいですよね？」と念押しし、「ああ、遠慮しないで」とうなずくと、「わーい」とまた笑い、マジックと充に順番に手を振ってから自転車に乗って帰って行った。

こんなアラフォーおっさんに女子高生の知り合いができるとは……。

充が「マジックさん、あんたはつくづくすごいねー」と声をかけたが、マジックは知らん顔で小皿の水を飲んでいた。

女子高生はその後、三日か四日に一回ぐらいのペースで夕方にやって来て、マジックと短時間の散歩をするようになった。帰るときにはいつも、店内の充と互いに手を振り返した。姪っ子ができたような感覚である。

十二月上旬に入り、充の体重は当初よりも二十キロ減って、誰にも太ってるとは言わせない体型を手に入れていた。お陰でこれまで着ていた服がだぶだぶになり、衣装ケースにしまい込んであった昔の服を引っ張り出してみたが、全身に筋肉がついたせいでこちらは窮屈すぎて、結局は新しい服を買いそろえなければならなくなった。

イージートレーニング講座の参加者は十二人に増えていて、充はその中でも［目に見えて成果を上げたお手本］としてみんなに認知され、相賀さんからは「みなさん、やればできることを証明してくれた人がここにいます。岩屋さんに負けないで頑張りましょう」などと持ち上げられ、他の参加者たちからも食事のことやウォーキングの効果についてなど、助言を求められるようになった。

イージートレーニングでいつもパートナーになってもらっている石室さんも、ぽっちゃり感はいい感じで残しつつ、あごのたるみがきれいに消えて、ウエストもさらにしまり、以前とは別人のような見た目になっていた。充の方から聞くわけにはいかなかったが、石室さんと他の女性参加者との雑談が漏れ聞こえてきて、石室さんは最初の頃から体重が十キロちょっと落ちたらしいことが判った。

そんなある日のことだった。

イージートレーニング講座を終えて石室さんと世間話をしながらしばらく歩き、いつもの三叉路で別れて自転車に乗って帰ってゆく石室さんを見送って、さて自宅に向かおうとしたところ、なぜかリードが強く引っ張り返されて「ん？」と振り返った。

マジックが四本の脚を広げて、動くまいとしていた。外灯の淡い明かりを受けて光るマジックの目に、初めて獣の気配を感じて、充は一瞬たじろいだ。

「どうした？　いつもこっちに帰ってるだろう」

もう一度リードを引っ張ってみたが、やはりマジックは動こうとしなかった。充は近づいて首周りをなでながら「急に何だよ。何か気に入らないことでもあるのか？」と尋ねてみると、マジックは頭を充のひざにこすりつけて小さく「くうん」と鳴いた。

どうやら機嫌が悪いとか、怒っているとか、そういうことではないようだ。

だったら何だ？

しばらく頭が混乱していたが、見つめ合ううちに、なぜかマジックの言いたいことが理解できたような気がした。奇妙な感覚だった。目の前にいるのは本当にあのマジックなのだろうか。

「マジック、お前は俺が怠惰な日々を送っていて、ぶよぶよに太って、恋人もいなくて、店も繁盛《はんじょう》していないのを見かねて、力を貸そうと現れたのか？　だよな」

するとマジックは、口の両端をにかっと広げた。そうそう、そのとおり、と言われたような気がした。

「俺が変わることができたから、もういなくなってもいいってことなのか？　そんなことないぞ。もっともっと、ずっと俺のそばにいてくれよ。お前がいなくなったら長距離の散歩ができなくなるじゃないか。そしたらまた太るぞ。お前がいなくなったら、子どもたちもがっかりするし、せっかく増えてきたお客さんたちも、また来なくなっちゃうじゃないか」

するとマジックは、じっと充を見上げてから、珍しく低くうなった。

見つめ合ううちに、また言いたいことが判った気がした。

「世の中にはたくさん、飼い主を待ってる犬たちがいる。そう言いたいのか？　夜の散歩も、お客さんたちを招く看板犬も、新しい別の犬を迎え入れろってことか？」

言葉を発することなどできない相手なのに、確かにそう言われている感覚があった。何なのだろうか、この不思議な意思疎通は。

いや、不思議でも何でもないことなのだ。マジックには特別な能力が備わっていることぐらい、とっくに判っていたではないか。運動不足でぶよぶよに太って、仕事にも行き詰まって、女性とも縁がなかった男をここまで変えた、魔法使いなのだ。

するとマジックは、その場にお座りをした。まるで、今までお世話になりました、とでも言いたげだった。

「いやいや、急にさよならなんて、そりゃないだろう。俺は父親も母親も死んで、一人ぼっちなんだ。お前がいなくなったら、またダメな岩屋充に戻ってしまう。ダメだぞ、絶対に連れて帰るからな」

だが、その言葉の後、充は「うそだろ……」とつぶやいていた。

いつの間にか、リードのフックがマジックの首輪から外れていた。

「俺がやったのか……」

いや、そんなはずはないと充は頭を横に振った。そんなことをなぜしなければならないのか。

「何でこんなことを……お前、俺に何をしたんだ……」

すると、マジックはもう一度、口の両端をにかっと持ち上げた。

もう一度、フックを首輪のリングにつながないと。なのに手が動かない。

マジックはこれからどうするつもりなのか？　行く当てはあるのか？

充は「行くなっ」と叫ぼうとしたのに、口から出たのは別の言葉だった。

「世の中にはたくさん、お前を必要としている人たちがいるんだろうな……俺はいつかまた、お前に会えるのか？」

マジックはお座りをしたまま、目を細めて見返してきた。それは判らんよ、あるいは、自分なんかのことよりも新しく迎え入れる犬のことを考えてやってくれ、と言いたいのだろうか。

充は両ひざをついて、マジックを抱きしめた。マジックの体温と、拍動が両腕を通して伝わってきた。充は今ごろになって、自分はこんなにいい友達と巡り会えたのだなと思い知った。

今だ、とリードのフックを首輪のリングにかけようとしたが、意志とは逆に、リードが手から離れて落ちた。マジックを抱きしめることは自分の意志でできるのに、リードを拾うことができない。催眠術にかかっているかのようだった。

充は抱きしめていた両腕をほどいた。

また「行くなっ」と叫ぼうとしたのに、違う言葉を発していた。

「マジック、本当に世話になった。お前の望みどおり、すぐに新しい犬を探すよ。そうじゃないと、登下校中の子どもたちや、あの女子高生も、かなりがっかりするだろうからな。お前の本当の飼い主が見つかったって、みんなには言っとく。そういうウソだったら、神様も許してくれると思う」

言い終えてからなぜか、やっぱりこれでよかったのだという気持ちが膨らんできた。マジックには他にやりたいこと、やるべきことがある。邪魔をしてはならない。

もともと、近いうちに別れのときがやってくることは覚悟していたではないか。飼い主が現れるときがそのときだと勝手に思い込んでいたが、そうではなかったというだけのこと。

充が立ち上がると、マジックは数秒間充を見上げていたが、急に小走りで市立体育館の方に戻り始めた。「車に気をつけろよ」と声をかけたが、マジックはあえて聞こえていないかのように、充のことを振り切るような感じで、立ち止まることも振り返ることもなく、どんどん遠ざかって行った。

充はほとんど見えなくなったマジックの後ろ姿に向かって「お前には大事な役目があるんだよな、きっと」とつぶやいた。

夜空は曇っていて、雲の隙間からほんのわずかに星たちが覗いていた。

翌朝、さっそく店の前を通った小中学生たちが次々と店のドアを開けて、「おじさん、マジックは？」「すみません、マジックはどこですか？」「マジックがいないよ」などと言ってきた。そのたびに充は、「昨日、飼い主が見つかったんだ。だからマジックは自分ちに帰ったよ」と残念そうに話し、「飼い主はどこの人？」「どこに行けば会えるの？」といったさらなる質問にも、昨夜のうちに考えておいた、もっともらしい作り話を伝えた。

マジックの飼い主は隣の市の一軒家に住む家族で、セールスの人が玄関ドアを勝手に開けたときに家の中で飼われていたマジックが脱走してしまった。その後、あちこち探し回るうちにマジックらしき犬がいるとの噂を聞きつけたそこのご夫人が、小学生の娘二人と共に昨夜車でやって来た。スマホに入っているマジックの数々の写真を見せてもらって間違いなく飼い主であることを確認、マジックも尻尾をものすごい勢いで振って再会を喜んでいたので、安心して引き渡すことにした。お母さんからは菓子折を差し出されて丁寧にお礼を言われ、娘さんたちは泣いて喜んでいた。別れ際、娘さんのうち低学年ぐらいの妹さんから、新しく別の犬を飼ったら寂しくないよ、と慰《なぐさ》めの言葉をかけられた——。

すると案の定、多くの子どもたちが「新しい犬を飼うの?」と尋ね、「だったらマジックみたいな犬がいいな」「ハスキー犬にしたら?」「コーギーにしたら?」などと次々と提案してきた。充は、いつの間にか近所の子どもたちとこんなに親しく話ができるようになっていることに、マジックの不思議な力を再認識した。

加部島のじいさんは「そうかい、ま、飼い主のところに戻れたんならよかったな。謝礼を吹っかけたりしてねえだろうな」と笑っていたが、最近虫歯が痛み出したとのことで、顔をしかめながら「マジックがいなくなると寂しくなるなあ。あと、大将は嫁さんをもらわないと」と言って引き上げて行った。鶴牧さんは、「飼い主はどこの何ていう人? 私が知ってる人じゃなかったの?」と、自分が飼い主発見にかかわれなかったことがちょっと悔しそうだった。借りていたリードやエサ入れを返そうとすると、「新しい犬を飼うんだったら、そのコのために使って。やっと増えてきた子どもたちのお客さんを逃がさないためにもね」と言われ、そのまままもらい受けることにした。

その日の午後、健康保険組合から電話がかかってきた。女性の声で、夏頃に簡易人間ドックを受けに行くようにという書類を送ったはずだが、どうなっているのかという、言葉は丁寧だがやや詰問《きつもん》調の尋ね方をされた。

そういえば、そんな封筒が送られてきたような気がしないでもない。簡易書留を受け取ったのは……セミがうるさい時期だった気がする。だが、面倒臭いのと、悪い結果を知りたくないという気持ちから放置してしまい、そのまま忘れてしまっていた。今と違ってあの頃の自分は信じられないぐらいに、様々なことに対してルーズだった。

充は「すみません、行こう、行こうと思っているうちに月日が経ってしまいまして……」と言い訳をすると、それを遮るような感じで、「対応してくれる病院を紹介しますので、血液検査や尿検査などの簡単な検査だけでもすぐに受けてください」「岩屋さんの前の特定健診のときの数値がかなり悪かったので、我々も知らん顔はできないんです」などと言われてしまい、二日後の月曜日に検査を受けに行くことを約束する羽目《はめ》になった。

その日の夕方、ときどきマジックとの短い散歩を楽しみにしていた女子高生がやって来て充から話を聞き、「えーっ」と絶句して、今にも泣き出しそうな顔になった。充があわてて、できるだけ早く新しい犬を飼うつもりだと伝えたが、彼女は「でも、マジックじゃないからなあ」と不満そうだった。しかし話しているうちに気持ちを切り替えてくれたようで、「絶対に飼ってよね、新しい犬。約束だよ」と小指を差し出してきた。ちょっとどぎまぎしながら指切りに応じると、女子高生は「あのねー」と意味ありげな顔で充を見てから「いや、やっぱりいい」と言い残して帰って行った。

何だ、今のは。思春期の少女の心理は理解しにくい。

夜になって、充はジャンパーを着込んで店の外に出てから、「あ、そうだった」と自分に舌打ちした。

いつもの習慣で勝手に散歩モードになってしまい、マジックの姿を探してしまった。充は「はあ」とため息をついて、ポケットにたたんだトイレットペーパーとポリ袋を入れたまま、一人だけのウォーキングに出かけた。ぐっすり眠れるようになったのは、夜の長距離ウォーキングのお陰だから、マジックがいなくなったからといってやめてはならない。

ちらちらと雪が舞い始めていた。多分、初雪だ。

交差点で信号待ちをしているときに充は「あー」と白い息を吐いて、ジャンパーの内ポケットからスマホを取り出した。

マジックがいなくなったことを、石室さんにも伝えておかないと。LINEの文字を打とうとして一瞬、石室さんには本当のことを伝えるべきかどうか迷ったが、やっぱり作り話の方でいくことにした。本当の話は簡単には信じてもらえない気がする。

雪が強くなってきた。充はちょっと首をすくめながら、スマホで文字を打った。

定休日である月曜日、予約を入れてもらった市内の病院で血液検査や尿検査などを受けた。しばらく待たされてから通された部屋で待っていたのは三十代ぐらいと思われる小柄な女性の医者で、簡単に自己紹介をされて、座るよう促された。

女性医師から検査結果がプリントされた紙を渡され、「岩屋さん、四か月前の健診の結果はご覧になりましたか？」とまじまじと見て聞かれ、「えーっと……ちゃんとは見てなかった、かなあ……」と口ごもった。実際には見ないで捨ててしまっている。するとその後、簡易書留が届き、それも中を見ずに捨ててしまったせいで、健保組合の人が電話口でちょっと怒っていた。

「劇的に改善されてるので、驚いています」

女性医師からそう言われ、充は「へ？」と間抜けな声を出した。

さらなる説明によると、四か月前の特定健診の結果は、中性脂肪や尿酸値、血糖値、血圧など、すぐにでも入院しないと命にかかわるぐらいの数値だったのだという。ところが今日の検査では、そのほとんどが正常値の範囲内に収まっていて、そうでない項目も見逃していい程度の数値だという。女性医師はそのことをしきりに不思議がり、「ここ数か月の間に何があったんですか？」と聞いてきた。

充がざっと経緯を話すと、女性医師は大きくため息をついて充を見つめ、「そうでしたか……九月上旬からの三か月間、頑張られたのですね」と言ってから、「そのワンちゃんは、岩屋さんの命の恩人かもしれません」とつけ加えた。女性医師がその言葉を口にしている間、充もまさに心の中で、命の恩人……とつぶやいていた。

　次の土曜日の朝、充は店のシャッターに〔臨時休業〕の貼り紙をして、たまにショッピングモールなどに行くときぐらいにしか乗っていない茶色のキューブに乗り込んだ。貼り紙には〔今日、新しい犬をもらって来る予定だよ。〕と小さく書き込んでおいたので、気づいた子どもが家族や友だちにそのことを伝え、すぐに広まることだろう。

　迎えに行く場所として指定された児童公園は、田畑と民家が混在する区域にあった。細い道が入り組んだ場所だったが、近くに高い電波塔があると目印を教えてもらっていたので、迷うことはなかった。

　天気は悪くなかったが気温が低いせいだろう、児童公園の出入り口近くに停車させて車内から眺めると、園内は誰も利用者はいないようだった。割とグラウンド部分が広い公園で、隅には子どもが登って遊ぶ、すべり台つきの遊具やブランコなどがあった。

　公園の周囲にはイチョウの木が多く並んでいて、たくさんの黄色い葉をつけていた。それを何となく眺めていると、次々と、はらはらと落下していることに気づき、少し興味を覚えて、車から降りて見に行ってみた。

　イチョウの木の周りに、黄色い扇形模様を敷き詰めた絨毯《じゅうたん》ができていた。ギンナンもあちこち落ちていて、クセのある匂いを漂わせている。そういえば小中学生の頃、父親が市道沿いのイチョウが落とすギンナンを拾ってきて、煎《い》って酒のつまみにしていたことを思い出した。いったん土の中に埋めて果肉を分解させ、それから水洗いしながらたわしでこそぎ落としているのを見て、「食べる部分はちょっとなのに、手間がかかるね」とからかい半分の言葉をかけたところ、「それを面倒がらずにやった者にだけ食う権利が与えられるんだよ」と返されたこともよみがえってきた。その言葉は今も妙に記憶に残っている。

あれは、意外と深みのある言葉だったのかもしれない。長距離のウォーキングをしたり筋トレをしたり、仕事がそこそこ忙しい方が、食べ物は旨い。面倒がらずにそういうことをやった者に、美味しく食べる権利が与えられる。

それに、ライフスタイルが変わって、スナック菓子やファストフードもそれほど食べたいとは思わなくなった。舌が旨いと感じるものより、身体が旨いと感じるものの方が上位になった。

そのとき、「へえ、その辺りだけ地面が黄色一色だね」という声に振り返り、充は「えっ？」と声を上げた。笑っている相手に対してさらに「何で？」と続けた。

白いニット帽に白いベンチコートを着込んで立っていたのは、あのショートカットの女子高生だった。

「そろそろ待ち合わせ時間の九時だけど」と彼女は言いながらベンチコートのポケット

から左手を出してピンクの腕時計を見た。「お母さん、まだお化粧してるから、もうちょっと待って欲しいってさ。私、パシリさせられてそれを言いに来たんだ」

お母さん……。

「えっ？　あの、石室……」

「そ」と女子高生はちょっと意地悪そうな笑い方でうなずいた。「ぱっと見、似てないから気づかなかったのは、まあ無理もないよね。私、どっちかっていうと父親似らしいから」

充は発するべき言葉が見つからず、「あ……」と固まるしかなかった。

「私も一緒に行っていい？　ハッピーシェルター。お母さんは、知らないおじさんと一緒なのよって言ってた。私が岩屋さんと知り合いだってこと、まだ気づいてないんだ」

「あ……」

女子高生はぷっと噴き出し、「さっきから、あー、ばっか」と指さして笑った。

「石室さんの、娘さんだったのか」

「そ。私は石室イズミ。温泉の泉に美しいって書くの。ちなみにお母さんの下の名前は知ってる？」

「あ、えーと……ん？」

そういえばＬＩＮＥのアイコンには〔石室〕という名前しか表示されていなかった。

最初に自己紹介をし合ったときに、充の方は名前も伝えたが、石室さんの方は苗字だけしか言わなかったような気がする。

「イージートレーニングのパートナーなのに、下の名前を聞かないままだなんて、岩屋さん、女性との接し方が判ってないねー。知り合って三か月も経つのに」

「あ、ああ……」

「また、あー、って言ってる」石室泉美はあきれたような顔で笑った。「お母さんはノゾミ。希望の希の一文字。岩屋と石室って苗字も何か親戚みたいだけど、充と希も何か親和性を感じるよね？　ほら、希望に充ちている、みたいな。まあ、そんなことよりさ、そろそろ石室さんじゃなくて、希さんって呼んであげた方がいいんじゃない？」

「あの、泉美ちゃん……」

「何？」

「俺が、お母さんと知り合いだって判った上で、俺の店に来てたの？」

「そだねー」泉美はカーリングの女子選手みたいな言い方をしてうなずいた。「お母さんが岩屋さんの話を私によくするようになったから、どんな人か興味を持ったんだ。ごめんね、名乗らないで何回も遊びに行っちゃって。でもマジックに会いたかったのは本当だよ。ずっと犬を飼いたい、飼いたいって言ってるんだけど、うち、アパートだから無理なんだよね」泉美が肩をすくめる。

「お母さ、いや、石室さんが家で俺の話をしてたの？」

「うん。偶然出会ったときのマジックのウンチの話から始まって、いろいろ聞いてるよ」泉美はちょっと意味ありげに笑って少し間を取った。「最初はだらしないデブ男、みたいなイメージしかなくて、こりゃ何とかしてやらないとって思ったみたい。お母さんって割とお節介焼きなところがあるから。多分、出来の悪い弟ができた、的な感覚だったんじゃないの？」

また「あ……」としか返せなかった。

「でも、いい人だとは思ってたんだよ。ほら、マジックの飼い主が見つかるまで預かったりとか、お母さんから注意されて素直に謝ったり、次に会ったときにちゃんとお礼を言ったりしたんでしょ。そしたらさあ、一か月ぐらい経ったら、お母さんの話の内容がちょっと変わってきたんだよね。岩屋さんがだんだんとやせてきて、筋肉もついてきて、顔つきも精悍《せいかん》になってきたって。あんなに頑張る人だとは思わなかった、私も負けていられないって」

「へえ……」

「それで私も興味が湧いて、岩屋さんの店に行ってみたわけ。マジックにも会いたかったし」

「そうだったのか……」

「もしかしたらお母さんの彼氏になる人かもしれないから、娘としてもチェックしときたかったし」

「あ……」

「何回、あー、って言ってんのよ」泉美は手を叩いてけたけた笑った。「ウケるー」

充は、自分の顔の血管が拡張していることを自覚した。

「大人をからかうなよ」

「めんご、めんご」泉美は笑って片手で拝む仕草を見せてから、ベンチコートのポケットからスマホを出した。

「あ、これこれ」と言われて見せられた画面には、いかにも手作りという感じのクマのぬいぐるみが映っていた。ボタンでできている目は、ちょっと困ったような、それでいて穏やかそうな印象。よく見ると、あちこちほつれを直したらしい跡があった。

充が「何?」と問い返すと、泉美は「昔おばあちゃんが作ったクマのぬいぐるみで、お母さんから受け継いで、私が子どものときにも抱いて寝てたの。気づかない?」

「何に?」

「判んないかなあ。お母さん、岩屋さんの第一印象が、このクマのミーちゃんに似てたんだよ。私も最初に岩屋さんを見て、あ、確かにって笑いそうになったよ」

「ええっ」

「まあ、きっかけは何でもいいじゃん。とにかく、お母さんにとって岩屋さんは、ちょっと気になる人だったわけ。そしたらだんだん格好よくなってきたから、ますます気になる存在になっちゃったってこと」

あ……と言いかけて、「まじか……」とつぶやいた。

「実はね、マジックに似たあの犬を見つけたの、私なんだよ」泉美はスマホをポケットにしまった。「マジックがいなくなって、岩屋さんも寂しがるだろうし、私もすっごく残念だったから」

「え、そうだったの」

驚かされてばかりである。石室さんからLINEで、保護犬の面倒を見ているハッピーシェルターというNPO法人のホームページで、洋犬の血が混ざっているけれど見た目は黒柴ふうの犬がいるみたいよ、と知らされて、もらい受けることを決めたのは今週の火曜日。病院での血液検査や尿検査などで劇的に数値がよくなったことを知った翌日である。石室さんとはLINEで、これはもう運命かもしれない、などとやり取りをして、すぐにハッピーシェルターに連絡を入れたのである。最近亡くなった独居老人が飼っていた十歳のオスで、おとなしい性格だという。

「そういえば……石室さんからLINEで、娘が犬と散歩をしたいと言ってるので、ときどき遊びに行かせてもいいかって聞かれたよ」

「うん、知ってる。ねえ、岩屋さん、お母さんにはさ、今日が私ら初対面ってことで通しちゃおうよ、ね」

またもや、あ……と言いかけて、「うん、まあ、いいけど」とうなずいた。

「あ、そうそう」と泉美は再びスマホを操作した。「マジック、夏の間は三味線を弾く路上ミュージシャンのところにいたみたいよ。マジックという名前と、迷い犬のワードで検索してみたら、たまたま見つけたの。絶対同じ犬だよ。三味線の人もマジック殿とか呼んでるし」

そう言って見せられたのは、商店街らしき場所で三味線を演奏する男性と、その横にお座りをしているマジックそっくりな犬のユーチューブ動画だった。いや、そっくりなんてものじゃない。マジックに間違いない。

男性は作務衣姿で、頭に白いタオルを巻いて、低い椅子に座って三味線を演奏していた。タイトルは知らないが聴き覚えのある昔のロックナンバー。撮影しているのは見物人の一人のようで、他の見物人たちの後頭部なども映り込んでいる。

「そこ、かがみ町商店街らしいよ」と泉美が言った。「この人、SNSとかやってないみたいだから判んない部分が多いんだけど、かがみ町商店街のホームページによると、六月の上旬ぐらいにこの人が別の商店街で演奏してたらマジックが急に現れて、横に居座るようになったんだって。で、演奏が終わったら、今の曲はいかがでございったか、みたいに話しかけたら、マジックがあくびをしたり首をかしげたり、たまに口の両端をにっと持ち上げて笑ってるみたいな表情を見せたりするもんだから、それが面白くてバズったみたい。でもお盆前にマジックは急にいなくなったって」

充は「この人……」と口にしかけてから、いや、と頭を横に振った。どこかで会ったような気がしたが、気のせいだろう。

泉美からスマホを借りて、さらに他の動画も見てみた。男性とマジックのかけ合いが漫才みたいで、見物人たちがどっと笑っている。男性がマジックに催促されて、見物人の誰かのために『ハッピーバースデー』を三味線で演奏する動画は、視聴回数が二十万を超えていた。

「この人に教えてあげた方がいいかな」と泉美が言った。「マジックがその後、カットハウスいわやの前に現れて、最近までいたこと」

「うん……でも、今はもういませんって伝えることになるから、作り話だと思われるかもしれないし」

「写真は何枚かあるんでしょ」

「まあ、あることはあるけど……あんたのところから急にいなくなったみたいだけど、その後うちにいたよ、みたいな感じに受け取られてしまうかも」

言いながら、三味線奏者の男性も、マジックの不思議な力によってリードのフックを外したのではないかと感じ、何となくその場面を想像した。もし直接会うことがあったら、その話をしてみたいものだ。

「ネガティブ思考だねー」泉美は笑った。「ま、この人に伝えるかどうかは任せるよ。実際、今さらそんなこと知らされてもってなるかもしれないしね。あと、かがみ町商店街のホームページによるとこの人、マジックがいなくなった直後に正式に芸能事務所に所属してプロのミュージシャンになったんだって。だからもう近くにはいないと思うし」

「ふーん……」

「ところで名前はもう決めてるの？　新しく迎え入れる犬の」

「いや……マジックはダメかな」

「ダメだよ、マジックはあのコだけ」

「そうか」

「イリュージョンにしたら？」

「へ？」

「マジックと似た意味の名前といったらイリュージョンじゃん」

「ちょっと言いにくくないか？」

「じゃあ、呼ぶときはジョンでいいや。正式にはイリュージョンだけど、普段呼ぶときはジョン。ザ・ローリング・ストーンズをストーンズって呼ぶ方式。ね」

何だか、もうジョンに決まってしまいそうな感じだったが、別にいいかと思ったので
「判った、じゃあ、そうしよう」とうなずいた。

「ジョンを引き取ったら、夜の散歩にお母さんを誘いなよ」

「え？　ああ、うん」

「それが第一段階」

「へ？」

「その散歩中に、今度は食事とか、映画とか、水族館に誘うの。いつまでも同じとこで足踏みしてちゃダメだよ。そうだ、私が水族館に行きたいってお母さんに言っとこうか」

「えーと、じゃあ三人で行くか」

「何言ってんのよ、ミーちゃん」泉美はげんこつを顔に近づけてきた。「三人で行こうってことにしといて、当日に私が別の用事作ってドタキャンするの」

ミーちゃんて何だ、と尋ねかけて、クマのぬいぐるみの名前だったことを思い出した。もしかして今後、この小娘からミーちゃんと呼ばれることになるのか？

「あとさ、お母さんには言ってないんだけど、私、実は美容師を目指そうって最近決めたんだよね。理容師と美容師って、仕事の範囲がちょっと違うけど、だいたいかぶって

るよね、ミーちゃん」

「美容師……てか、ミーちゃんって……」

「なので今後いろいろと教えてもらえたらありがたいのでございます。専門学校に行ったときに他のコたちと差をつけておきたいのです」

泉美は変な言い方をして、ぺこりと頭を下げた。

「それはまあ、いいけど」

「それがかなうのなら、岩屋さんのことをミーちゃんとは呼ばずに、師匠と呼ばせていただきます」

「師匠……おいおい、それはちょっと」と言っている途中で泉美が「あー、やっと来たよ、お母さん」と言葉を遮り、充の背後に向かって手を振った。

落ちてきたイチョウの葉が一枚、泉美のニット帽の上に着陸した。

充は、ふう、と息を吐いて、心の中で、せえの、と唱えてから、マジックのように口の両端をにっと持ち上げて、振り返った。

冬

鷹取苺《たかとりいちご》は、廃業した久里《くり》文具店の空き店舗の中に自転車を押して入れようとしたところで、それを二度見して、「わっ」と叫んだ。あやうく自転車ごと倒れるところだったが、何とか体勢を整え、自転車のスタンドを立てた。

コンクリート床の空き店舗の隅に、犬が寝転んでいる。

野良犬かと思ったが、赤い首輪をしていた。見た目、黒柴ふうの中型犬。その犬が目を開け、むくっと頭をもたげて苺を見返した。

「おい、どこの犬だ？」と問いかけてから、犬が返事をするわけがないと思い直し、「どこの犬だろう」と言い直した。

日中、シャッターは全開にしてある。がらんとしたスペースには、丸椅子が六つと、折りたたみ式の長机が二つ。おばあちゃんが体調を悪くして店じまいした後、休憩所代わりに開放したときに使われていたものだ。空き店舗の横には今も飲料の自販機が一台あり、すぐ近くの停留所でバス待ちをする人がときどきここを使っている。世話好きだったおばあちゃんらしい気遣いである。その娘である苺のお母さんは当初「ゴミを捨てられたりガラの悪い連中のたまり場になったりするんじゃないの？」と反対したらしいが、おばあちゃんは「バスを待ってる人が雨宿りをしたり休憩したりするのに役に立てたらいいことじゃないの」と自分の考えを通した。

おばあちゃんは結局、半年前の梅雨入りどきに亡くなった。それに伴い、おばあちゃんの住居を兼ねていたここはしばらくシャッターが下りていたが、先週からここで独り暮らしを始めた苺が、休憩所を復活させたのだった。おばあちゃんの家に住まわせてもらうからには、おばあちゃんの遺志を継ぐ責任があると思ったからである。

だから、バス停を利用する人がいる時間帯、朝の六時頃から夜の十時過ぎまでは、シャッターを上げている。奥の住居スペースとは、以前はすりガラスの引き戸でつながっていたが、文具店を店じまいして休憩所に変更したときに、金属製の丈夫なドアが取りつけられた。ただしこれは内側から二重のロックがかかっていて実際には開かずのドアと化しており、苺も基本的には、空き店舗に向かって右側にある、狭い駐車スペースに面した住居の玄関の方から出入りしている。休憩所の利用者と顔を合わすのが気まずいので、自転車を出し入れするために立ち入るときも、誰もいないことを外から確認している。

他人と会いたくない、話をしたくないという気持ちは、仕事を辞めて二週間以上が経過した今も続いていた。実家に戻らず、ここに移り住むことにしたのも、父親との折り合いが悪いことに加えて、とにかく一人になりたかったからだった。実家にいると、親戚や両親の知人などが急にやって来て、あいさつをしなければならなくなったり、なぜ仕事を辞めて帰って来ているのかなどを話さなければならなくなる。親戚の中には、再就職先を世話してやろうとか、アラサーで結婚相手もいないんだったらこっちで探してやるなどと言ってくるお節介な人もいて、そういう人たちと顔を合わせるなんてまっぴらだった。

それにしても、犬の訪問者とは。相手が人間ではない分、身構えなくて済むが、代わりに感じたのは大きな困惑だった。

頭をもたげてじっとこっちを見ていた犬は、立ち上がろうか、どうしようかと迷っているように見えた。犬は嫌いではないが特に好きなわけでもない。どんな気性の犬か判らないので、安易に近づくこともためらわれた。

苺はあらためて「おい。自分ちに帰りな」と声をかけたが、犬はきょとんとしていた。苺は無視することにし、犬が寝転んでいるのとは反対側の隅に自転車を移動させて停め直し、前カゴからスーパーで買った品物を入れたエコバッグを出して、そそくさと休憩所を出た。

家に入って買った物を冷蔵庫に入れるなどして一息ついてから、犬はもういなくなってくれただろうかと思い、玄関を出て様子を窺いに行ってみた。

犬はまだいた。さっきは横になって寝ていたが、今度は伏せの姿勢。全身が毛で覆われているとはいえ、十二月上旬のこの時期にコンクリートの上というのはさすがに寒かろう。今日は晴れているが、午後になって気温がぐっと下がっている。

「そんなところで寒いでしょ。うちに帰れば?」

言葉は通じないと判っていても、声をかけるしかない。苺は、久しぶりに声をかけた相手が人間ではなく犬だったことに気づき、内心ため息をついた。

すると犬が大きくあくびをした。追い出されそうになっていることに気づいて、わざと知らん顔を決め込もうというのか。それとも単に眠いのか。

犬が吠えたりうなったりしないことに少し安堵し、苺はゆっくりと近づいた。

犬は敵意を見せることなく、こちらを見ているだけだった。

おそるおそる、目の前にしゃがみ込んだ。それでも犬は無防備に見返してくるだけ。

苺はそっと犬の背をなでてみた。

ふさふさした毛を通じて、ぬくもりと鼓動が伝わってきた。当たり前のことだが、ちゃんと生きていて、それなりの意思や感情を持った生き物なのだなと実感した。

犬を触ったのは多分、小学生のとき以来だ。クラスメートの家で飼っていた雑種犬が人懐《ひとなつ》っこくて、遊びに行くといつも犬小屋からすぐに出て来て、尻尾を振って出迎えてくれた。かわいいとは思ったが、自分の家でも犬を飼いたいと思ったことはない。

首輪から飼い主の情報が得られるのではないかとそのとき思いつき、「ちょっとごめんね、首輪を触るよ」と断りを入れて、首輪をゆっくり回してみた。

犬の首輪には、予防接種の番号入りの小さな金属プレートがついていることがあり、その番号を市役所などに問い合わせれば飼い主が判る、みたいな話を聞いたことがあったが、この犬の首輪にそういったものはついていなかった。得られた手がかりは、細字のマジックペンで小さく書かれた、マジックという文字のみ。それがこの犬の名前らしい。それ以外は、オスだということと、大きさや落ち着いた感じからして多分そこそこ年齢がいっていると思われることぐらいしか判らなかった。

そのとき、犬がむくっと立ち上がったので「ひっ」と尻餅をつきそうになった。

犬は前足を伸ばして伸びをしてから、苺がはいているジーンズのひざ頭に首の側面をこすりつけてきた。それに応える形で、苺が両手で首周りをなでてやると、犬は気持ちよさそうに目を細めた。

「おい。そんな顔されたら、情が移っちゃうじゃんか」と言いながらも、苺は自分の表情が緩んでいることを自覚した。

苺は、迷い犬を保護する活動をしている団体を探して相談してみようとしたが、そのときに思い出したのが、高校時代の同級生、竹木場《たけこば》早織《さおり》だった。高校一年生で同じクラスになり、電車通学で一緒になることが多かったこともあって、休みの日に一緒に買い物に出かけたり他の仲間たちと一緒にカラオケに行ったりする仲だったが、卒業後は連絡を取っていない。疎遠になったのは、高校三年になって苺が受験勉強に力を入れ始めたため誘いを断ることが多くなったからだが、ケンカ別れしたわけではないので、四年ほど前に女子だけの同窓会で顔を合わせたときは、普通に近況報告もし合っている。早織は高校卒業後、専門学校に進んで地元の住宅メーカーに就職したがすぐに辞め、その後は母親がやっているスナックを手伝いながら、犬猫を保護するボランティア活動にかかわっている、みたいな話だった。当時彼女は実家に戻っていたはずだから、苺の実家からも近い。ただし、今住んでいるここからだと十五キロ以上離れている。

苺は丸椅子の一つに腰かけて、マジックに「お前を預かってくれる人を探してみるからね」と言った。マジックはちょこんと座ったまま、小首をかしげた。

早織の連絡先が判らなかったので、同窓会の幹事をしてくれた宇木《うき》のどかにＬＩＮＥで尋ねてみたところ、すぐには判らないが調べてみる、との返答があった。

ほどなくして、苺のスマホに非通知で電話がかかってきた。早織かもしれないと思って出てみるとアタリで、「鷹取？　あっしに用事があるって宇木が連絡してきて、あんたの携帯番号教えられたんだけど」というけだるそうな声が聞こえてきた。そうそう、早織は自分のことを「あっし」と言っていたし、友達を下の名前ではなく苗字で呼んでいた。仲間うちで苗字で呼び合っていたのは、彼女の影響だった。

「急にごめん」と苺はまずは謝り、「前に同窓会で会ったときに、犬や猫を保護する活動にかかわってるって言ってたなって思い出して」とまずはさぐりを入れてみた。高校時代の同窓生という安心感のせいか、気楽に話せていることが妙にうれしい。どうやら自分は、他人と話したくない気持ちがある一方で、人恋しさも募らせていたらしい。

「うん。といっても最近はサボり気味なんだけどね」早織は答えた。「まずは自分が食っていかなきゃいけないから。ほら、前に会ったときに、お母さんがやってるスナックで働いてるって言ったじゃん」

「うん」

「今もそのままずるずる続けてんだけど、店に来るお客さんの中で犬や猫を飼ってくれる人が見つかったら仲介したり、譲渡会、つまり犬猫の里親探しイベントね、そういうのがあるときに手伝ったりしてる感じだね。で、あっしに用事っていうのは何？　犬猫関係？」

「うん。実はついさっきさ――」と、マジックという名前だと思われる犬が現れた経緯について説明すると、早織は「あー、そういうことね、だからあっしにお鉢が回ってきたわけか」と、少し嫌味を含んだ言い方をしてから「じゃあ、ちょっと待ってて。あっしがかかわってる団体、ハッピーシェルターっていうNPO法人なんだけど、預かってもらえるかどうか聞いてみるから。その犬は男の子？　ある程度の年齢とか判る？」と続けた。

「オスだけど、年齢はちょっと。多分、歳はいってる方だと思う」

「あと、模様の特徴とか傷痕なんかがあったら教えて。歩くときに脚を引きずるとか、そういうのはない？」

「特にはないみたい。そういえば、このコが歩いてるの、まだ見てなかった」苺はそう言ってから、「マジック、こっちにおいで」と手招きをした。

マジックはまた小首をかしげた。苺が「マジック、お手」と片手を差し出すと、ようやくとことこと歩み寄って、お手をした。ある程度はしつけられているらしい。

苺は「特に具合の悪いところはないみたい。模様なんかも、普通の黒柴みたいだけど、もしかしたら他の犬種の血が入ってるのかも」

「どうしてそう思う？」

「柴犬にしては、ちょっと顔が長いような。あと目が、柴犬のイメージよりもくりっとしてる、かなあ。あくまで私の印象だけどね」

「判った。じゃあ、マジックの写真を送ってくれる？　顔と全身の二つ。鷹取のメルアドは宇木から教えてもらったから空メール送るんで返信で送って」

「あ、オッケー」

マジックの写真を送った後、早織から再び電話がかかってきたのは三十分ほど経ってからだった。苺はリビングダイニングにある古いソファに寝転んだ状態でスマホを耳に当てた。

「鷹取、悪い。ハッピーシェルターに問い合わせたんだけど、今はケージが満杯で追加で預かるのが難しいんだって」

「えーっ」

「実は、そのマジックっぽい感じの犬が最近までハッピーシェルターにいたんだけど、引き取り手が見つかって引き渡したっていうんだ。もしかしたらその犬が脱走したか何かで鷹取のとこにいるのかもしれないんだわ。なんで、引き取ってくれた人に問い合わせてもらうから、ちょっと待っててくれる?」

どうやら飼い主が見つかりそうな雲行きである。苺は「あ、うん、判った」と答えた。

だが、その後しばらくしてまたかかってきた早織から「残念、違う犬だったみたい。引き取ってくれた人のところには、ちゃんといるって。マジックは別の犬だった」

「あ、そうなんだ」

「でさ、申し訳ないんだけど、しばらくそっちでそのマジックちゃんの面倒見てやってもらえないかなあ」

「うっ……」

「今日はあっし、そろそろ夕方だから、仕事に行かなきゃなんだよね。明日の昼にそっちに行くから、一緒に対策考えよ。場所教えて。実家じゃなくて、おばあちゃんが住んでたところにいるって、さっき言ってたよね。親の軽自動車借りて行くから」

ここは早織に頼るしかない。明日には何とかしてくれるだろうという期待を抱きつつ、住所や目印になる付近の施設などを伝えると、早織は早口でこう言った。

「とりあえず、マジックが車にひかれたりしたらいけないから、首輪に細めのロープみたいなのを通して、雨風しのげるところにつないどいてくれる？　あと、一日分だけでいいからエサもお願い。人間が食べるものはダメだよ。塩分が多すぎて身体に毒だから。ホームセンターとかコンビニにたいがいドッグフード置いてるからよろしく。エサをやるときには水も隣に置いてあげてね」

「まじかぁ……」

「マジックが今頼れるのは鷹取しかいないんだから、頼むよ。これも何かの縁ってやつだとあっしは思うよ」

苺はため息をついてから「判った、判った」と応じると、早織はさらに早口で「あと、今日と明日の午前中に散歩に連れ出してあげて。あちこちにオシッコするかもしれないから、草木が生えてる場所を選んだ方がいいよ。もしウンチをしたら、たたんだトイレットペーパーで包んでポリ袋に入れて、自宅のトイレに流すこと。放置したらだめだよ。

もっかい言うけど、今マジックは鷹取が頼りなんだから、私が行くまでは責任持って面倒見てやってね。よろしくー」と一方的に告げて電話を切った。

苺は「おいおい……」と切れたスマホにぼやいた。そういえば高校時代から早織にはそういうところがあった。ファストフード店から電話をかけてきて、こちらの返事を待たずに「待ってるよ」と言って切られたことが何度かある。

仕方なく、早織の指示に従って、まずは洗面台下の収納スペースにあったビニールロープの束をほどいて適当な長さに切断し、マジックの首輪と長机をつないだ。そして自転車にまたがり、「あんたのエサとか買いに行ってくるから、おとなしくしててよ。明日の昼まではここで面倒見てあげるから」と告げると、マジックが口の両端をにゅっと持ち上げたので「えっ?」と二度見した。

「あんた、今、笑った?」

だが、マジックは、そんなことしました? みたいにそっぽを向いて寝転んだ。

ホームセンターに行く前に、途中にあった百円ショップに寄ってみたところ、ペットコーナーに犬用リードやエサ入れ、犬のおやつなどを見つけたので、購入することにした。ここで買った方が安上がりだと考えてのことだったが、精算するときにリードだけは五百円だと気づき、心の中で、あちゃー、とため息をついた。考えてみれば、そこそこ丈夫にできている、ワンタッチで首輪に着脱できるリードが百円なわけがない。

ホームセンターではドッグフードを買った。何日も世話をすることにはならないはずなので、小さめの袋のものを選んだ。

戻ると、マジックはビニールロープにつながれたまま、おとなしく伏せの姿勢で待っていた。長机の位置がずれたりしていないので、脱出しようとした形跡はない。そのことに安堵した一方、まるでここが新しいねぐらだとマジックがもう決めているようにも思えて、言葉の通じない相手に「明日までは、面倒見てやるからね」の、明日までは、の部分を強調した。

苺は新しいリードをマジックに見せて「ほれ、お前の首輪とおそろいの赤を選んだぞ」と言うと、これから散歩に出かけると思ったらしく、すくっと立ち上がり、尻尾を振った。期待のこもった目で見つめられ、「判った、判った。ちょっとトイレットペーパーとか用意するから待ってな」と片手で制して、家の中に入った。

数分後、苺は黒のダウンジャケットとニット帽、革手袋で防寒対策をした上で、リードの輪っかに手首を通して握り、マジックを散歩に連れ出した。ぐいぐい引っ張られるかと思っていたが、苺よりもほんの少し前に出たがる程度で、「そっちじゃなくてこっちだよ」とリードを引っ張ると、意外と素直に従ってくれた。飼い主がちゃんとしつけてくれる人でよかった。

しばらく県道沿いの歩道を進んだが、雑草だらけの空き地の前を通りかかったとき、初めてマジックが強くリードを引っ張って、そちらに行こうとした。「そっちには何もないよ、行き止まりだよ」と言っても聞かないので仕方なく行かせてみると、マジックはその中で長めのおしっこをした。

「へえ、おしっこをしていい場所とダメな場所が判るんだ、お前は」と声をかけると、マジックはちょっと得意げに目を細めて、鼻を少し高く持ち上げて、道路に戻った。

その後もマジックは、児童公園を見つけると中に入りたがり、隅の植え込みにおしっこをした。おしっこをしてよさそうな場所でまとめて出しておくことが習慣になっているようで、国道沿いの遊歩道に出てからしばらくは、どこにもおしっこをしなかった。ときおり、電柱やガードレールの支柱をくんくんと嗅いだりしたが、後ろ足を持ち上げることはなかった。

前方から、大学生ぐらいと思われる男女カップルが歩いて来たので隅によけようとしたが、女の子の方がマジックを見て「わあ、かわいい」と近づいて来た。男の子が「大丈夫？」と言い、女の子は「触ってもいいですか」と聞いてきたので、「ええ」とあいまいにうなずくと、女の子は肩にかけていたショルダーバッグを男の子に渡し、マジックの前にしゃがみ込んで、首周りを両手でごしごしとなでた。見た目、ちょっと気が強そうな女の子だったが、たちまちでれっとした表情になって「かわいー」「ふかふかだー」などと言いながらなで回している。マジックの方も心得ているようで、お座りの姿勢になってされるがままになっていた。

男の子が「犬、飼ってたことあんの？」と尋ねると、女の子は「ううん。猫なら飼ってたことあるんだけどね。でも犬もいいなー、なあ、おい」と、途中からマジックに話しかけていた。それを見守る男の子もほおが緩んでいる。つき合っているのかどうか知らないが、彼女の知らなかった一面を見て、それがちょっとうれしいのかもしれない。

カップルと別れた後、さらに国道沿いの歩道を進んで、お堀周りの遊歩道に入った。ここにあったお城は幕末期に焼失したが、お堀の一部は人工池として残り、城址《じょうし》の遺構以外の場所は美術館、博物館、小中学校、テレビ局、公園などになった。幼い頃、おばあちゃんに手を引かれて、ここにあるアスレチック公園によく遊びに来たものである。

前方から歩いて来た下校中らしき女子中学生のグループが目ざとくマジックを見つけて、「わあ、かわいい」と寄って来た。さきほどのカップルと同様、触ってもいいですか、いいよ、などのやり取りがあり、しばらくの間、足止めを食らってマジックは囲まれてなでられていた。その間、担任教師の服装のダサさだとか、何組の男子がメガネからコンタクトになって意外とイケてることに気づいたとか、アイドルの誰がいいとかいった話題が出ていた。苺が「何年生？」と尋ねると即座に「二年でーす」と返ってきて、逆に「おねえさんはこの辺に住んでるんですか？」「ワンちゃんの名前、何ていうんですか?」などと質問されて、初対面にしては妙にいろいろと話をすることになった。

バイバイ、と手を振り合って別れた後、苺は「ふーん」とマジックを見つめた。マジックが一緒にいるだけで、普通ならすれ違って記憶にも残らないはずの赤の他人が、話し相手に変化する。しかも、身構えることなくリラックスして言葉を交わすことができている。苺は、ここしばらく続いていた、他人とかかわりたくないという思いが本心からだったのだろうかとさえ思い始めていた。

ダウンジャケットのポケットからスマホを出して時間を確かめたところ、家を出てから既に十五分ほど経っていた。復路と合わせると距離的には充分だろうと思ったので「マジック、そろそろ帰るよ」と声をかけたが、マジックはアスレチック公園の方に鼻先を向けてリードを引っ張った。

「じゃあ、公園の中をちょっと歩いたら帰るからね。それで終わりだよ」と釘を刺して、公園内に入った。犬を連れて公園に入っても構わないのだろうかと少し心配になったが、出入り口付近に〔注意! 犬のウンチを放置すると罰金に処せられることがあります。〕という看板があったので、犬を連れて入ること自体はOKなのだと判った。見ると、公園内の広場の向こう側、アスレチック施設が集まっている辺りに、小型犬を連れて歩いている老人がいた。さらには右手のトイレ付近にも白いプードルらしき犬を連れた中年女性。犬の散歩コースとして人気がある場所らしい。

そのプードルとすれ違うとき、甲高い声で吠えられた。マジックはきょとんとした感じて見返していたが、プードルの方は牙をむいて向かって来ようとする。それを「ダメよ、メルちゃん」と派手な柄のセーターを着た中年女性がリードを引っ張って止め、苺に向かって「ごめんなさいね、このコ、そういうワンちゃんが苦手なのよね」と苦笑いをした。

「いいえ」とやり過ごしてから、そういうワンちゃんってどういう意味だ、もしかして雑種犬を見下しているのかと、少しもやもやした。

「マジック、お前は偉いね。吠えられても知らん顔でいられるのは、常に平常心だってことだよね。偉い、偉い。私もそうなりたいよ、マジで」

するとマジックは急に立ち止まり、後ろ足を広げて身体を低くした。苺はあわててダウンジャケットのポケットからたたんだトイレットペーパーとポリ袋を取り出した。

帰宅後、苺は休憩所の隅に、マジックの寝床として、低めで面積があるダンボール箱を置き、中に古い毛布を敷いた。防寒対策としては少々心許ないが、コンクリートの上に直接寝るよりははるかにいいはずだったし、犬はそもそも人間よりも寒さに強いはずである。

マジックが勝手にいなくならないよう、長机にくくりつけたビニールロープとリードを結んでおく。これで休憩所内を動き回ることはできるから、マジックがストレスを感じることもないはずである。

冷蔵庫にある食材で夕食を作って食べ、風呂に入った。独り暮らしなので毎日風呂に湯を張るのは経済的でないため、いったん湯を張ったら翌日も温め直して入り、それから数日は温水シャワーだけで我慢する、というサイクルにしている。再就職先が見つかるまではとにかく節約、節約である。

入浴後に様子を見に行くと、弱い照明の中、マジックはダンボール箱の中で丸くなっていた。エサ入れも水入れも空になっている。一応、食と住環境については受け入れてくれたらしい。気配に気づいたマジックが頭をもたげてこちらを見たが、別に用事があるわけではないと理解したようで、あくびをして再び頭がダンボール箱の中に沈んだ。

飼い主とはぐれて、この後どうなるか判らない状況だというのに、呑気なものだ。苺は半ばあきれ、その一方で、そういう状況にあっても動じる様子がないマジックのたくましさがうらやましくもあった。

夜の十時が過ぎ、そろそろシャッターを閉めようと玄関から回り込んでみると、黒っぽいベンチコートを着た男性がマジックの前でうずくまっていたので、苺は反射的に「ひゃっ」と声を上げてしまった。男性は単にマジックをなでていただけだと気づいて、あわてて「あ、すみません、あの、犬の相手、どうぞ遠慮なく」と言ったが、ほぼ同時に男性は弾かれたように立ち上がり、苺とは意図して距離を取るようにして休憩所から出て行き、そのまま逃げるように立ち去ってしまった。頭髪がもじゃもじゃで、ひげを伸ばした中年男性だった。失礼な反応をしてしまったことをすぐに後悔し、「ごめんなさい、いつでも来てくださって構いませんので――」と外に向かって大きめの声で呼びかけたが、男性の小走りの足音はたちまち遠ざかっていった。

あーあ、悪いことしちゃった。

だが、男性の無造作に伸びた髪やひげ、そして一瞬見えた暗い感じの表情を思い出して、いきなり鉢合わせしたら、そりゃそうなるよ、と思った。

同時に、こんなに大きな声を出したのは久しぶりだなと気づいた。しかも初対面の、見た目ちょっと怖い感じの男性に。夜のこんな時間帯に。どうやらマジックのお陰で、他人と話したくないという気持ちのハードルが、知らないうちにじわじわと下がってきているようだった。

お座りの状態で男性からなでられていたらしいマジックは、しばらく苺を見てから、すぐ後ろにあるダンボール箱の中に戻った。マジックの視線は、お前、お客さんを追い出したな、と言いたげに思えた。

翌朝、トーストと目玉焼きの朝食後に二杯目のインスタントコーヒーを飲んでいると、休憩所の方から子どもたちの声が聞こえてきた。丈夫な金属ドアが取りつけられているものの、建物自体が安普請なので、声量によっては会話内容が分かることもある。既にシャッターを上げているので、登校中の小学生などがマジックに気づいて立ち寄っているらしい。

金属製ドアの前で立ち止まって聞き耳を立てていると、「こんなところに犬いたっけ?」「昨日はいなかったよね」「咬みつかないか」「あっ、押すなよぉ」「咬まないって、おとなしそうじゃん」などと男の子たちが話している。苺は妙にうれしくなり、相手が子どもだということもあって、玄関から出て休憩所の入り口に回り込んだ。

苺が「おはよう」と声をかけると、小学校三、四年生ぐらいのランドセルを背負った三人の男の子たちがちょっとあわてた様子で後ずさったが、一人が「あ、おはようございます」と返事をし、他の子たちも「おはようございます」と言ってくれた。

「その子、迷い犬で、うちで預かってるのよ」そう言いながら苺は彼らの方に近づいた。「名前がマジックだっていうことと、男のコで、割と歳はいってるっぽいことぐらいしか判ってないんだけど、おとなしいコだから触っても大丈夫だよ。あ、でも、なでるなら頭や背中じゃなくて、首の周りとか胸の辺りの方がいいよ。犬って、そうした方が喜ぶみたいだから」

昨夜、スマホ検索で得た知識である。

最初にあいさつを返してくれたセンター分けの男の子が、ダンボール箱から出てお座りをしているマジックに近づいてしゃがみ、言われたとおりのなで方をした。マジックが目を細めたようで、別の一人が「おっ、気持ちよさそうな顔した」と苺に気を遣っているような視線を向けながら笑った。その後は順番に「よしよし」「マジック」などと言いながらなでた。一人から「また来てもいいですか」と聞かれ、「もちろん、いつでも寄ってマジックをかわいがってやってね」と答えてから、「飼い主が見つかるまでだけどね」とつけ加えた。

男の子たちがいなくなってから、苺はため息をついて「これは飼い主が見つかるまで、本当にここで世話をしてやらなきゃいけなくなってきたかな」とつぶやいた。不思議なものである。最初は、一日だけ預かるけれど、後は早織に何とかしてもらうつもりでいたのに、昨日の今日でもう、マジックの飼い主みたいな気持ちになりつつある。

その後も、登校中の子どもたちがマジックの存在に気づいて、何人かが休憩所に入って来たことが判った。苺はときどき玄関から回り込んで声をかけ、マジックのことを簡単に説明し、いつでも触っていいよ、と言った。中には外から「すみませーん、犬触ってもいいですか」と聞いてきた女の子もいた。マジックが迷い犬であることを知ったその子は去り際に、「だったら学校の掲示板に、マジックの飼い主を探してますっていう貼り紙をしておきます。マジックの似顔絵もつけて」と言ってくれた。

登校時刻を過ぎて静かになったとき、苺はマジックのお陰で急に近所の子どもたちと知り合いになったことに、少しうろたえた。この家に住み始めたときは、近所の子どもたちと会話することになるなんて想像さえしなかったのに……。

十時過ぎにマジックと朝の散歩に出かけた。十二月上旬にしては暖かく、風も吹かない快晴だったため、パーカーにストレッチパンツという軽装にした。

マジックは当たり前のように昨日と同じコースを進み、苺も別にそれで構わなかったのでそのまま行かせた。

交差点で信号待ちをしているとき、すぐ近くに停車しているワンボックスカーの窓から、小さな男の子二人がマジックを見つけて手を振ってきた。「マジック、あんたに手を振ってるよ」と声をかけると、車を見上げたマジックが口の両端をにゅっと持ち上げたので、男の子たちがハンドルを握っているお母さんにそのことを興奮した様子で伝えたようだった。しかし残念なことに、信号が変わって、お母さんはマジックの存在を認識することなく発進してしまった。横断歩道を渡りながら苺は「あんた、気まぐれにサービス精神を発揮するよね」と言ったが、マジックはすまし顔だった。

美術館前の広場を横切っている途中、花壇に隣接してベンチが並んでいる場所に高齢者の集団が並んで座っていた。七、八人ほどだったが、みんなニット帽や厚手のジャンパーなど重装備で、隣同士で話をしている人もいれば、ぼんやりしている人もいる。車椅子に座って、女性スタッフがその後ろについている老女もいる。そういえば近くに老人ホームがあったなと思い出した。

ベンチが並ぶその前を通り過ぎるときに、苺は少し距離を取ろうとしたのだが、なぜかマジックはぐいぐいと高齢者の人たちの方に近づいた。「これ、マジック」と引き戻そうとしても、言うことを聞かない。

すると、高齢女性の一人が「あら、犬が来たよ。黒い犬だけど、足にはベージュの靴下をはいてるみたい」と指さし、その隣の高齢女性も「ほんとやね。おい、おい、こっち来い」と笑って手招きした。

マジックはその女性たちの目の前まで行くと、ちょこんとお座りをした。苺が「おはようございます」と声をかけたが、高齢女性たちは聞こえなかったのか、「あら、しつけがようできとる」「犬はそれぐらいできるやろ」「いいや、そんなことない」などと言い合っていた。その中の一人が立ち上がり、あまり達者とはいえない足取りでマジックの方に近づいたので、スタッフらしき三十代ぐらいの女性が「カヨさん、勝手に触らないよ」と声を上げて追いかけようとした。苺が「大丈夫ですよ、おとなしいコなんで」と言うと、近づきかけた女性スタッフは立ち止まり、「すみませんね」と儀礼的な感じの会釈をしたが、本心は部外者とはかかわらせたくなさそうな感じだった。

カヨさんと呼ばれた老女は、黒いコートを着て白髪の上に黒いベレー帽をかぶった小柄な人だった。かがむのがしんどいのか、立ったまま手を伸ばすと、マジックも心得ているかのように立ち上がり、首の横をカヨさんの脚にこすりつけた。カヨさんは「あら、かわいいこと」と笑っている。後ろから「咬みつかんかね」「おとなしそうな犬やねえ」などと声がかかり、カヨさんは「ええコやわ、このコは」と答えた。

その後は、ベンチに座っている老人の一人から「おい、こっちにもおいで」と手招きされ、近づいたマジックをなでたのをきっかけに、他の人たちからも次々と「おいで」とお呼びがかかって、マジックは次々とその相手をすることになった。その間に「臭くないかね」「いいや、全然」「オスやね、このコは」「ワシんちにも以前はおったよ、これぐらいの犬が」などといった声を聞いた。苺も「犬は何歳ぐらいかね」「名前は何ていうの」「柴犬よね」「高かったやろう」などと聞かれ、預かっている犬なので歳はよく判らず、マジックという名前で、柴犬の血が濃いようだけれど洋犬の血も入っているようだということなどを答えた。そして、さらなるやり取りの中で、ここにいるのは近くの老人ホームの人たちで、天気がいい午前中にはここまで散歩して休憩することが多いことや、冬は寒いので参加人数が少ないことなどを知った。老女の一人が「運動と日光浴をしとらん人はどんどん身体が弱っとるよ。アサオさんも亡くなってしもうたし」と言うと、女性スタッフがちょっと顔をしかめていた。

そろそろ行かせてもらおうとタイミングを計っているときに、老女の一人が「ねえ、キエさんも犬を触りたいみたいよ」と言った。声のする方向を見ると、ベンチの一番遠くに座っていた黒いセーターの老女が手招きをしていた。そのすぐ前にいる車椅子の老女がキエさんらしい。すると「あの人が犬を触りたいなんて言わんやろう」という声が聞こえた。

苺がマジックを促してそちらの方に向かうと、女性スタッフが少し心配そうに「キエさん、犬を触りたいの？」と大きめの声で聞いていた。また誰かが「あの人は手がよう震えとるから、それを勘違いしとるんやろう」と言った。

車椅子のキエさんは、ベージュの毛布でできたマントのようなものを羽織っていて、後ろにまとめた白髪頭の上にピンクのニット帽をかぶっていた。おしゃれな感じではあったが、キエさんはちょっと怖いぐらいに無表情で、一瞬だけ人形ではないかと苺は思ってしまった。

キエさんがマントの中から白い手袋をはめた片手を車椅子の横に出した。マジックが近づいて、その手をくんくんとかいでから、頭をこすりつけた。

キエさんは、無表情のままじっとマジックを見返していたが、手を持ち上げて、頭をなでた。さらには首の方に手を移動させて、緩慢《かんまん》な動作で触っている。

そのとき、マジックが口の両端をにゅっと持ち上げた。苺からはマジックの横顔が何とか見える角度だったが、あれをやったことは確認できた。

キエさんもそれが見えたらしい。それまで無表情だったキエさんの表情が、ふっとやわらいで、口もとにほうれい線が浮かび、目尻が下がった。最初に「キエさんも犬を触りたいみたいよ」と手招きしながら教えてくれた老女が「あ、キエさんが笑っとる」と言うと、キエさんの後ろに立っていた女性スタッフが「えっ？」と驚いた表情になって前に回り込み、「あらぁ……」と片手を口もとに当てた。別の老人が「あの人は笑わんよ。顔をしかめただけやろう」と言った。

別れ際、最初はちょっと迷惑そうな態度を見せていた女性スタッフが「ありがとうございました」と苺に頭を下げ、「キエさんはめったに感情を顔に表さない人だったので、びっくりしました。ワンちゃんがよっぽど気に入ったんだと思います」と興奮冷めやらぬ表情でつけ加えた。老女の一人から「明日もここに来てくれるかね」と聞かれたので「ええ、天気が悪くなければ」と答えると、別の老女らも「じゃあ、また明日ね」「ええ犬やね」などと言いながら手を振ってくれた。

公園を出たところで「マジック、あんた、すごいね。初対面のお年寄りたちの心をいとも簡単に鷲《わし》づかみしちゃって」と声をかけたとき、マジックが立ち止まって後ろ足を踏ん張る姿勢になった。苺はあわててポケットからたたんだトイレットペーパーとポリ袋を出した。

昼前に軽自動車でやって来た早織は、出迎えた苺の誘導で、休憩所の右側、玄関前の駐車スペースに車体を入れた。文具店をやっていた頃に卸《おろし》業者などが車を停めていた場所で、使われなくなって結構な時間が経っているはずだが、わだちの二本ラインは今も雑草が生えておらず、駐車スペースであることを示し続けている。

白いダウンジャケットに黒いストレッチパンツ、頭に黒いキャップという格好の早織は車から降りて「鷹取、久しぶりー」と笑って手を振った後、すぐに休憩所の方に回り込み、隅のダンボール箱から何ごとかと顔を出しているマジックを認めて「おお、このコがマジックちゃんかー」と駆け寄り、首周りをなで回した。「マジックちゃん、私は早織。竹木場早織だよん」などと言っている。マジックは少し窮屈そうな表情だった。

「うん、大丈夫」早織はマジックの全身を点検しながら言った。「健康そうだし、虐待された形跡もない。表情とか態度を見ればそういうのはたいがい判るから。虐待されてたりしたら、おびえた目つきになったり、攻撃的になったりするんだ」

「割としつけされてるコみたい。おしっことか、雑草が生えてるような場所を選んでするし、おとなしいし、吠えないし。こっちに行くよってリードを引っ張ったらたいがい聞いてくれるし。でもときどき、いやこっちに行くんだ、みたいな自己主張をすることはあるね。そうなったらなかなか曲げないときがあって」

「なるほど。飼い主がちゃんと散歩をさせてたってことだね。散歩をさせないでいると犬はストレスが溜まって無駄吠えするようになるんだ」

「あー、そうなの」

「うん。マジックちゃんは柴犬の血が濃いけど、やっぱり洋犬の血も入ってるみたいだね。柴犬はもうちょっと顔が丸っこくて目つきも切れ長だから。散歩中に行き先を決めたがるっていうのは柴犬に多い特徴なんだよ」

「そうなんだ。柴犬って、従順なイメージがあったけど」

「まあ、従順ちゃあ従順なんだよ、ルーツは猟犬だからね。飼い主の言うことを聞かないっていうより、自分の判断の方が正しいと思っちゃってるところがあるのね。ほら、猟犬って、猟師の前を進んで、獲物がいるかどうか、危険がないかどうかを知らせるのが役目だから。ついでに言うと猟犬は吠えたら獲物に気づかれるから、尻尾を立てたりすぼめたりして猟師に知らせるんだって」

「へえ」

「このコ、家の中で飼われてたみたいだね。このタイプの犬は毛が何度も抜け替わるんだけど、ちゃんとブラッシングされてたから指でつまんでみてもほとんど抜けない。第一、臭くないから。犬小屋で飼うと、どうしても獣臭がしてくるんだよね」

「お風呂に入れたりしなくても、家の中で飼ってれば匂いはしないものなの?」

「そうだよ。獣臭っていうけどそれは基本的に、外界にあるいろんなものの匂いが体毛に付着することで臭くなってくるわけよ。ほら、服に焼肉の匂いとかタバコの匂いとか、ついたりするでしょ。それと同じ」

「ああ……」

「だから散歩の後で軽くブラッシングしてやったり、タオルなんかで軽く拭いてやるだけで獣臭なんてしなくなるんだよ。だから犬は臭いっていうのは世間の誤解。臭いとしたら、それは飼い主のせい」

「さすが」

「まあねー」早織は人さし指で鼻の下をこする仕草を見せた。

早織は軽自動車に戻って荷物を運んで来た。大きな袋に入ったドッグフード、犬のおやつ、さらには二人分の弁当。苺が「あら、だったら弁当代は私が――」と言いかけたが早織は「いいって、いいって。マジックちゃんを保護してくれたお礼だから」と遮り、「へえ、ここに今一人で住んでるのかぁ。いいなあ、あっし、いまだに実家で小うるさいおかんと一緒なんだよなー」と休憩所の中を見回し、それからいったん県道沿いの歩道に出て左右も眺めてから戻って来た。

「向こうの国道は交通量がまあまあ多いけど、ここは県道にしては静かだね」

「うん。ちょうど通学路にもなってて、小中学生がさっそくマジックを見つけて触りに来るんだ」

「ここ、鷹取のおばあちゃんちだったってことは聞いたけど、お母さんの方のおばあちゃん？」

「そ。お母さんが相続したんだけど、建物も古いし使わないなら解体しなきゃいけないでしょ。でも解体費用かかるしどうしようって言ってるから、私が住みたいって飛びついたんだよね」

「見た目は大丈夫そうだけど」

「でも、床とか、ちょっとやばい部分があって、きしんだり微妙に揺れたりするんだよ。窓も開け閉めしにくいところがあるし。業者さんに見てもらったとき、リフォームするなら基礎部分も補強した方がいいですよって言われたらしいんだ。まあ、雨風しのげて生活できるんだから、文句を言うつもりはないけどね」

家の中で弁当を食べようということになり、ダイニングテーブルで向き合って座った。お茶を淹《い》れているときに早織がテーブルに出した弁当は、思っていたよりも豪華な仕出し弁当だった。すき焼きらしきものや塩ジャケ、あんかけ焼き豆腐などのおかずが細かく仕切られた容器に何種類も入っている。くず餅みたいなデザートもあった。苺が「こんな豪華なやつ買ったの？」と言うと、早織は「うちの店に来るお客さんがやってる仕出し屋さんのだから、まあ半分は接待っていうか、おつき合いだよ。水商売はこういうの、あるあるだから」と肩をすくめた。

早織がぱちんと両手を合わせたので苺も「いただきます」と同じ仕草をしたのだが、早織は「いやいや」と苦笑して片手を振り、「ごめんって言いたくて」と言った。

「へ？」

「悪いんだけどさ、もうしばらく鷹取んところでマジックちゃんの面倒見てもらえないかな。昨日電話でも言ったけど、ハッピーシェルターのケージが満杯状態なのよね。だからお願い」とあらためて手を合わせた。

ああ、そっちの方の合掌《がっしょう》だったのか。だが、ドッグフードの大きな袋を見たときに、多分そういうことを頼まれるだろうなと察してはいた。

「うん、判った」苺はうなずいた。「マジックがここに現れたのも何かの巡り合わせかもしんないから、もうしばらく面倒見させてもらうよ」

「本当に？」

「うん。昨日マジックがここにいるのを見つけたときはびっくりしたし、面倒ごとはご免だ、早くいなくなってくれって思ったんだけど、不思議なもんだねー、マジックのお陰で小中学生と言葉を交わしたり、散歩中にいろんな人たちと話ができたりして、何か私、少しずつ元気になってる自分に気がついて」

「何があったか知らないけど」早織は苺を見つめ返してうなずいた。「いろいろしんどいことがあって、ここに越してきたわけだ」

「ま、そういうこと。だから、飼い主が見つかるまでは責任持って面倒見るよ」

「それはありがたい。マジックちゃんに代わって、私からお礼を言わせてもらうよ。鷹取、ありがとう」早織はかしこまって頭を下げた。

あらためて「いただきます」と二人で手を合わせ、箸をつけた。

最初のうちは、昨日から今日までの、マジックとの出会いや散歩中のことなどを苺が報告し、早織からはハッピーシェルターの活動についての話を聞いた。ハッピーシェルターでは猫の保護もしているのだが、犬と違って野良猫は今も多く、捕獲して避妊手術を施して再び放してやる、といった活動もしているという。野良猫の赤ちゃんは、カラスなどに襲われたり車に轢かれたり飢えて衰弱したり一部の人間から虐待されたりと、過酷な運命をたどることになるのでむやみに数を増やさないように、ということだが、そのためには経費と人手がかかり、寄付金とボランティア頼りなのだという。

弁当を食べ終えて、お茶のお代わりを淹れたところで、早織が「で、鷹取は今、仕事はしてないわけ？　前に話したときは、どっかのホテルで営業やってて、お盆休みで帰省して同窓会に出席した、みたいなことを聞いたけど」と言った。

「うん。ワタミキホテルってとこで働いてたんだけど」

もともとは出版関係に就職したかったのだが、十社以上受けて全滅だった。最初は大手出版社を目指していたが面接にさえたどり着けず、だんだんハードルを下げていき、最後は食肉業界向けの月刊誌を発行する会社で妥協する覚悟でいたのに、そこもダメだった。

「ワタミキホテルって、京都？」

「そ。営業職で、お役所の外郭団体とか企業とか回って、会議や研修、宴会などで利用してくださいって、パンフレットと名刺配って頭下げる仕事だったんだけど、上司のパワハラがひどくて。ノルマはなかったんだけど、営業成績が悪いと他の社員の前でののしられるし、お前みたいな無能な奴を育てた親の顔が見たい、なんてことまで言われて」

言いながら営業部長の赤ら顔が頭に浮かんできて、余計に気分が悪くなった。

「パワハラかー、今もあっちこっちであるんだろうね、そういうの。日本って、そういうの、ほんとひどいよね」

「だね。取引先からは、値段をもっと下げろって言われるし、打ち合わせをしようって言われて飲み屋に誘い出そうとするおじさんがいたりするから、会社にいても地獄、外回り中も地獄だったよ。一コ先輩の女性、飲まされて酔っ払った状態でホテルに連れ込まれそうになって、そのことを後で相手の上司に伝えて抗議したら、その会社から利用してもらえなくなって、部長から責任取れって怒鳴られて。その先輩、私に仕事をいろいろ教えてくれたり励ましてくれた人だったから、この人がいるうちは頑張ろうって思ってたんだけど、とうとう辞めちゃって」

「それで鷹取も辞めた」

「うん。あの人ができなかった仕事が、自分に続けられるわけがないって思って。もっとひどい目に遭う前に辞めないと、ぼろぼろになるなって」

辞表を出す直前、大手広告代理店に就職した新人女性社員が過労とパワハラによるストレスが原因で自ら命を絶ったという報道に接し、人ごとだとは思えなかった。

「ふーん。大変だったね、それは」早織は湯飲みを両手で包むようにして持ち、真面目な顔でうなずいた。

「竹木場も、いったんは就職したんだったよね」

「うん」と早織はお茶を一口すすった。「あっしは高校卒業した後、ＩＴ関係の専門学校に行って、勉強サボって遊んでたけど何とか住宅メーカーに就職できたんだ。でも、就職した年にセクハラ騒動に巻き込まれて」

「上司に何かされた？」

「あっしじゃなくて、あっしの同僚。課長と一緒に出張した先で関係迫られて、断ったらその後で露骨ないじめが始まったのよね。あっし、そのコから相談受けたから、課長の上司の部長に訴え出たら、いろいろ話を聞いてくれて、判った、後はこっちでやるからって言ってたくせに、あっしの方が入社四か月で関連会社に出向になって。後で判ったんだけど、そのセクハラ課長、社長の親戚だったんだって。だからあっし頭にきて、こんなとこ辞めてやるって」

「あー、そうなんだ。セクハラ被害に遭ったコも辞めたの？」

「判んない。何でか知らないけど、そのコ、あっしのことも避けるようになっちゃって、LINEとか送っても既読にならなくなって。親か先輩か、上司の誰かから説得されて、あっしの知らないところで手打ちしたのかも」

「だとしたら、ひどい裏切りだね。そのコから相談されて、竹木場が戦ってくれたのに」

「いいよ、別に」早織は顔をしかめて片手を振った。「損してるの、卑怯《ひきょう》なことした連中の方だから。自分の人生を汚してることが判ってないんだよ。あっしは辞めて清々してる。あんな奴らとかかわらなくてよかったよ。人間、プライド捨てたら終わりよ」

「すごい、すごい」

拍手をしながら苺は、自分が会社を辞めたのはプライドを守るためではなくて、単に弱かったからだという事実を嚙みしめていた。自分には早織みたいに胸を張る資格なんてない。恥ずかしさでいたたまれない気分だった。

出版関係に就職したかったというのも、本当は自分にウソをついていたのだ。本当は、プロのライターになって、さまざまなことを世の中に紹介したり、人気コラムニストになることを夢見ていたのだ。中学時代から、エッセイやコラムらしきものをこそこそと書いていたし、プロになって活動する様子を夢想してにやついたりしていた。

自分のような凡人がそんなものになれるわけがない――そう思い知らされたのは、高三の一学期だった。担任教師が生徒たちに、ごく当たり前のことのように「夢を持つのは結構なことだが、現実は甘くない。プロのスポーツ選手だとか芸術家だとかミュージシャンなどは選ばれた才能の持ち主しかなれない。君たちはもう高校生で分別がつく年頃なんだから、進路は現実的に考えないと後悔するぞ」と言うのを聞いたとき、ガンと頭を殴られたような衝撃を受けた。五十前後のベテラン男性教師で、生徒たちからは比較的人気があった。あの言葉は、自分がうすうす気づいていたことをはっきりと指摘されたようで、床がぐるぐると回り出しているような感覚になった。プロのライターもきっと、誰もがなれる類の職業ではなく、選ばれた才能の持ち主だけがなれる職業なのだ。

苺はそのとき、「ライターなんて目指しても結局は挫折を味わうだけ、という結論に至り、普通に勉強してそこそこの大学を目指すことに方針転換したのだ。早織たちとつるんでファストフード店でダべったりカラオケで流行《はや》りの歌を歌ったりするのを遠慮するようになったのも、それからだった。

早織が何か言っていることに気づいて「ん？」と聞き返した。

「今、ぼーっとしてたよ。大丈夫？」早織が少し心配そうな顔をしていた。

「ごめん、大丈夫。何て？」

「実家に戻らないで、ここに住むことにした理由。親と仲悪いとか？」

「うん、お察しのとおり。お父さんがね」

だから、ここに住んでいることも直接お父さんには伝えていない。お母さんから耳には入ってはいるだろうが。

「何？　再就職して行き遅れるよりも、稼ぎのいい男と結婚して専業主婦になれ、みたいな？」

「じゃなくて、公務員になって欲しかったみたい。大学の受験勉強をしてた頃から、何度か遠回しにそれっぽいこと言われたし、就職活動中には送ってもらったお米と一緒に市役所の採用試験関係の書類が入ってたから。私のお父さん、事務用品を扱う会社で働いてて、営業で市役所に出入りしてたのね。それで、市役所の人たちを見て、うらやましかったんじゃないかな。家で何度か、公務員は早く帰れるからいいわー、公務員はノルマとか成績を気にしないで似たようなことを毎日やってればいいからいいわー、それで給料とか手当とかしっかりもらえるから、みたいなことをお母さんによく言ってたよ。家では、公務員のことをあいつら、みたいな言い方してたけど、本当は自分もそっち側に行きたかったんだろうね。でも私、そういう言葉を聞けば聞くほどなりたくなくて」

「そりゃそうだよね。仕事にやりがいがありそうだとか、面白そうとか、そういうのとは全く違うベクトルだからね。でももう、公務員試験って、受験資格の年齢過ぎちゃってるんじゃないの？」

「それが、最近は中途採用枠っていうのがあるんだよ。民間企業のコスト意識や効率アップのノウハウを活かしたいとか、違う業界で経験を積んだ人たちから新しい発想を得たいとか」

「へえ、そうなんだ」

「私のお父さん、仕事で辛いことがあるのは当たり前で、そんなことで会社を辞める人間は負け犬だっていう考えだから、私とは水と油なんだよね。ワタミキホテルを辞めることにしたって報告したときも、電話で結構いろいろ言われたし。思えば、中学生ぐらいまではお父さんの顔色を窺って生きてた気がするし」

「でもそれは鷹取の人生とは言えない」

「うん。だから徐々に逆らうようになったんだけど、お父さんの方は、素直だった娘がおかしくなったって今も思ってるみたい。お母さん経由で、変な宗教団体とかかわってないかとか、自己啓発セミナーみたいなのに行ってるんじゃないかって聞かれたこともあったし」

「あははは、そりゃいい」早織は手を叩いて乾いた笑い声を上げた。「自分が娘に指図するのはいいけど、他人に影響されるのは許さないってか。鷹取の話を聞いたら、父親がいないのと、嫌な父親がいるのとではどっちがいいのかなって、ちょっと考えちゃうよ」そう言ってから早織は少し顔を歪《ゆが》めて「あ、ごめん」と片手で拝む仕草を見せた。「鷹取が娘として言うのはいいけど、あっしが鷹取のお父さんを悪く言うのは違うよね」

苺は「ううん、気にしなくていいって」と笑って片手を振った。そのときに、早織はずっと母子家庭だったことを思い出した。

早織は帰り際、軽自動車に乗る前にもう一度休憩所に入って、マジックをなで回した。「マジックちゃん、鷹取に迷惑かけるなよ」「鷹取がトラブルに巻き込まれたときは守ってやるんだぞ」などと、小声で言っていた。

「竹木場、今日はありがとうね」苺はそう言ってから、「ずっと連絡してなかったのに、話し相手になってくれて」とつけ加えた。

すると早織は、考えるような間を取ってから、マジックから手を離して立ち上がった。「高三でさ、鷹取が急に受験勉強始めて、あっしらとつるまなくなったとき、宇木や浪《なみ》瀬《せ》とかと話し合って、大人げない態度を取ったりしないで鷹取を見守って応援してやろうぜって決めたんだ。普通、女子グループって、そういうのを許さないとこあるじゃん。抜けるんだったらガン無視だ、悪口言いふらしちゃえ、みたいな。そういうことをしなかったのは、あっしらの勲章だと思ってる」

えーっ、そんなことがあったのか……。

そのとき、ずっと気になっていたことを聞いてみたくなった。

「あのさ、今さらだけど、竹木場は何で自分のことをあっしって言うの？」

「ああ……それはさあ、あれだ……」早織はかすかに口もとを緩めた。「中学のときだから鷹取たちと出会う前だけど、ちょっといじめられてた時期があってね、緊張しいだったんだ、実は」

「まじ？」

「うん。それで、悪い子たちに囲まれてからかわれたときに、私って言うところを、あっしって言っちゃったのね、緊張のせいで。そしたら意外とウケて何となく空気がゆるくなったっていうか、いじめられる感じじゃなくなって。それをきっかけに、あっしって言うようになったんだよ。だから自分を守るための魔法の言葉みたいなもんかな」

早織は笑いながら軽自動車のドアを開け、運転席に乗り込んだ。少し車体が上下し、ドアが閉まる。窓が下がって、早織が「鷹取さ、今度二人で飲もうよ。ここでもいいし、どこか店でもいいから」と言われたとき、もう一つ、早織の言葉に特徴があったことに気づいた。

苺は「よし、じゃあ約束ね」とうなずいてから、「ねえ、私らの仲間内では苗字で呼び合ってたじゃない。あれは竹木場がやり出したんだよね。どうしてだっけ。何か理由あったんだっけ?」と聞いてみた。

するとと早織は、にかっと笑った。マジックが笑ったような顔にちょっと似ていた。

「高校一年で一緒のクラスになって、最初に担任が名簿を見ながら一人ずつ生徒の名前を呼んで、あっしらが返事したときにさ、鷹取苺って呼ばれたとき、ちょっとクスクス笑いが起きたんだよね。そのときにちらっと見たら鷹取、何かをこらえるような顔で下向いて返事してた。そのとき、ああこの子はきっと、親につけてもらった名前だからありがたいと思ってるんだろうけど、今までに何度も名前のことで変な空気を感じてきて、そこは触れられたくないんじゃないかって。ま、あっしが勝手にそう感じて、何となく苗字で呼んだ方がいいかなって」

苺がそれに対して何かを言うよりも早く早織は「じゃ、近いうちに必ず飲むってことで」と片手を上げ、車を発進させた。

苺という名前は、三歳上の姉、澪《みお》が妹の名前は「イチゴがいい」と言い張ったからだという。単に澪の大好物だからだが、両親も、まあそれでいいか、という感じになったらしい。小学生の頃に、苺という名前を学校で呼ばれると変な視線を集めたり笑われたりするから嫌だと姉に訴えたのだが、「私が言い出したことなんて覚えてないよ。決定したのはお父さんとお母さんでしょ」と取り合ってくれなかった。姉の澪は苺よりも成績優秀で、大手銀行に就職し、研修中に出会った同僚男性の孝典《たかのり》さんと結婚して寿退社し、今は孝典さんの転勤先である京都で専業主婦をしている。妊娠中で、最近安定期に入ったことをＬＩＮＥで知らされた。かつて苺が就職で京都に住むことになったときに「京都人って、よそ者にすっごいいじわるするんだよ」と脅してきたことを、姉は多分、覚えていないだろう。妹の名前の言い出しっぺであることを覚えていないのと同様に。

道路に出て手を振って早織を見送り、車が見えなくなってから苺は、ダンボール箱から出てきょとんとした表情でいるマジックを認めて、しゃがんで抱きしめた。

「マジック、お前と出会ったお陰で、疎遠だった友達が思ってたよりずっといいやつだと気づくことができて、そいつとまた仲よくなれたよ」

マジックは、ちょっとうっとうしそうに目を細めてから、あくびをした。

それから二週間が経って、街のあちこちでクリスマスの装飾が目立つようになっても、マジックの飼い主は見つからないままだった。ハッピーシェルターはホームページにマジックの写真画像と特徴などを掲載して、飼い主を探してくれているが、問い合わせは今のところメールが一件のみ。匿名で、夏にかがみ町商店街で三味線を弾く路上ミュージシャンの隣に座っていた犬に似ている、というものだった。かがみ町商店街はここから十二キロほどの距離なので、ありえなくはないと思い、〔犬　かがみ町商店街〕でネット検索してみたところ、いくつかのユーチューブ動画が見つかった。Ｒ＆Ｂやロックの有名な曲を、作務衣姿で三味線演奏する三十前後ぐらいの、サムライミュージシャンと名乗っているらしい男性。苺は音楽に詳しいわけではないが、動画を見ただけでも、かなりの腕前の人なのだということは窺えた。場所はかがみ町商店街内の空き店舗らしい。大勢の人々が取り囲んで見ている中、低い椅子に腰かけて三味線を弾くサムライミュージシャンの隣にはマジックらしき犬がちょこんと座っている。いや、これはマジックに違いない。実際、サムライミュージシャンは演奏を終えると、「マジック殿、この曲はお気に召されたか？」などと声をかけている。するとマジックは、小首をかしげたり、あくびをしたりし、サムライミュージシャンが「何と、この名曲を退屈だと申すか。エリック・クラプトン殿の代表曲じゃぞ」などと応じて、観客が笑っている。

マジックが登場する動画は八月上旬までで、その後は一人だけの路上ライブ動画がいくつかアップされていたが、それも九月中旬で終わっていた。

動画はいずれもサムライミュージシャン本人によるものではなく、見物人たちが勝手に撮影してアップさせたもののようで、ネット上を探してもサムライミュージシャン本人のSNSなどは見つからなかった。しかし、かがみ町商店街のホームページで、マジックについていくつか手がかりを得ることができた。

マジックはもともとサムライミュージシャンが飼っていた犬ではなく、六月上旬に突然現れ、サムライミュージシャンの演奏を冷やかすようになったという。あくまで飼い主が見つかるまで預かる、というつもりで面倒を見ていたらしい。しかし八月上旬にマジックは突然姿を消した――。

サムライミュージシャンは、マジックとの動画が評判を呼び、来年デビューする予定の、和をコンセプトとする女性アイドルユニットのバックバンドに参加することになったらしい。スマホを使っていろいろ検索したが、現時点ではサムライミュージシャンについての情報はその程度しか得られなかったが、どうやらマジックのお陰でプロ活動への道が開けた、ということのようである。

かがみ町商店街の関係者に頼めば、サムライミュージシャンと連絡を取ることはできるかもしれない。だが苺はそこまでしてマジックが今ここにいると伝えるべきかどうか、よく判らなかった。プロ活動をすることになったということは、活動の拠点も首都圏に移ったと思われるし、今はさぞ忙しい毎日だろう。本人がマジックを探しているとか、情報提供を呼びかけるような発信も見当たらない。

考えた結果、苺は当面、サムライミュージシャンに知らせるのは見合わせることにした。マジックが今ここにいます、と教えても「そうですか」としか言いようがない気がするし、そもそもサムライミュージシャンはマジックの本来の飼い主ではないのだ。

早織にサムライミュージシャンのことをＬＩＮＥで知らせたところ、〔あっしもさっきハッピーシェルターの人から教えてもらった。マジックって路上パフォーマーやってたのか！〕〔てことは、鷹取のところに現れるまでの三か月とちょっとの間、どこにいたんだろう？〕〔てか、マジックってそもそも飼い主いないんじゃね？〕と連続して返ってきた。苺が〔死別とか入院なんかの事情で飼い主と離ればなれになったとか？〕と送ると、〔だとしたら一匹狼ならぬ一匹犬か。いや、それって野良犬ってことじゃんwww〕〔あ、じゃあ、飼い主はいないってことになったら……〕と続いた。苺はしばらく考えてから、〔ま、様子を見ようよ。〕と返した。

年末年始も苺は実家に帰らず、おばあちゃんの家で過ごした。お母さんからは「一回ぐらい顔を見せに来れば？」と電話がかかってきたが、「まあ、そのうちに」とあいまいに返したところ、幸いしつこくは言われなかった。

マジックは言葉で返事はできないが、苺が話しかけると小首をかしげたり、あくびをしたり、目を細めたり、ごくたまに口の両端をにゅっと持ち上げたりして、何らかの反応を見せてくれるので退屈しなかった。マジックがいてくれることで、独り暮らしというよりも、友達とルームシェアでもしているかのような気分でいられた。

目と鼻の先にあるバス停の利用者のうち何人かが、マジックに話しかけていることが壁越しに判った。朝の出勤時間に利用しているらしい男性は、最初のうちマジックに「おはよう」とあいさつするだけだったが、あるときからバスの時間よりも早めにやって来て、自販機で買ったホットの缶コーヒーを飲みながら、「昨日も残業で遅くなっちゃって、寝不足だよー」「上司の仕事の割り振りがよくないんだよなー」などと話しかけるようになった。少し興味を覚えた苺が、通行人のふりをして休憩所の前を通りながら確認したところ、髪をツーブロックにした、スーツに黒っぽいコート姿の三十代ぐらいの男性だった。彼と他のバス停利用者が、マジックきっかけで世間話をする声も、ときどき聞こえていた。

朝の散歩のときには、週に二回ぐらいの頻度で、老人ホームの人たちに出会った。老人ホームの人たちは、比較的天気がよくて、冷たい風が吹いたり雨や雪が降っていないときにだけ散歩とひなたぼっこに出るので、毎日会うわけではない。その代わり、出会うといつも「あー、待ち人来たる」「こっちにおいで」などと声がかかり、マジックは順番に老人たちの前にお座りをして、なでられたり話しかけられたりしていた。特に車椅子のキエさんは、以前は無表情で無口だった一方で突然大声で怒鳴ったりという情緒不安定な面があり、スタッフが話しかけても「もう死にたい」「はようお迎えが来て欲しい」といったことを口にする人だったというが、今では少なくともマジックの前では、表情を緩めて「マジック、おはよう」「寒いのにあんたは元気やね」などと小声で話しかけるようになった。近くにいた老女らは「あら、キエさんがまた笑っとるが」「あの人が笑うようになるとは驚きやねえ」などと言い合っていた。また、マジック効果なのか、老人ホーム内で午前中の散歩に参加する人数がじわじわと増えていた。初参加の人は「このコがマジックちゃんか」と手を伸ばしてなで、中には「話には聞いとったが、ただの犬やないか。みんながこの犬の話をしよるが、年寄りは暇やなあ」などと皮肉めいたことを言う老人もいたが、次回以降もその老人はちゃっかり参加してマジックに話しかけており、次第に口の悪さも減っていった。

小中学校が冬休みになっても、何人かの子どもたちが入れ替わり立ち替わりマジックの様子を見に来て、なでながら話しかけてくれることも多くなった。壁越しに子どもたちの声が聞こえると、苺は玄関から回り込んで「おはよう」「こんにちは」などと声をかけるようにしたところ、自然とその子たちの顔と名前を覚えることになった。中でも小六の先石《さきいし》まほろちゃんという女の子は、両親が共働きで日中は家に誰もいないとのことで、「マジックの隣で冬休みの宿題をしてもいい？」と言うので「いいよ」と応じると、午後には毎日のようにやって来て、長机でドリル問題などをするようになった。建物内とはいえシャッターが上がっているとさすがに寒いだろうと思い、苺は三枚のシャッターのうち一枚、マジックがいる側だけを閉めて蛍光灯を点《つ》け、押し入れの奥から引っ張り出した石油ファンヒーターを置いて暖かくした。まほろちゃんはそのことを申し訳なく思っている様子だったが、「マジックも寒そうだからね」と言うと、納得してくれたようだった。まほろちゃんは小学校の掲示板に、マジックの飼い主を探しています、というイラスト入りポスターを作って貼ってくれたり、給食中の放送でも情報提供を呼びかけたりしてくれている。彼女と雑談をしていたときの流れでクリスマスに何かもらった？ と聞いてみると、サンタさんなんていないことはとっくに知ってるけど、賃貸マンションから一軒家に引っ越す計画を両親が立てているので、そうなったらマジックみたいな犬を飼いたいと思っていて、今は両親の了解を得る作戦を立てているところだと、楽しそうに教えてくれた。まほろちゃんはそれを〔ワンコ大作戦〕と呼んでいて、自由帳に計画を秘かに書き込んでいる様子である。

暖房を入れたせいか、声からして老人だろうと思われる男性が午前中にちょいちょいやって来て、マジックの近くに丸椅子を置いて座り、「今日も寒いな」「ちゃんと飯食ってるか」「俺は若い頃、電気修理の仕事をやっててなあ――」などと話しかけるようになった。バスの利用者ではなく、散歩の途中に立ち寄っている様子である。その後も老人は奥さんとのなれそめだとか、幼少期にやっていた遊び、野球少年でセカンドを守っていたことなどについて一方的に話していたので、苺は顔を見たくなり、玄関から回り込んで「おはようございます」とあいさつしてみたのだが、老人は苺を一瞥しただけで返事をせず、マジックに話しかけ続けた。紺の防寒着に黒い防寒ジャージ、黒いニット帽をかぶった小柄な人で、目が細くて表情に乏しい印象があった。マジックはというと、ちゃんと聞いているよ、とでもいうように、老人が話す間は、ダンボール箱の中でお座りの姿勢になっていた。

その老人がどこの誰なのかが判ったのは、一月下旬になってだった。例によって老人がマジックに向かって話していたときに、「おとうさん、ここにいたんですか」「犬に話しかけても意味は判らないでしょ」「ほら、帰りますよ」といった、どうやら老人の家族らしき女性の声が聞こえて連れ帰ったことがあったのだが、翌日にその女性が「こんにちは」と一人で玄関の方に訪ねて来て、「うちのおじいちゃんがご迷惑をおかけしてたみたいで、すみません」と頭を下げた上で、事情を打ち明けてくれた。

女性は老人のご長男の奥さんで、年齢は五十代ぐらい、顔も身体つきもふっくらした感じだったが、表情には疲れが見えた。

老人は柏崎徳一《かしわざきとくいち》さんという、二百メートルほど北側の家で独り暮らしをしている人だった。一年前に奥さんを亡くされた後、比較的近くに住んでいた長男夫婦が交替で様子を見に行く回数を増やしていたのだが、柏崎さんは認知症が急速に進行して、風呂に入らなくなったり、トイレの場所が判らなくなって台所をおしっこまみれにしたりということがあったので、介護施設に入れるつもりであちこち探しているところらしい。だが、近隣の介護付き施設はどこも満杯で、普通の老人ホームは認知症があるとなかなか受け入れてもらえず、まだ見つかっていないという。

「ここ数日は落ち着いてますけど、いつ症状がまた悪くなるか判らないから、本当に心配で」と柏崎さんはため息をついた。「先々週なんか、頭の皮膚（ひふ）がひりひりして痛いって言うから皮膚科の病院に連れて行ったんですけど、どうもシャンプーじゃなくて浴槽洗剤で髪を洗っちゃったらしくて」

「えっ」

「しかも、皮膚科の先生が言うには、すぐに洗い流さないで放置してたようだって。だから、お義父さん、どうしてすぐに流さなかったのって聞いたら、どこをどうやればシャワーが出るのかが判らなくなったって言い出したから、私も主人も青ざめちゃって」

苺は、かける言葉が見つからず、「それは、本当に……」と言葉を濁《にご》した。

「洗剤は浴室内に置かないようにして、シャワーの使い方を油性ペンで浴室の壁に書いたお陰で、とりあえずは何とかなってるんですけど、お風呂から上がった後、タオルで身体を拭くってことを忘れてそのまま服を着ちゃったりしたこともあって。だから脱衣所の壁にも、風呂から上がったらタオルで身体を拭くこと、って書いた紙を貼らなきゃいけなくなって。トイレも、誘導するための矢印つきの表示を家の中にいくつも貼って、それで他の場所でおしっこするようなことは防げてはいるんですけど、この後どうなるのか心配で、私も主人も最近は眠れなくて」柏崎さんはそこまで話してから、我に返ったような、しまったという感じの表情になり、「あ、ごめんなさい。初対面の方にこんな話を」と頭を下げた。

「いえいえ、柏崎のおじいちゃんは、最近知り合った人ではありますけど、うちのマジックの……あ、あの犬の名前なんですけど、いいお友達だと思ってますから。今度からは私も、今お伺いしたことを踏まえて対応するようにします」

「いえ、とんでもない」柏崎さんは即座に頭を横に振った。「このままではご迷惑をかけることになるので――」

「遠慮なさらないでください」と苺は柏崎さんに笑いかけた。「多分、柏崎のおじいちゃんにとって、散歩のついでにここに立ち寄ってマジックをなでたり話しかけたりするのって、ささやかな楽しみなんだと思うんです。それがなくなったらきっと、ストレスが溜まって、よくない方に進んでしまうかもしれませんし」

柏崎さんは「うーん」と考え込むような感じで小さくうなずいた。散歩に出た後で帰り道が判らなくなったりすることも考えられるので、近所の知り合いに気づいてもらう機会は多い方がいい。

「マジックもおじいちゃんのこと、好きみたいなんで、これからもいつでも来させてあげてください。立ち寄る場所が判ってる方が、ご家族の方々にとっても安心だと思いますし。ね」

柏崎さんはかなり恐縮した様子だったが、その後さらに話し合って、何かあったときに連絡できるようにとＬＩＮＥ交換をすることになった。アイコンはヒデコさんという名前になっていた。

ヒデコさんを見送った後、苺は、就職して働いていたときの自分だったら、こんな面倒ごとに巻き込まれるのはまっぴらご免だと、露骨に避けていただろうなと思った。でも今は、誰かが喜んでくれること、誰かに頼りにされることって、気分のいいものなんだと実感している。他人《ひと》を避けていたつい最近の自分は、本当に自分だったのだろうかとさえ思う。

きっと、マジックの影響なのだろう。いつの間にか、マジックに負けてはいられない、自分も誰かの役に立たなければ、という気持ちが膨らんでいるのだ。

午後には先石まほろちゃんが勉強をしにやって来る他、何人かの小中学生たちがランダムに立ち寄っては、マジックをなでたり話しかけたりしている。先石まほろちゃんは、他の子たちから「あれ、先石って、ここの親戚？」などと聞かれることが多いようだが、彼女は「まあね」と答えていた。説明するのが面倒なのか、わざとそういうウソをついて楽しんでいるのか判らないが、苺としても確かに姪っ子ができたような感覚はあった。

夕食後に苺が洗い物をしている頃に、休憩所に立ち寄ってマジックに話しかける女性もいた。見に行ってみると、三十前後ぐらいのパンツスーツ姿の女性で、気さくに話しかけてくれる人だったので、それ以来、声が聞こえるとあいさつをしに顔を出すようにした。彼女によると、マジックに話しかけてなでることがストレス解消になってます、とのことだった。仕事か私生活で何か苦労がありそうな印象だった。

夜の十時頃になって、そろそろ全てのシャッターを下ろそうという時間帯になると、以前苺が驚いて声を上げたせいで逃げるように走り去った男性が、再びマジックに会いに来て、ぼそぼそと話しかけているようだった。苺が顔を見せるとまたすぐに帰ってしまうような気がするので、話しかけるのは遠慮していたが、彼にとってもマジックとの時間がささやかな楽しみであることは充分に伝わってきた。

その後もマジックの飼い主は見つからず、気づくともうすぐ二月も終わりという、ときどき春の陽気を感じる時期になっていた。マジックがやって来てそろそろ三か月である。

そんな時期に、立て続けに二回、苺は感謝の言葉をもらった。

一つ目は、午後にちょくちょくやって来て、マジックのそばで勉強していた先石まほろちゃんのお母さんからだった。その日は、まほろちゃんと一緒にやって来たお母さんから「娘が大変お世話になってるそうで――」と丁寧にあいさつをされ、菓子折まで受け取ることになった。遠慮しようとしても、お母さんは「いえ、そうおっしゃらず」と言い、まほろちゃんの成績がこのところ急激にアップしていること、驚いた担任の先生から電話がかかってきたこと、夫であるまほろの父親は満点を取ったという漢字の書き取りテストを見て泣いて喜んでいることなどを話してくれた。苺は最初、それはまほろちゃんがここでこつこつ勉強しただけのことではないかと思って困惑していたのだが、そこには苺が知らなかった事情があった。

まほろちゃんは、書字表出障害《デイスグラフイア》という学習障害を抱えていて、漢字が読めはするものの、書くのに苦労していたのだという。〔美〕や〔羊〕のような文字は横線の本数を覚えられず、へんとつくりのどちらが左側でどちらが右側なのかもよく間違えていた。漢字が書けないと国語だけでなく、社会や理科のテストで解答を書くときにも支障が出る。だから、まほろちゃんは漢字の書き取りテストをやってもいつも最低点だったのだが、三学期になって急に能力が向上し、とうとう満点を取るまでになったというのである。

そういえば、と苺は思い当たることがあった。マジックの飼い主を探してます、というポスターを作って学校の掲示板に貼ってくれたのだが、下書き段階のものを見せてもらったときに、文字がすべて、ひらがなとカタカナだったことを覚えている。そのときには多少の違和感は覚えたものの、低学年の子たちにも読めるようにという気遣いだろうと解釈したのだが、理由は別のところにもあったようである。

まほろちゃん本人に「まほろちゃん、すごいね。頑張ったんだね」と声をかけると、まほろちゃんは「あのね、マジックと一緒に勉強したら、漢字がちゃんとかけるようになってきたんだ」と笑って言い、「小さい声で、マジックに言いながら書いてたら、覚えられるようになったんだよ」とつけ加えた。

さらなるまほろちゃんの説明によると、漢字の書き取り勉強をしながら小声で、「春という字は横三本、下のハコの中は横一本。夏という字はハコの中に横二本」などと小声でマジックに聞かせながらやってたら、書くときにそのことを思い出せるようになったのだという。お母さんは「前にも同じようなやり方で覚えさせようとしたことがあったんですけど、そのときは上手くいかなくて。ところがマジックちゃんに話しかけながら書いていたら不思議と覚えられるようになったそうなんです」と、ちょっと当惑した顔で補足してくれた。

お母さんだけが先に帰った後、まほろちゃんはいつものように長机で漢字の勉強を始めた。小声で書き方をマジックに話していることに気づかなかったのは、誰かが近くにいるときはそれをやめていたからだろう。

マジックはダンボール箱から顔を出して、漢字の書き方を話すまほろちゃんをじっと見上げていた。苺は、もしかしたらマジックも漢字の書き方を覚えていて、ペンを前足に固定したら、すらすら書き始めるんじゃないかと想像してしまった。

二つ目の感謝の言葉は、認知症が進行して、浴槽洗剤を頭にかけたり、身体を拭かずに濡れたまま服を着たりしていた柏崎徳一さんの息子さん夫婦からだった。柏崎さんは、マジックのところにやって来ては、ぼそぼそと自身の昔話などを話していたが、そうするうちに過去の記憶がよみがえりやすくなったのか、徐々にもの忘れもなくなってきたという。お嫁さんのヒデコさんがご主人を連れてやって来て、「理屈はよく判らないんですけど、マジックちゃんのお陰だとしか思えません。昨日、夫婦で様子を見に行ったときには、家の中がちゃんと整理整頓されていて、洗濯も衣類の収納もできるようになってました。以前とは別人のようです」と晴れやかな表情で報告してくれた。

柏崎のおじいさんの様子が変化してきたことは、苺も気づいていた。当初は苺があいさつしても知らん顔で、マジックにだけひたすら話しかけていた柏崎さんだったが、最近では「おはよう」「昨日は暖かかったけど、今日は寒いね」「勝手にポチって呼んでたけど、マジックっていうのか」など、まともな返事をしてくれるようになったからである。それに伴い、柏崎のおじいさんの表情にも覇気のようなものが感じられるようになって、きっと息子さん夫婦もその変化には気づいているはずだと思っていた。

先石まほろちゃんのことにしても、柏崎のおじいさんのことにしても、初めて話を聞いた人にとっては、信じられない出来事かもしれないが、マジックとの出会いによって気持ちを切り替えることができた苺にとっては、決してあり得ないことではなかった。ここに引っ越して来た当初は、誰にも会いたくない、心の傷が癒えるまで何もしたくないというかなりネガティブな状態だったのに、気がつくと初対面の人とも身構えることなく話ができ、今ではそろそろ新しい仕事を探そうとも思っている。

午前中の散歩で、美術館前のベンチスペースで出会う老人ホームのグループとは、すっかり懇意になり、「寒い日が続いてここんところ来られなかったから、もうあんたらに会えないまま死んでしまうかと思ってたよ」「一昨日は天気がよかったのに何であんた来なかったの？　おなかの具合が悪くて来るのが遅れた？　何かあったんじゃないかって、みんなで心配したんだよ」「息子夫婦から、会いに来るっていう約束をすっぽかされてイライラしとったけど、あんたとマジックに会ったら気分が収まったわ、ありがとう」などと笑顔で声がかかる。車椅子のキエさんも、最近ではすっかり表情が豊かになり、マジックを見ると大きく顔がほころんでいる。

そんなある日、老人グループの中に異質な男性が一人いた。細身で縁なしメガネ、白髪頭をきれいになでつけていて、年齢は六十前後ぐらい。彼の方から「おはようございます」と近づいて来たため、少し身構えながら同じ言葉を返したが、彼の後ろについて来た女性スタッフから「精神医療センターで認知症患者さんを診ておられるハヤタ先生です」と教えられた。言われてみれば、青いベンチコートの裾から見える白いズボンは、医療スタッフ用ユニフォームのようだった。

ハヤタ医師は、「へえ、このワンちゃんがマジックちゃんですか」と口もとを緩め、両手をひざについて身体をかがめて「初めまして。ハヤタです」と声をかけた。

ハヤタ医師は続いて「急にお声がけしてすみません」と苺にあらためて頭を下げてから、「マジックちゃんのことをいろいろと聞きまして、ちょっと直接お話を伺えればと思いまして」と続けた。

「はあ」

「申し訳ないのですが、十分ぐらいお時間をいただけないでしょうか」

「はい。じゃあ、老人ホームの人たちがマジックの相手をしている間でもいいでしょうか」

「ええ、それで構いません」

苺は、女性スタッフにマジックのリードを託し、老人ホームの人たちが順番にマジックをなでたり話しかけたりしている間、少し離れた場所で立ち話をすることになった。

「キエさんという、車椅子の女性がおられますよね」とハヤタ医師は切り出した。「以前は感情を表に出さない人だったようですが、マジックと会ううちに徐々に笑顔を見せるようになったそうで」

「ええ、そのようですね。最近は、手を伸ばしてマジックをなでながら、あんたはいい子やね、寒くないかね、こんなおばあちゃんに触られても楽しくないやろうね、みたいなことをおっしゃるようにもなって」

「なるほど」ハヤタ医師はうなずいた。「スタッフの方々から聞いたところでは、もともとあの人は妄想癖があって、施設内で急に怒鳴ったり他人をののしったりすることがあったそうなんです。自分は世の中のお荷物だ、死んでしまいたい、といったことを泣きながら叫ぶこともあったとか。それで他のお年寄りたちと不仲になって、孤立してしまったそうです。スタッフさんたちも人間ですから、暴言を浴びせられると面白くないので、強い言葉でたしなめることもあったようです。話を聞いた息子さんも、そのことでかなりキエさんを叱りつけたらしくて。妄想癖については、新しい薬を投与したことによって、キエさんが爆発することもなくなったのですが、今度は感情を表に出さない人になってしまいまして」

「そうだったんですか」

「薬の副作用なのか、周囲の人たちや息子さんとの軋轢《あつれき》が主な原因なのかは、現時点ではっきりしていないのですが、施設側としては、キエさんが爆発しないでいてくれた方がいい、ということで、薬の投与は続けてたんですよ」

「はあ」

「そういう経緯により、最近ではキエさんは、感情を表に出さない人として周囲から認識されていたのですが、マジックちゃんと出会って変化が起きたようで」

「ええ……」

「最近のキエさんは、施設内でも他のお年寄りやスタッフさんたちにマジックちゃんの話をよくするんだそうです。話すときは笑顔になるので、以前のキエさんのイメージがある人はみんな驚いてるようです。スタッフさんから話しかけられても穏やかな口調で返事をするようになったとも聞いています」

苺は、最初の出会いのときに、老女の一人が「あ、キエさんが笑っとる」と言い、スタッフの女性が目を丸くしていたのを思い出した。

「それで」とハヤタ医師は続けた。「キエさんの担当医さんと意見交換させてもらい、三日ほど前から薬を減らしているところなんです。それでも今のところ、キエさんは落ち着いた状態が続いているので、様子を見てさらに減らしていき、いずれは薬を投与しなくて済むようになれば、と思っています」

「それが、マジックのお陰かもしれない、と」

「ええ。それしか考えられません。ええと、鷹取さん、でよかったですかね」

「はい」

「ドッグセラピーとか、アニマルセラピーという言葉を聞いたことはありますか」

「ええ……あるような、ないような……」

「簡単に言うと、犬、猫、馬など人間と親しい関係になれる動物たちと触れあうことで、認知症や学習障害などを改善したり、気持ちが前向きになるなど、脳の状態や心持ちの改善を促す方法です。日本ではまだあまり認知されておらず、普及も足踏み状態ですが、海外では医療施設や介護施設などで取り入れている国や地域が増えていて、さまざまな事例が報告されてます。認知症の改善はもちろん、学習障害で学校の授業についていけてなかった女児が、犬を相手に児童書の読み聞かせをした結果、短期間で学力がかなり向上したそうです。それをきっかけに、アメリカの図書館や小学校の中には、読み聞かせの聞き役になってくれる犬を常駐させているところもあるんです」

苺は「へえ」と口にしたが、心の中では、そういうことだったのか、と納得していた。柏崎のおじいさんの認知症が改善していることも、漢字を書くのが苦手だった先石まほろちゃんが書き取りテストで百点を取れるようになったことも、マジックがセラピー犬の役目を果たしてくれた結果なのだ。普通のドッグセラピーと違うところは、マジックは専門家などの手を借りることなく、勝手にやっていたところだが、やったこと自体はまさにドッグセラピーだったのだ。

「詳しいメカニズムは未解明な部分がまだまだありますが」とハヤタ医師は続けた。「犬などの動物とコミュニケーションを取ることで、脳が活性化され、できなかったことができるようになったり、できなくなったことが再びできるようになるという改善効果があることは実証されています。アメリカのある刑務所では、凶悪犯の受刑者たちに、人間から虐待を受けるなどした保護犬の面倒を見させるという試みもなされてるんですが、多くが徐々に穏やかな表情、穏やかな性格に変化して、再犯率が大幅に下がったという報告もあります」

苺は大きくうなずいてから、「ハヤタ先生、実は、キエさんだけじゃなくて――」と、柏崎のおじいさんと先石まほろちゃんの出来事を伝えた。「ほう」と興味深げに聞いていたハヤタ医師は、「できればそのお話、あらためて詳しく聞かせていただけませんか。私のフィールドである認知症の研究に、大いに役立つお話だと思います」と苺の目を見つめて言った。

結局、苺が体験したことは文章にまとめて後日メールで送る約束をした。ハヤタ医師が言うには、アニマルセラピーを日本で普及させるためにも、こういった実例を集める必要がある、とのことだった。ハヤタ医師の話しぶりからすると、国内の認知症学会の中でドッグセラピーやアニマルセラピーは今のところまだ冷遇されていて、政府も本腰を入れて取り組む姿勢を見せていないらしい。

ふと視線を向けると、車椅子のキエさんが目を細めてマジックの頭をなでていた。

「施設内でも犬を飼いたい、みんなで面倒を見たいっていう声が上がってるそうです」ハヤタ医師もマジックとキエさんの方を見ていた。「今のところ、マジックと交流があった人とスタッフさんたちが、経営サイドと交渉している段階ですが、私も認知症の専門医として後押しするつもりです。施設内には、もしかしたら犬アレルギーの人もいるかもしれないし、犬がもともと嫌いな人もいるかもしれないので、その辺りのことをクリアする必要はありますが、試みとしてやってみる価値はあると思っています」

「あの、もしそうなったら」と苺は食い気味に言った。「是非、ハッピーシェルターというNPO団体に相談してみてください。保護犬を預かって飼い主を探す活動をしている団体でして――」

「知っています」ハヤタ医師はうなずいた。「施設内で犬を飼う計画が実現段階に入ったときには是非そうさせていただきますよ。入居しておられるお年寄りたちには、誰かの役に立ちたいという願望が潜在していると私は思ってましてね」

「誰かの役に立ちたい願望、ですか」

「人間、不思議なもので、誰かに何かをしてもらうよりも、誰かに何かしてあげる方が幸福感が大きいものなんです。心理学者がそのことをデータとして示すよりももっと昔から、仏教の教えとして語られてきたことではあるんですがね。本当の幸福とは、誰かの役に立つこと、誰かのためになれること。入居者の方々がもし犬の世話をすることができるようになれば、自分たちが面倒を見ている犬が、仲間や周囲の人たちに小さな幸せをもたらす様子を見て、さらに大きな幸せを感じるはずです」

そのとき、「あーっ、マジックが笑った」という声が聞こえた。

老人たちが笑っている。ここからは、マジックの後ろ姿しか見えない。だが、きっと口の両端をにゅっと持ち上げて見せたのだろう。

早織からの連絡で、二人で飲む約束を果たそうということになり、二月最後の日曜日、夕食後に早織が軽自動車でやって来た。車には缶酎ハイやつまみ類の他、寝袋も積まれてあった。事前にLINEで、〔泊まってもいい？〕と聞かれたので、〔いいけど、お客さん用の布団がないんだわ。〕と答えたところ、〔大丈夫。寝袋持ってく。〕との返答だった。

早織はマジックをなで回しながら「マジック、聞いたぞ。お前すごいなー、スーパードッグだなー」などと話しかけ、「これはご褒美だよん」と、途中で買って来たらしい高級そうな犬用ササミジャーキーの袋をマジックに見せた。マジックは中身が何か判ったようで、口の両端をにゅっと持ち上げた。

マジックのお陰で老人ホームのキエさんに表情が戻ったり、認知症が進行していた柏崎のおじいさんの状況が改善したり、学習障害で漢字を書くのが苦手だった先石まほろちゃんが書き取りテストで百点を取れるようになったこと、ハヤタ医師と話したことなどについては、既に早織には伝えていた。飲もうと言ってきたのも、そういった出来事について詳しく知りたかったのだろう。

早織はグラスに注いだ酎ハイを半分ほど一気飲みして、ふう、と息を吐いてから、「あ、そうそう、酔っ払う前にまず話しておくね」とグラスをテーブルに置いた。「うちの店によく来るお客さんの中に、学習塾を経営してる人がいるんだけど、中学生を担当してくれる講師を探してるって言うのよ。鷹取、よかったらバイトでやってみない？」

「やらせてもらえるならありがたい話だけど、私、そういうの経験ないよ」

「大丈夫、大丈夫。そんなバリバリの塾じゃなくて、どっちかっていうと学校の授業についていけてない子たち向けのところなんだ」

さらに説明を聞いたところ、勤務時間も何とかなりそうで、給料も悪くはなかった。ここで節約生活を続けながら通勤すれば、多少は貯金もできそうだ。

苺が「じゃあ、面接受けに行かせてもらおうかな」と言うと、早織は「オッケー、明日さっそく伝えとくね」と親指を立てて笑った。「最近、女性の講師が一人、結婚して引っ越すことになって辞めちゃったから、困ってるんだって。あっしの紹介だから百パー採用だよ。頑張ってね」

こうやって旧友との仲が復活したのも、その旧友が口を利いてくれて働き口が見つかりそうなのも、マジックとの出会いがきっかけである。苺は、さっき早織が口にしたように、確かにマジックはスーパードッグだと心の中でうなずいた。お手、お代わり、お座りぐらいしかできないから、ドッグコンテストに出ても予選落ちだろうけど、そういう犬たちよりも何百倍もすごい能力を持っているコである。

「あ、それとさあ、来週の日曜日なんだけど、時間ある？」早織はそう言ってから「あるよね」とつけ加えた。

「うん、大丈夫だと思うけど」

「その日、森林公園でハッピーシェルターが、犬猫の里親探しイベントをやることになってるんだよね。人手が欲しいんで、できたら手伝ってもらえたらありがたいんだ」

「何をすればいいの？」

「ただの雑用だよ。物資を運んだり、チラシ配ったり、スタッフからこれやってって頼まれたことをしてくれたら。難しい作業は頼まないし、あっしもいるから」

「判った。仕事を紹介してもらったんだから、それぐらいお安いご用だよ」

「ありがと。じゃあ、そういうことで」

早織に促されて、再び乾杯をした。

その後、あらためて、ここ三か月間のマジックにまつわる出来事を聞いた早織は、三本目の缶酎ハイを開けようとした手を止めて、缶をいったんテーブルに戻した。

「あのさー、鷹取」

「うん」

「あんたからメールでマジックと関わった人たちのことをざっくり知らされたとき、あっし、これだって思ったんだ」

「何が」

「あっし、ドッグセラピーを普及させる活動に力を入れてく。今はドッグセラピーに関係する本を読み始めてるところなんだ。勉強して、ドッグセラピーを広めるのがあっしの使命なんだと今は思ってる。鷹取からの報告で、目が覚めたよ。ありがとね」

「まじ？」他人の人生を左右するようなことをしたつもりはないんですけど。

「あっしさあ、犬や猫の保護活動にかかわってきたけど正直、心が折れそうになってたんだよね」早織は顔半分をしかめながらプルタブを引いた。「いくら保護しても無責任な飼い主はいっこうに減らないし、新たにやって来た犬や猫が怪我をしてたり、人間を怖がったりするのを見て、どんな目に遭ったんだろうって想像するのも辛いし。そんなコたちが残りの人生を幸せに暮らせるようにと思って飼い主を探す活動をやってるのに、偽善者呼ばわりしてくる連中もいてさ。先日スタッフが受けた電話なんて、寄付金をちょろまかして懐に入れてるんだろ、みたいなアッタマくる言いがかりだったって」

「そんな奴がいるんだ。ひどいね」

「でもあっし、マジックと鷹取のお陰で気づいたんだ。あっしさあ、気づかないうちにいつの間にか、かわいそうな犬猫のために活動してあげてるっていう上から目線の気持ちになってたんだよ。そうじゃないんだよね。犬も猫も、大勢の人間を癒やしてくれて、助けてくれてるんだ。だから、してあげる、じゃなくて、お互い様なんだよ。常識人として、犬や猫に感謝の気持ちを込めて、恩を返すのは当たり前の行動だってこと」

「その先に見えたのが、ドッグセラピーを広める活動なわけね」

「そ。具体的にはまあ、これからぼちぼち考えますわ。ハヤタ先生にもそのうち会いに行こうと思う。ということで、応援よろしく」

そう言って早織は手酌でグラスに注いだ酎ハイを持ち上げて、三度目の乾杯を求めてきた。その顔は紅潮して、目がちょっと据わっていて、これ以上飲ませたらまずいかも、と感じたが、苺は心の中で、いいじゃん、いいじゃん、飲ませちゃえ、とことんつき合うよ、とうなずきながら、自分のグラスを持ち上げた。

五日後の金曜日は、三月初旬にしては気温が上がり、テレビの天気予報では五月初旬並みの暖かさになる、と報じていた。

苺は白いフード付きジャージという軽装で午前中の散歩に出かけ、いつものように老人ホームの人たちと談笑した。気温が上がったせいだろう、今日は二十人ぐらいいる。中には初めてマジックを見た老女もいて、「あんたが噂のマジックちゃんかね。みんながアイドルみたいに言うから女のコかと思っとったけど、男のコなんやね」などと声をかけていた。スタッフの女性からは、「お陰様で、入居者さんたちがマジックの話をするせいでおしゃべりが増えて、施設内の雰囲気が明るくなりました。みんなで犬を飼いたいという声も高まってて、是非実現させたいと思ってます」と報告され、それを聞いていた老女の一人が「でも、どんな犬が来たとしても、マジックちゃんほどかわいくはないやろう」と言った。近くにいた何人かが笑ってうなずいていた。

帰宅してエサをやりながら「マジック、お前はたいしたやつだよ。尊敬するよ」と声をかけると、マジックは苺をしばらく見上げてから、視線を外して食べ始めた。何か言いたいことがあったけれど、まあいいや、みたいな態度だった。

苺はその様子に、奇妙な胸騒ぎを感じたが、なぜそんな感覚に囚われたのかはよく判らなかった。

胸騒ぎの正体が判ったのは、その日の夕方だった。

マジックといつものコースを散歩し、アスレチック公園の隅っこでウンチを回収して、「さ、帰ろうね」と歩き出したとき、マジックはなぜかお座りの姿勢のまま動こうとしなかった。

「ほれ、帰るよ、マジック」

さらに力を入れてリードを引っ張ると、マジックは四肢を踏ん張って抵抗した。二度、三度と引っ張ってもマジックの態度は変わらなかった。じっと苺を見返す目は、何かもの言いたげだった。午前中にエサを与えていたときの微妙な雰囲気が頭の中によみがえった。

そのとき、三味線奏者のサムライミュージシャンのときも、マジックは唐突にいなくなったのだと思い出した。その後、彼はプロ活動を始めることができたというが、それはマジックとコラボしたいくつかの動画で注目を集めたお陰らしい。マジックは、サムライミュージシャンの応援はこれぐらいでもう充分、と判断して姿を消したのだろうか……。

「マジック、もしかして、行っちゃうつもりなの?」

そう問いかけると、マジックはじっと苺を見返してから、口の両端をにっと持ち上げて見せた。まるで、おセンチになるなよ、笑って見送ってくれよ、とでも言いたげだった。

周囲を見渡すと、夕陽は傾いているものの、まだ明るい。なのに、公園内には不思議と人影はなかった。苺とマジックの影が歩道と芝生の上に長く伸びている。

「マジック、確かにあんたのお陰で私、ずいぶんと元気を取り戻すことができたよ。最初は他人に会うのも嫌だったし食欲もなかったけど、あんたと一緒だと嫌でもいろんな人たちと話をすることになるし、お陰で人と話すのが楽しいと思えるようになれたし、あんたと散歩をすればおなかもすくから食欲も戻った。あんたがきっかけで疎遠だった早織ともまた仲よくなれたし、新しい仕事も見つかった。一昨日、面接を受けて採用してもらえることになって、来週からさっそく子どもたちに教えることになったんだ」

マジックはお座りをして聞いていたが、何をごちゃごちゃ言ってんだよ、みたいな感じで首をかしげた。

苺は自分の右手に握られているものを見て、「えっ？」と声を上げた。リードの先。いつの間にか、マジックの首輪からフックが外れている。全く外した記憶がなかった。

マジックが目を細めて、かすかにうなずいたように見えた。

これでいいんだ、と言われたような気がした。

マジックは、急にいなくなる。頭の隅で何度もよぎったことであった。わざとそのことを考えないようにしていた。

きっと、止められないことなのだ。マジックがこうと決めたら。

そのとき、なぜこのタイミングなのかが判ったような気がしてきた。

「明後日、犬の里親探しのイベントがあるんだ。早織に頼まれて手伝うことになってるけど……私も里親になるよ。マジックみたいな犬がいたらいいんだけど……」

するとマジックはもう一度、口の両端をにっと持ち上げた。そうそう、お前判ってるじゃないか、そんな感じだった。

苺は持っていたリードの先を下に置き、両ひざをついてマジックを抱きしめた。確かなぬくもりと鼓動が伝わってきた。このコと過ごしたこの三か月は決して幻覚でも妄想でもない。

両手の力を緩めてゆっくり離すと、マジックはすたすたと歩き出してから、一度立ち止まって振り返った。

「車に気をつけるんだよ」

マジックは目を細めてから背を向け、再び歩き出した。

「次は誰を元気にするの？　行き先は決まってるの？」

だがマジックはもう振り返らなかった。黒い姿がどんどん小さくなって、向こう側の出入り口から出て行った。

急に子どもたちの歓声が聞こえてきたので振り返ると、ブランコに乗っている子たちがいた。他の遊具にも何人かの子どもたちがいる。公園の反対側を、ラブラドールらしき大型犬を連れて歩いている女性と、ウォーキングをしている年配女性がいる。広場の真ん中では中学生ぐらいの男子数人がフリスビーで遊んでいた。急にパラレルワールドから現実に戻って来たかのような感覚だった。

足もとには、赤いリードと、トイレットペーパーで包んだマジックのウンチが入ったポリ袋があった。マジックを抱きしめたときの感触は、腕と手のひらに残っている。

その日の夜、レトルトのハヤシライスを食べ終えて紅茶を飲んでいるときに、珍しく玄関チャイムが鳴り、ドアの前で「はい」と応答すると、「すみません、テラウラと申しますが」という声が聞こえた。名前は知らなかったが、声を聞いて、何度か話したことがある、この時間帯によくマジックをなでにやって来る女性だと判った。マジックがいないため、その理由を聞くために声をかけたに違いない。

どう説明するかは、既に考えてある。

苺がサンダルをはいて玄関ドアを開けると、なぜか毎朝早めにやって来て缶コーヒーを飲みながらマジックに話しかけていた男性も隣に立っていた。

「ああ、どうも、こんばんは」と男性は会釈した。「マジックの姿がないので、どうしちゃったのかなと思いまして」

苺は外に出て、二人と向き合い、咳払いをした。

「実は、飼い主が見つかりまして」

するとテラウラさんと男性は顔を見合わせた。男性が「な」と言うと、テラウラさんは「うん」とうなずいた。男性が「きっとそういうことだろうって話してたところなんですよ」と苺に言った。

この二人、もしかして……。

あのー、と尋ねるよりも先に、テラウラさんが「私たち、夫婦なんです」と言った。

「出勤と帰宅の時間が違うので、同じバス停を利用しているのに一緒に乗ることがなかったんですけど」

「ああ、そうだったんですか」この二人が夫婦だったとは。

「飼い主は」とテラウラさんの旦那さんが聞いた。「ご近所の人だったんですか」

「北に二キロほど離れたところの方でした。飼い主さんの高齢のお母さんがうっかり勝手口を開けっ放しにしちゃって、家の中で飼われてたマジックが脱走したんだそうです」

「そうでしたか」テラウラさんの奥さんがしみじみとした様子でうなずいた。「マジック、自分からは飼い主のところに帰ろうとはしなかったんですね」

「ええ」苺はあいまいにうなずいた。犬は遠くに置き去りにされても自力で帰って来ることがよくあるようだが、そういうのはケースバイケースだろうし、苺がその理由を説明できる立場ではないから、適当に同調しておけばいい。

「飼い主さんは六十ぐらいの男性の方だったんですが」と苺は作り話を続けた。「とても感謝してくださってました。マジックがいなくなって家族全員が心配してすっかり睡眠不足になってたけど、これでようやくぐっすり眠れるとおっしゃってました。マジックも尻尾をこれでもかっていうぐらいに振って再会を喜んで」

「ならよかった」テラウラさんの旦那さんが言うと、奥さんもうなずいたが「でも、ここが寂しくなりますね」と苺を気遣うような表情を見せた。

「ええ。実はちょうど日曜日に森林公園で犬猫の譲渡会があるので、新しいコを探しに行ってみようと思ってまして」

「あら」テラウラさんの奥さんの表情がぱっと明るくなった。

「新しいワンちゃんがやって来たら」と旦那さんが言った。「また立ち寄らせていただいて構いませんか」

「ええ、もちろん」

「素敵」奥さんが小さく拍手した。「マジックがいなくなって、落ち込みかけてたけど、別の楽しみができてよかった」

その後しばらくテラウラ夫妻と話したところによると、二人は当分子どもを作らないで共働きでおカネを貯める計画だったのだが、ご主人の方は夜に寝に帰るだけで休日出勤も多いため、すれ違いの生活が続いて会話が減っていたという。その上、どちらも仕事でストレスをため込んでしまい、せっかく一緒にいても、ささいなことがきっかけで口論になったりして、夫婦関係の継続に危機を感じ始めていたらしい。そんなときに、奥さんがバス停近くにマジックという犬がいてとてもかわいいという話を何気なくしたところ、ご主人も「ああ、あの犬ね」となり、朝と夜別々に同じ犬に癒やされていたということを知って、久しぶりに顔を見合わせて笑ったのだという。

「今は賃貸マンションに住んでるんですけど」とテラウラさんのご主人が言った。「彼女と話し合って、小さな家を借りようかって話してるんです」

奥さんが「私たちも犬を飼いたいねって話したことがきっかけでそうなったんです」とつけ加えた。「犬が一緒にいてくれるときっと、夫婦の会話も、笑顔も増えるはずだからって」

「素敵」と苺はさきほどの奥さんの言葉を真似て、小さく拍手する仕草を見せた。

しかしマジックも、朝と夜に立ち寄っていた人たちが実は夫婦で、自分がその仲直りに貢献したとは気づいていないだろう。

いや、マジックなら判っていたかも。

夜の十時前になって、遠慮がちに金属製のドアを叩く音が聞こえたので、苺が近づいて「はい?」と応じたが、返事はなかった。

奇妙な間の中で、もしやと思って玄関から回り込んでみると、思ったとおり、髪の毛がもじゃもじゃで無精ひげのあの男性が、後ずさりながら会釈をした。すっかり暖かくなったので、この日は黒地に蛍光色のラインが入ったジャージ姿だった。

「あら、こんばんは」少々不気味さはあっても悪い人ではないはずだと自分に言い聞かせながら苺は笑顔を作った。「マジックがいないから声をかけてくださったんですか」

男性はいったん口をひらいたが、言葉は出なかった。代わりに小さく二度うなずいた。垂れ下がった前髪を片手でかき上げてから、男性はジャージのポケットから何かを取り出した。名刺だろうか、と思っていると、男性は一歩前に出て、蛍光灯の薄明かりの下でそれを見せた。

名刺サイズのカードに、ボールペンらしきものでこう書いてあった。

［私は極度の人見知りで、上手くしゃべれません。代わりにこれを読んでもらえますか？］

そういう事情を抱えている人だったのか。苺は「はい、判りました」とうなずいた。

男性はさらにペンをポケットから出して、別のカードに記入し、それを見せた。

笑顔を作ったが、少しぎこちなかったかもしれない。

［あの犬はマジックという名前だったんですね。］

「はい、マジックというんです」今度の笑顔は少しマシにできた。「この時間によくマジックをかわいがってくださってたようで、ありがとうございます」

男性は少しあわてたように顔の前で片手を振り、あらかじめ用意しておいたらしい別のカードを見せた。

［何度も勝手に敷地内に入って、勝手に犬を触ったりして、すみませんでした。］

「いえ、全然」苺は頭を横に振った。「マジックも喜んでたと思います」

苺は続けて、テラウラさん夫妻に話したのと同様、飼い主が見つかったことを説明した。男性はその事実に衝撃を受けたようで、放心したような表情をしていたが、苺が日曜日に犬猫の譲渡会に出かけて新しい犬を連れて来るつもりだと伝えると、何度かうなずいて、両手を合わせた。苺はそれを、是非そうしてください、という意味に受け止めた。

しばらく間ができた後、男性は思い出したかのようにカードをめくり、別の一枚を見せた。

［私は、ずっと引きこもりが続いてました。］

その後も男性は、順にカードを確認しては苺に見せるやり方で、自身のことについて教えてくれた。

彼は二十代前半のときに就職に失敗したことがきっかけで引きこもりになり、食肉関係の工場でアルバイトをしたことがあったが、上司に怒鳴られてその工場も行けなくなり、それからは二十年近く実家の自分の部屋だけで生活してきたという。以前は何度も衝突した両親も高齢になり、厳しく叱られなくなったことで、かえって何とかしなければと焦りが募っていたがどうしても行動を起こすことができないでいた。夜間にコンビニに買い物に行くのがやっとだという自分のことがほとほと嫌になっていたときに出会ったのがマジックだった。マジックに見つめられると、お前は大丈夫だと言われているような気がして勇気づけられ、また、財産なんて何も持っていない犬がこんなに平然と、そして堂々と生きているのだから自分も頑張らないとという気持ちになれたという。

そして数日前、ある計画を彼は実行に移した。犬を飼っている家を探して回り、〔犬の散歩代行します。〕という内容のチラシを投函して回ってみたところ、何軒かからスマホへのメールでオファーがあり、うち一軒は高齢の資産家で、毎日お願いしたいと頼まれたという。しゃべれないことについては、方便《ほうべん》として、声帯に問題を抱えているとメールで伝えたところ、あっさりと、ならば筆談で、という返事をもらえた。その後、直接訪問して筆談で話し合ってみると、思っていたよりもスムーズに交渉ができ、一日に二度の散歩だけでなく、時給換算で庭の草むしりなどの雑用もさせてもらうことが決まったという。男性は、稼ぎは少なくても他人から感謝されるやりがいのある仕事だと思うので頑張りたい、とのことだった。最後に彼は、〔あの犬が私を助けてくれました。私のような人間でも何かできるはず。彼からそのことを教わりました。〕と書いたカードを見せてくれた。〔彼〕というのはマジックのことだろう。

男性が帰って行った後、空のダンボール箱を見下ろして苺は「マジック、あんたはつくづく、すごいやつだねー」とつぶやいた。

今から一人酒といくか。

日曜日は前日の天気予報のとおり快晴で、あまり風も吹かない行楽日和となった。苺は自転車を三十分ほど漕いで朝八時過ぎに森林公園に到着し、早織を含むハッピーシェルターのスタッフさんたち六人と合流、早織の指示でトラックやワンボックスカーから芝生広場への荷物の運搬、テント設営などを手伝った。犬や猫たちはそれぞれ小さなケージに入っていて、呑気《のんき》に眠っているコもいれば、不安そうな表情を見せるコもいた。子犬が八匹、成犬が三匹。猫はそこそこ成長したものばかりが十五匹。近くには〔動物ふれあいコーナー〕としてウサギとハムスターが入る柵も設置された。後で子ヤギたちも到着するという。

ケージに入れられた子犬の中に、マジックと似た模様の、黒柴ふうのコがいた。作業が一段落して次の指示待ちとなったときに、苺がそのコのケージの前にしゃがんで「おい」と指先を近づけると子犬は近づいて来てくんくんと匂いをかいだ。

「やっぱりそのコにロックオンしたね」と早織が軍手を外しながら歩み寄って来た。「柴犬の血が濃いみたいだね。でもメスだよ。生まれて三か月だって。ダンボール箱に入れられて、ハッピーシェルターの前に置かれてたんだ。そういうことするんなら、せめてそれなりのおカネも箱に入れとけって話だよ、ったく」

ハッピーシェルターの施設は、前は歯科医院だった建物を、遺族の好意で使わせてもらっていると早織から聞いている。

「鷹取が今思ってること、当ててようか」早織が意味ありげな笑い方をした。

「何よ」

「黒柴っぽい模様をしてるだけじゃなくて、このコがダンボール箱に入れられて捨てられてたっていうところに、シンクロ何とかを感じてるんでしょ。鷹取のところにいたときのマジックもダンボール箱が寝床だったからね」

「ピンポーン」

正しくはシンクロニシティ。確か、意味のある偶然の一致、みたいな意味だったはずだ。偶然をただの偶然として終わらせるか、そこに意味を見出すかは人それぞれでいいとは思うが、後者の方がきっと人生は楽しいものになる。このコが生まれたと思われる時期が、自分がマジックと出会った時期でもあるという偶然にも何かを感じる。

「マジックと知り合ったみんな、がっかりしてたんじゃない？」

早織にも、飼い主が見つかったという作り話をLINEで伝えてある。即座に、譲渡会で新しいコを選ぶことを勧められ、苺もそのつもりだと返信した。

「うん。でも、この譲渡会で新しいコを探すって言ったら、みんな結構気持ちを持ち直してくれたみたいだから大丈夫。きっとわくわくしながら待ってると思う」

「そりゃよかった。ところで、そのコが欲しいんだったら」早織は黒柴ふうの子犬をあごで示して、声を小さくした。「譲渡会に参加させないで、車に戻しといてもいいけど。複数の希望者が出たら抽選になっちゃうからね」

「うーん、そうしたい気持ちもあるけど……」

「あるけど？　もしかして、そういうのは自分だけがズルするみたいだから……」

「うん、流儀じゃない」

「流儀」早織は噴き出して手を叩いた。「武士か、お主は」

苺は「てへへ」と片手を頭にやって笑った。〔流儀〕などという、女子が日常で使うことのない言葉が口から出たのは、きっとサムライミュージシャンの影響だろうと自己分析した。

昨夜ふと思いついて、再びサムライミュージシャンについてネット検索してみたところ、ムーンリバーという芸能事務所のホームページが最近更新されたようで、彼がその事務所に所属していることや、本名なのか芸名なのかは判らないが、屋形将騎という名前だということが判った。事務所のホームページにはメールアドレスなども記載されていたので、苺はお酒の勢いを借りて、自分とマジックとの三か月間を、ざっと伝えるメールを送ったのだった。マジックの近況が判って喜んでくれるはずだと思ってのことだったが、後になって、マジックがまたもや姿を消したことを知って、かえって心配させてしまったのではないかと少し不安になったりもしたのだけれど……。

早織が何か言っていた。「ん？」と聞き返すと、「何ぼーっとしてんのよ」と肩を叩かれた。そして早織は「だから、鷹取がしたいようにすればいいって。シンクロ何とかが本当かどうか、抽選の結果で確かめるっていうのも、ちょっとわくわくするし」と続けた。

苺は「だね」とうなずいた。よし、抽選になったとしても、絶対に引き当ててやる。

予定どおり、わんにゃんフェスタは午前十時に始まり、苺は早織の指示で、来場した見物客にチラシを配る作業をした。

譲渡会の犬猫のケージの回りには、すぐに大勢の人が集まった。家族連れが多いが、若いカップルもいる。「わあ、かわいいー」「お母さん、私このコがいい」などという声があちこちから聞こえてくる。

黒柴ふうのあのコのケージ前に、幼稚園ぐらいの女の子がしゃがみこんで、じっと見ていた。その後ろに立っている七十代ぐらいに見える男性は、その子のおじいちゃんだろうか。苺はちょっと不安になってきて、他の犬も見れば、と言いたくなった。

するとおじいちゃんの方が「確かにぱっと見はチャーリーと似てるなあ」とうなずき、「でもまあ、こういう模様の犬はよくいるから」と続けた。女の子がしゃがんだまま振り返って「同じお母さんから生まれたコ？」と尋ね、おじいちゃんが「どうかな。判らないけど、兄弟か親戚だったりするかもな」と笑っている。どうやら、チャーリーとかいう、おそらくはこの女の子のところにいる子犬と、目の前にいるコが似ているらしい。

黒柴ふうの模様をした犬自体はさほど珍しくはないので、こういう遭遇は今後もままあるだろう。

おじいちゃんから「せいら、ハムスターとウサギを見るんだろ。そろそろ行こうか」と言われた女の子は「うん」と応じて立ち上がり、ケージの中のコに「バイバイ」と手を振って、「このコもかわいいけど、チャーリーの方がかわいいよね」と言った。おじいちゃんも「ああ。チャーリーはせいらの親友だからな」と笑っている。

この女の子がもしマジックと出会ったら、チャーリーとかいうコの父親じゃないかと言い出すことだろう。

里親の申し込みは、十一時にいったん締め切られる。その段階で他に希望者がいなければ、その人が飼い主に決まり、〔責任を持って最後までかわいがります。〕という誓約書にサインをして、連れて帰ることができる。苺自身は午前十時の開始直後にあのコが欲しいという申し込みを済ませてある。あと二十分ほどして十一時になったとき、他に希望者がいなければ、あのコを連れて帰ることができるのだ。そのときは、タオルを敷いた自転車の前カゴにあのコを入れて、振動させないようにそっと押して、歩いて帰ろう。距離は結構あるけど、自己紹介とか、いろいろ話しかけながら歩けば、きっと楽しい時間になる。マジックのことも教えてやりたい。

参加者の中には、犬を連れている人たちがときどきいた。犬が好きだから見物に来たのか、あるいはさらなる飼い犬を迎え入れるつもりで来ているのか。

そんな中、ウサギやハムスターとのふれあいコーナーの方に、模様も体格もマジックによく似た犬を見つけた。目を凝らして、もしかして本当にマジックではないかと思った。

半ば無意識に走り出していた。

その犬を連れていたのは、夫婦らしき四十前後ぐらいの中年カップルだった。途中で走るのをやめた。似ているけれど、マジックじゃないことが判ったからだ。それでもはっきりと確かめたくて、歩いてさらに接近した。

リードを持っているのは男性の方だった。その男性と目が合い、軽く会釈し合った。

「こんにちは。かわいいワンちゃんですね」と苺が声をかけると、男性は「ああ、どうも」と笑った。「といっても十歳になるんで、人間でいえばいいおっさんですがね。おっさんというより、そろそろおじいちゃんかな。なあ、ジョン」

ジョンという名前らしい。その会話が聞こえたせいだろう、隣にいてハムスターの方を眺めていた女性も振り返った。互いに「こんにちは」とあいさつした。

苺が「十年も一緒にいたら、もう完全に家族ですね」と言うと、女性の方が「いえ、実は飼い始めたのは最近なのよ。犬を飼いたいねって話になって」と笑い、しゃがんでその犬をなでた。犬はマジックみたいにちょこんと座って、目を細めた。

「このコも今、譲渡会をやってる団体からもらったんですよ」と男性は言った。「それで、他のコたちが里親になる人たちと出会うところを見てみたくなって」

女性が「ここにいるコたちが、いいところにもらわれるよう、念を送りに来たわけ」と笑った。

「へえ、そうなんですか」

そのとき、マジックに似た犬がハッピーシェルターにいたが、最近誰かがもらったという話を思い出した。このコがそうだったのかもしれない……。

今、このコに遭遇するというのは、またもやシンクロニシティだ。にわかに心臓の鼓動が速くなってきた。

そのとき、本部テントのスピーカーから「番号4番の里親を希望される方、他にいらっしゃいましたら、こちらの本部テントの方で手続きをお願い致します。現在、三名の希望者が出ており、十五分後に抽選の予定です」というアナウンスがあった。さらに同じ言葉が繰り返された。苺が狙っているあのコは8番。こういう感じで呼ばれていないということは、今のところ競合していない、ということだ。

あと十五分間、誰も来ないで。

そのとき、パーカーのポケットに入れてあったスマホが、メールを伝える着メロを鳴らした。苺はカップルの二人に「どうも」と会釈をして少し離れ、スマホを取り出した。

「えーっ、まじか」と声が出てしまった。

三味線奏者の屋形将騎さんからの返信メールだった。別に返信なんて期待しておらず、最近のマジックの情報を伝えただけだったのに……。

〔マジックについて便りを頂戴し、誠にありがたく、かたじけない。〕というサムライ言葉の一文から始まるその返信メールには、〔拙者も鷹取殿と同様、マジック殿のお陰で人生が変わった一人でござる。〕といった感じで、屋形さん自身の経緯がつづられていて、〔マジック殿は今ごろおそらく、また誰かの人生の転機にかかわっておることでござろう。役目を果たせば去るのがマジック殿の流儀。心配は無用じゃ。〕とまとめられてあった。そして追記として、〔鷹取殿、才能があるか否かを決めてかかるのはいかがなものか。結果さえ出せば才能があると世間は認めるのではござらぬか。ならば結果を出せばよいこと。お主が何を目指しておられたのかは知らぬが、何もせぬうちに勝手にくじけておってはマジック殿に笑われるぞ。〕とあった。

冷たい水を頭から浴びせられたような感覚に囚われた。

酔った勢いで、〔屋形さんは音楽の才能があったから、マジックとの出会いによって夢に向かって進み始めることができたことを、うらやましく思います。私は大それた夢をとっくにあきらめ、せっかくマジックとの出会いがあったのに、仕事での挫折から何とか立ち直っただけ。でも、それだけでもありがたいことですよね。〕などと、ひがんでいるような一文をつけ加えてしまい、送信後にその部分だけでも取り消せないものかと悔やんだのだが、屋形さんは、その言葉を無視することなく、怒ったりもせず、ありきたりの慰めの言葉でもなく、実際に夢に向かって足を踏み出した人ならではの言葉を返してくれたのだ。

確かにそうかもしれない。みんな多かれ少なかれ夢を抱きはするが、それが大きな夢であればあるほど実現するのが難しくなる。そしてダメだったときにすぐに持ち出されるのが、才能がなかった、という言い訳だ。この言葉は他人を否定するときにも使われるずるい言葉。でも、才能があると周囲に認められた人たちは、自分に才能があるかどうかなんて気にしてなかったのではないか。結果さえ出せば、世間は才能ありと認めてくれる。ならば結果を出せばいいだけのこと。

ライターになりたいという夢に対して、自分は、鷹取苺は何をした?

何もしないうちに、どうせ才能なんてないと決めつけて、あきらめていたのではないか。

やってみなければ判らないのに、入り口をくぐろうともしなかったではないか。

その理由が今やっと判った。

あの頃は、ライターになりたい、というただの憧れのような気持ちを夢だと思い込んでいた。

そんなの、大間違いだ。

ライターになりたい、じゃない。どうしても世間に知らせたいこと、大勢に伝えずにはいられないことがある――それこそが大事なことなのだ。

今、自分には、世間に知らせたいこと、伝えたくてたまらないことがある。

マジックが起こした、いくつもの奇跡。そのことを大勢の人たちに伝えることが鷹取苺の使命。それがかなえば、ドッグセラピーの普及にも役立つはず。

そう。マジックは、それをさせるために、鷹取苺の前に現れたのだ。きっとそうだ。

やりたい。書きたい。伝えたい。絶対にやってみせる。

苺は空を見上げて「あーっ」と叫んだ。空を泳いでいる雲たちが一瞬、魚の群れが逃げるように散ってから元に戻ったように思えた。

奇声を発したせいで、周囲の人たちが変な目で見ていた。さきほどの中年カップルと、ジョンという犬の姿は既になかった。

そのとき、本部テントのスピーカーからアナウンスが流れた。

「番号8番の里親を希望される方、他にいらっしゃいましたら、こちらの本部テントの方で手続きをお願い致します。現在、三名の希望者がおられますので、まもなく抽選を行います」

やはり競合するライバルが現れたか。今のところ、確率は三分の一。

いや、あのコは絶対にこの鷹取苺が引き当ててみせる。確率なんて関係ない。
苺は、ふう、と息を吐いて、脚に力を込めてテントに向かって踏み出した。

・この物語はフィクションです。
実在の人物、団体などには一切関係ありません。
・本書は双葉文庫のために書き下ろされました。

双葉文庫

や-26-09

迷犬《めいけん》マジック

2021年9月12日　第1刷発行
2022年8月 5 日　第9刷発行

【著者】
山本甲士《やまもとこうし》

【発行者】
箕浦克史
【発行所】
株式会社双葉社
〒162-8540 東京都新宿区東五軒町3番28号
［電話］03-5261-4818（営業部）　03-5261-4833（編集部）
www.futabasha.co.jp（双葉社の書籍・コミックが買えます）
【印刷所】
中央精版印刷株式会社
【製本所】
中央精版印刷株式会社

【フォーマット・デザイン】
日下潤一

ISBN978-4-575-52495-6 C0193
Printed in Japan